Vati

Die Schönheit des Schimpansen

Dieter Wellershoff

Die Schönheit des Schimpansen

Roman

Kiepenheuer & Witsch

Gesamtherstellung Bercker Graphischer Betrieb Kevelaer
Schutzumschlag und Einband Hannes Jähn
Printed in Germany 1977
ISBN 3 462 01216 9

Seht dort hinab! Im Mondschein auf den Gräbern
hockt eine wild-gespenstische Gestalt –
ein Aff' ist's! Hört ihr, wie sein Heulen
hinausgellt in den süßen Duft des Lebens!

Gustav Mahler
Das Lied von der Erde
nach Hans Bethge
Die chinesische Flöte

Dicke, schauervolle Finsternis ist dauernd vor dir, und mitten aus ihr heraus kommen solch schreckenerregende Ausrufe wie »Schlage! Erschlage!« und ähnliche Drohungen.

Tibetanisches Totenbuch

I

Das kunstvolle Gleichgewicht, in dem ein Mensch lebt, ist manchmal nichts anderes als der angehaltene Moment vor seinem unvermeidlichen Sturz. Tag für Tag lebt er dahin, scheinbar in gesicherten Bahnen, und er selbst mag sich für jemanden halten, der sein Leben nach klugen und überlegenen Grundsätzen führt, bis er, aufgestört durch eine winzige Veränderung, vor der verdunkelten Seite seiner Welt steht. Das, was er nun sieht, hat er eigentlich immer schon gewußt, doch ohne den Schrecken, der, wie ein verspätet nachhallendes Echo, ihn erst jetzt erreicht und ihn taumeln läßt. Nichts ist passiert, sagt die Vernunft. Die Welt steht in ihren alten Formen da, es ist das Bild von gestern und vorgestern, nur um eine Winzigkeit verrückt. Doch dieser Unterschied hat den Dingen einen scharfen Rand gegeben, als stünden sie vor einem falschen Hintergrund. Und zwischen heute und morgen ist eine Schwelle, über die die Gedanken nicht mehr hinwegkommen. Wenn du dich morgen siehst, bist du es schon nicht mehr.

Dem Kalender ist nie etwas anzumerken. Heute ist Donnerstag, morgen ist Freitag. Am Donnerstagnachmittag erfuhr der Automatenaufsteller Klaus Jung von seinem Kompagnon Bäumler, daß zwei

Termine, die sie für den nächsten Tag in Langenhagen und in Wunstorf bei Hannover hatten, geplatzt waren. Es kam ihm so vor, als habe er das erwartet, obwohl es dafür eigentlich ein zu belangloses Ereignis war. Das Gefühl hielt sich aber den Abend über, dünn und unausdrücklich, als eine stetige Verwunderung. Wenn er sich daran erinnerte, war es zu einer Sentenz geworden: Das Erwartete tritt ein. Es steckte darin eine unerwartete Befriedigung. Es kam auch plötzlich, als fiele es aus der Luft.
Unwillkürlich hatte Jung auf den Datumsanzeiger seiner Uhr geblickt, die Bewegung aber gleich wieder abgebrochen. Auch morgen lebe ich, mußte er denken. Das kam ihm im Augenblick so fremd vor, als habe ihm umgekehrt jemand vorgeschlagen, einen Tag aus der Zeit verschwinden zu lassen. Er wußte, so hätte er es nicht gesehen, wenn alles abgelaufen wäre, wie er es geplant hatte. Er haßte Überraschungen wie diesen geschenkten freien Tag, aus dem er nun etwas machen mußte. Natürlich konnte er nach Hause fahren. Aber er dachte daran ausweichend, wie an eine schon bekannte, geprüfte und oft beiseitegestellte Möglichkeit. Jung hatte nämlich Grund anzunehmen, daß ihn seine Frau betrog, während er auf Reisen war.

Das war nichts Neues für ihn, er mußte nur erneut daran denken. Und erneut, ohne vorbereitet zu sein, mußte er Kraft finden, den Gedanken daran zu hindern, in ihm durchzubrechen. Sein Ich, oder etwas in ihm, das sich schützen wollte, mußte dem Gedanken zuvorkommen und schnell abwinken und rufen, ich weiß es ja, es ist ja bekannt – und dann würde der Gedanke verblassen und nur noch eine Weile undeutlich sichtbar bleiben als eine graue verschwommene Masse, wie ein unterbelichtetes Bild. Und dann nach einer weiteren unabsehbaren Frist würde er auf unmerkliche Weise ganz verschwunden sein, so daß jetzt nur noch seine Abwesenheit an ihn erinnern konnte, wie an manchen Tagen, an denen er plötzlich in irgendeiner Tätigkeit innehielt und aufblickte, um festzustellen, es war nicht da. Es – oder was er so nannte, was er nicht näher benennen wollte – hatte die Fähigkeit, sich aufzulösen und die andere, kaum davon unterschiedene Fähigkeit, wesenlos anwesend zu sein, und zwischen diesen beiden Zuständen pulsierte es, atmete aus und ein. Jung hatte gelernt, daß er damit leben konnte.

Doch das Vergessene schien manchmal Stoffe abzusondern, die sein Gehirn reizten und abstumpften, in einem schwankenden Widerspruch. Er konnte eine Apfelsinenschale auf einem Teller lange anschauen – die gelackte, porige Außenhaut mit ihrer grellen Farbe und das weiße wattige Innere – und plötzlich mußte er schlucken und sich abwenden, es ging davon ein unverständlicher Schrecken aus. Andere Anblicke machten ihn ruhig, so das Zeitungsfoto eines Zugunglücks in Belgien, ineinandergefahrene, zur Seite gekippte, hochgestellte und zerborstene Waggons, bei denen aber keine Menschen zu sehen waren. Das war geschehen, dachte er, man brauchte sich keine Sorgen zu machen. Stundenlang las er manchmal Zeitung in einer unruhigen Benommenheit, er fühlte sich davon am Leben gehalten und von sich abgebracht. Die Worte, die graufleckigen Bilder glitten als ein endloser schmutziger Nebel durch seinen Kopf, und es war schwierig, damit aufzuhören und irgendwo in der Außenwelt weiterzumachen mit dem eigenen Leben.

Jung hatte immer viel gelesen, schon als Kind, und diese Gewohnheit hatte er beibehalten wegen seiner Neigung, allein zu sein. Doch allmählich, im Laufe der Jahre, war etwas anderes daraus geworden: eine Übung im Vergessen. Die Zeitung war sein Mittel dazu, nicht mehr die Bücher, von denen er abgekommen war, nachdem seine alte Verachtung für alle Zeitungen sich so ausgedehnt hatte, daß alles, fast alles Geschriebene und Gedruckte darin Platz fand. Es gab nun keinen Unterschied mehr, und er konnte einfach das beste Mittel wählen, um seinen Wünschen nach geistiger Verwahrlosung und Selbstzerstörung nachzugeben, die wohl immer der Kern seines Hochmuts waren.
Jahrelang hatte er gegen alle Enttäuschungen daran festgehalten, ein überlegener Geist zu sein. Doch dann war etwas passiert, was seinen Hochmut gebrochen hatte. Man hatte ihn von der Universität verwiesen, weil sich herausgestellt hatte, daß seine Exa-

mensarbeit eine Fälschung war. Er hatte sie von einer älteren und, wie er glaubte, vergessenen Arbeit abgeschrieben.

Für ihn war das der letzte Ausweg gewesen aus einem unüberwindbaren Willens- und Geisteskrampf, der ihn befallen hatte, als er versuchte, seine Arbeit zu schreiben. Im Kopf hatte er sie bereits fertig gehabt, schon bei der Wahl des Themas und dann beim Lesen der Literatur hatte sie sich mit geisterhafter Leichtigkeit in ihm zusammengesetzt, aber nur mit umständlichen, feierlichen Vorbereitungen hatte er sich dem Schreiben zu nähern gewagt und war schon auf den ersten Seiten gescheitert.
Sein Problem war, daß er nicht alles auf einmal sagen konnte und ihm jeder Satz willkürlich, ungenau und schutzlos erschien, so daß er ihn in immer neuen Überarbeitungen nach allen Seiten zu vervollständigen und zu sichern suchte, bis der Gedanke in einem undurchschaubaren Rankenwerk von Beistellungen und Erläuterungen erstickt war. Das Schlimmste war, daß er das wußte, und doch unter Strömen von Angstschweiß, dessen Geruch sein kleines Zimmer erfüllte, in einer widerlichen, zwanghaften Nachäfferei und Selbstverhöhnung immer wieder fast denselben Satz hervorbrachte. Und jedesmal, wenn er einen dieser verfehlten Anfänge zerrissen hatte und auf einem neuen, frischen Blatt wieder begann, kam ihm schon das Erscheinen der ersten Worte in seiner schwarzen, schwankenden, immer mehr zerfallen-

den Schrift wie das Symptom einer ekelhaften und beschämenden Krankheit vor, die in Ohnmacht und Selbstbesudelung endete, einem verworrenen, unleserlichen Geschmiere durchgestrichener, eingeklammerter, aus den Zeilen gerutschter und an den Rand geschriebener Wörter, das er in einem stillstehenden Entsetzen betrachtete, weil es die Hervorbringung eines Betrunkenen oder eines Wahnsinnigen zu sein schien.

Das bin ich, hatte er gedacht, das da, das da. Da vor ihm lag das Zeugnis seiner Niederlage, seines verlorenen Wertes. Er schaute darauf, den Kopf in seinen Händen vergraben, in Augenblicken brausender Gedankenleere, aus denen immer wieder, wie ein jäher Wechsel von Hitze und Kälte, die Gewißheit auftauchte, daß er verloren war. Und plötzlich hatte er gefühlt, wie etwas in ihm nachgab und seine Selbstbehauptung auseinanderbrach, und er sah sich selbst vervielfacht mit gellenden Schreien davonspringen und sich entfernen, es waren blasse Schatten, die in den Gängen eines farblosen Labyrinths zuckten, während ein Schüttelfrost ihn krümmte und ihm die Zähne laut gegeneinander schlug.

Es war vorbei, er war krank geworden, unter den Kälteschauern, die ihn in seinem Bett überfielen, hatte er aufgegeben.

Der Betrug, mit dem er ein paar Tage später begonnen hatte, war das Werk eines Kranken gewesen, dem nicht mehr zugemutet werden konnte als eine geduldige Schreibarbeit. Er hatte alles versucht, sagte er sich, und jetzt mußte er die Bedingungen ändern, um das, was ihm auferlegt war, zu überstehen. Er wollte die Arbeit in einem Zwischenzustand der Schwäche und verminderten Nachdenkens hinter sich bringen, und dazu mußte er möglichst allein bleiben und mit niemandem sprechen. Tagelang schloß er sich in seinem Zimmer ein und ging vorsichtig und träumerisch mit sich um, wie in einem künstlichen Halbschlaf, der es ihm ersparte, genau zu wissen, was er tat.

Es war eigentlich ein Spiel zu seiner Beruhigung und Stärkung, das er ganz allein für sich spielte, weil er niemandem erklären konnte, wie es zu verstehen sei, wie früher, als Kind, als er sich eingeredet hatte, daß unter seinem Bett ein unsichtbarer Pilzgarten wüchse, und die Pilze waren geheimnisvolle Wesen, mit denen er sprechen konnte und die ihm in allen Schwierigkeiten halfen, was er aber niemals einem anderen Menschen verraten durfte, weil die Pilze sonst sofort ihre Wirkung verloren hätten und wahrscheinlich sogar verschwunden wären.

Die Erinnerung daran stand ihm nicht gleich vor Augen, sondern kam über ihn als ein Gefühl von geheimnisvoller Abgeschlossenheit. Er war allein in seinem Zimmer, allmächtig und geschützt, und alle Tage und Nächte flossen in einer sanften Strömung dahin. Er hatte die andere Arbeit neben sich auf dem Tisch liegen und übertrug den Text Satz für Satz, als pflanze er ein Beet um, von dem fremden auf das eigene Blatt, anfangs noch mit Kürzungen, Umstellungen, anderen Formulierungen, aber je mehr er dieses Gefühl von Allmacht und Geheimnis in sich groß werden ließ, verzichtete er darauf, weil es den Zustand träumerischer Aneignung störte, in dem er sich befand. Man durfte sich nicht unterbrechen, dann machte es sich von selber. Vor lauter Nicht-Denken konnte man zuweilen ganz von sich abkommen. Er fühlte sich vermischt mit den Dingen, die um ihn herumstanden, er berührte die Schreibmaschine mit seinen beiden Händen, und die Schreibmaschine berührte ihn mit ihrem kalten Metall, und wie es sich erwärmte, verschwanden seine Hände. Das Licht der Lampe über seinem Tisch leuchtete wie ein fernes, vergessenes Kindheitslicht und schuf einen Schutzraum außerhalb der Zeit.

Manchmal, wenn er draußen gewesen war, um sich etwas zum Essen zu kaufen, trat er als ein Fremder bei sich ein, fand sich dann schwerfällig, mit zuviel Körper behaftet und von überall angreifbar. Dann mußte er aufpassen, daß er nicht dachte: Was tue ich hier? Er mußte den Gedanken fernhalten und wieder zu schreiben beginnen und dabei zusehen, wie sich die Zeilen untereinanderreihten und das Weiß der Seiten vergitterten. So war es gut, so hätte es andauern müssen. Aber seine Schonfrist lief ab, und nach zehn Tagen hatte er den Vorrat der fremden Gedanken und Sätze, von denen er gelebt hatte, abgetragen und verbraucht.

Er hatte die Blätter zum Buchbinder gebracht und dort vergessen. Nach einem Monat bekam er eine Karte mit der Aufforderung, die längst fertige Arbeit abzuholen und zu bezahlen. Für ihn war das ein Wink, der ihm bedeutete, daß es keinen Ausweg gab. Was auch immer passieren würde, es hatte schon viel früher begonnen, und so sah er sich in vorgezeichneten Bahnen auf das erwartbare Unglück zugehen, als er die Arbeit wie vorgeschrieben bei der Fakultät einreichte. Es war eine These über das Tibetanische Totenbuch.

Doch bald hatte er vor sich selbst auch wieder so tun können, als entginge er dem Unglück, als habe er sich, indem er die Arbeit abgegeben hatte, auch von ihr getrennt und sei nun nicht mehr für sie verantwortlich, und auch nicht mehr als ihr vorgetäuschter Autor kenntlich und auffindbar. Es war die Umkehrung der Tatsache, daß er sich nicht mehr erinnern konnte, was er in den Tagen seiner Klausur geschrieben hatte, und schon gar nicht, was seine eigenen Gedanken gewesen waren, die er vergeblich zu formulieren versucht hatte, bevor er krank wurde. Und so, neben sich selbst, hatte Jung wieder angefangen, in Vorlesungen und Seminare zu gehen, als könne er durch solchen, unter aller Augen bezeugten Fleiß in ein anderes anerkanntes Leben hinüberwechseln, ähnlich wie man von einer Straßenbahn in eine andere umsteigt, um an einer anderen Endstation anzukommen.

Dann kam der schriftliche Bescheid, er solle ins Dekanat kommen und sich einem Gutachterausschuß vorstellen, und zwar »in Angelegenheiten« seiner Examensarbeit, wie es dort hieß, und dieses Wort »Angelegenheiten« war eine Drohung, schrecklich wie eine große vermummte Gestalt, die schweigend in der Ecke seines Zimmers stand und wartete.

Am liebsten wäre er davongelaufen. Aber dieses Schreiben oder vielmehr die Tatsache, daß er es geöffnet und gelesen hatte, bannte ihn. Er trug es in der Hand, als er zur vorgeschriebenen Zeit im Vorzimmer des Dekans vorsprach, und die Sekretärin blickte hinein und ging, ohne ein Wort zu sagen, zum Telefon im Hintergrund, wo sie, ihm den Rücken zuwendend, mit leiser, kaum verständlicher Stimme dem Dekan oder irgendeiner anderen unsichtbaren Instanz seine Ankunft meldete und dann wieder, gestärkt durch die Stimme, die ihr antwortete, zu ihm herüberblickte.

Er mußte warten. Es gab eine Bank bei den Garderobehaken, und davor stand ein Tisch mit vervielfältigten Mitteilungen der Fakultät und einem Exemplar der Universitätszeitung. Jung hatte das deutliche Gefühl, daß es in seiner Lage unerlaubt sei, die Zeitung in die Hand zu nehmen und darin zu lesen. Er war kein normaler Wartender, sondern er wartete auf sein Urteil. Wenn es aber noch irgendeine Unsicherheit in seiner Beurteilung gab, dann war es vielleicht günstig, wenn er jetzt die Zeitung entfaltete und zu lesen begann. Es wäre ein Bild seiner Arglosigkeit,

das für ihn spräche, falls die beiden Sekretärinnen, die hinter dem Schalter an ihren Schreibmaschinen hockten und sich merkwürdig still verhielten, den Auftrag hatten, ihn zu beobachten.
Tatsächlich glaubte er das nicht, aber nicht wegen der Unwahrscheinlichkeit einer solchen Annahme, das Unwahrscheinliche war etwas, womit er seit langem Umgang hatte, aber er war tief von der Zwangsläufigkeit seines Unglücks überzeugt und nun beinahe beruhigt, daß es seinen Lauf nahm. Er wollte diese Ruhe nicht verlieren, weil, wie er irgendwo gelesen hatte, Leere von Leere nicht verletzt werden konnte. Diesen Satz trug er im Kopf wie ein kleines Summen, das auf einen einzigen Ton gestimmt war, und das bahnte ihm einen Weg durch die Zeit, die er dort auf der Bank verbrachte, den wüsten Rest einer Zeit, die schon abgelaufen war, so daß sie nur noch Zeit war, nichts als Zeit.

Später erinnerte er sich, daß er in diesen Minuten nicht etwa nichts gesehen hatte, sondern bemüht gewesen war, zwei Plakate an der gegenüberliegenden Wand zu entziffern, ein fahles, sandfarbenes und ein hellgraues, beide in derselben Größe, von denen das eine eine Studienreise nach Kreta anbot und das andere das Konzert eines Universitätsquartetts ankündigte, das unter anderem Schuberts Streichquartett »Der Tod und das Mädchen« spielte. Jung war nie auf Kreta gewesen und hatte nie dieses Quartett gehört, und das waren vielleicht sichtbare Zeichen des

Mangels oder der Unzulänglichkeit, für die er bestraft wurde.
Irgendwann war dann ein Mann mittleren Alters hereingestürzt, der sich offenbar verspätet hatte, jedenfalls von der Sekretärin, die dafür zuständig zu sein schien, sofort empfangen und wieder mit leiser, verschwörerischer Stimme telefonisch gemeldet wurde, worauf sie wohl die Anweisung erhielt, den Zuspätgekommenen sofort hereinzuschicken.
»Bitte sehr, Herr Professor«, sagte sie, und Jung wußte, daß sie damit auch ihm eine Auskunft gab. Sie sagte ihm nämlich: Dies ist die Gesellschaft, die weiterbestehen wird und zu der du schon nicht mehr gehörst.
Er war dann hereingerufen worden.

Der Dekan und zwei Gutachter, einer sein alter Professor, bei dem er studiert hatte, einer der Zuspätgekommene, hatten ihn empfangen. Sie hatten ihm die beiden Arbeiten vorgelegt, die fremde und seine Abschrift, die seinen Namen und einen etwas anderen Titel trug. Man hatte ihm mitgeteilt, daß die Texte verglichen worden seien und das ganze Ausmaß seines Betruges sich gezeigt habe. Er war danach gefragt worden, ob er etwas zu seiner Rechtfertigung zu sagen habe, und er hatte mit »nein« geantwortet. Darauf hatte sein Professor den Versuch unternommen, ihn aufzurütteln und zu beschämen, indem er seine tiefe Enttäuschung und Empörung über Jungs Betrug zum Ausdruck brachte, aber Jung hatte sich zunehmend zerstreut gefühlt. Man erklärte ihm dann, daß er nicht mehr studieren könne, auch an keiner anderen Universität, Hochschule oder vergleichbaren Anstalt, und er hatte auch das mit einem schwachen Kopfnicken zur Kenntnis genommen. Alle waren aufgestanden, und der Dekan, ein kleiner grauhaariger Mann mit glänzenden und ein wenig vorstehenden Augen, war einen Schritt näher gekommen und hatte mit leiser, ja behutsamer Stimme gefragt:

»Sind Sie krank, Herr Jung?«

Und er hatte geantwortet: »Ich glaube nicht.«

Daraufhin hätte er bleiben oder gehen können. Es gab kein Zeichen, keine Andeutung, wie die Situation zu verstehen sei. Die Professoren standen vor ihm und sahen ihn an, und ihre Blicke schienen zu sagen: Denk nach, denk nach, denk nach! Aber er konnte ihnen nicht entnehmen, was er denken sollte. Dann fiel ihm ein, er müsse vielleicht die gefälschte Arbeit an sich nehmen, um diesen Schandfleck aus ihrer Nähe zu entfernen. Aber dazu hätte er um den Dekan herumgehen oder ihn beiseiteschieben müssen, und so war es wohl besser, wenn er die Flucht ergriff. Er ging auf die Tür zu, hinter sich ihr Schweigen. Sobald er die Klinke in der Hand hatte, drehte er sich zu ihnen um und sah sie nun in übertriebener Entfernung wie durch ein umgedrehtes Fernrohr in unveränderten Posen der Ratlosigkeit oder der Befremdung, der Dekan kleiner und zierlicher als die anderen und einen Schritt nähergerückt. Erstarrt in

seiner halben Drehung, wußte Jung wieder nicht, was er tun sollte, als er zu seiner Verwunderung ein kaum merkliches Kopfnicken des Dekans auffing, das ihm wie heimliche Zustimmung erschien. Gut, gut, weiter so, Sie sind auf dem richtigen Weg.
Er starrte hinüber, niemand bewegte sich dort, weil er sich jetzt zu bewegen und aus ihren Blicken zu entfernen hatte. Ach, ich bin es, dachte er in verspätetem Begreifen und wand sich aus der Tür.

Später hatte er dieses Bild oft vor Augen gehabt, die drei Männer zu ihm herüberblickend, aber jetzt, als stünden sie am anderen Ufer eines Flusses, dessen schwarze Fluten immer breiter wurden und das Bild drüben auf der anderen Seite entrückten, so daß es vielleicht gar kein Fluß mehr war, sondern eine riesige Wasserfläche, auf der zwei Landschollen sich voneinander gelöst hatten und auseinandertrieben, und drüben, unerkennbar für ihn, standen vielleicht noch andere, die winkten oder nur herüberschauten oder einfach erstarrt waren, Gestalten aus dem verlorenen Teil seines Lebens, von dem er getrennt worden war, damals, in dem Augenblick, als er als entlarvter Betrüger das Dekanat verließ, aber dann weiter, fortwährend, in den Jahren danach, in denen er versucht hatte, in wechselnden Berufen wieder Fuß zu fassen, um so immer mehr Abstand, aber auch Fremdheit und Finsternis zwischen heute und damals, und auch zwischen sich und sich zu legen – wirklich inzwischen schon ein unüberschaubarer Fluß.

Manchmal hatte er den Fluß und seine treibenden schwarzen Wasser zu seiner Einschlafphantasie gemacht. Die Wasserfläche trennte ihn nicht nur, sie schützte ihn auch vor den Menschen, die vom anderen Ufer zu ihm herüberspähten, aber nun nur noch stille Schatten waren, schemenhaft dahindämmernde Drohbilder, gebannt an ihren Platz und schon eingehüllt vom Vergessen. Niemals, sagte er sich, konnten sie über den Fluß herüberkommen und ihn erreichen, es sei denn, er rief sie auf und befahl ihnen, sich zu zeigen. Dann kamen sie und standen vor ihm in den Posen, die er ihnen aufzwang. Der Dekan trat vor als eine kleine aschfarbene, demütige Gestalt und erkundigte sich nach seinem Befinden, und Jung antwortete, »wie Sie sehen, gut«, und der Dekan verbeugte sich und trat zurück, worauf er mit den anderen in dem rauchigen Licht verging.
Das war der Augenblick, in dem Jung einschlief, zufrieden, stärker zu sein und die Schemen in seiner Macht zu haben. Es konnte aber auch vorkommen, daß ihm im Halbschlaf die Vorstellung entglitt, und auf einmal war der Fluß belebt von den schwarzen Köpfen feindlicher Schwimmer und von dunklen, dicht bemannten Booten, die schon seine halbe Breite überwunden hatten und schnell auf ihn zukamen. Dann befahl er dem Fluß, breiter zu werden, immer breiter und auch tiefer und reißender, und manchmal vertrieb er sie damit und konnte sicher sein, daß sie in seinen Träumen nicht wiederkehrten. Doch manchmal kamen sie trotzdem näher und hat-

ten sich sogar vermehrt, und jetzt mußte er mehr gegen sie aufbieten, um sie abzuwehren, und vielleicht hatte er selbst den Feinden diese Chance gegeben, um das Schauspiel seiner Macht zu verstärken. Er stellte sich vor, daß viele trübe leuchtende Feuerinseln den dunklen Fluß herabtrieben, Lachen brennenden Öls, das die fliehenden Schwimmer und Boote erreichte und einschloß und sich immer weiter zu großen brennenden Ölseen ausdehnte, in deren düsteren Feuern dunkle, undeutliche Kerne oder Körper zuckten und verzehrt wurden, bis sich alles zu einer einzigen lodernden Feuerwand zusammenschloß. Auch mit diesem Bild konnte Jung einschlafen. Das Feuer verlor sein Flackern und verblaßte, war nur noch ein ruhiges, dämmergleiches, farbloses Licht, in dem er sich auflöste und mit dem er sich verlor.

Aber dann, schon verschüttet von Dunkelheit, konnte es ihm geschehen, daß er von einem Windstoß der Angst getroffen wurde, der Schrecken war wieder da, dicht bei ihm oder in ihm, und wenn es ihm nicht gelang aufzuwachen, mußte er durch die sich verengenden Straßen einer finsteren Stadt fliehen, wo, wie in einer Geisterbahn, die Schrecken auf ihn warteten, einmal ein bronzefarbener Froschkopf auf langem Hals, der sich aus den Maschen eines Fischernetzes ihm entgegenstreckte, einmal eine Schmiede, in der drei Männer auf einen Sack einhämmerten, in dem ein schreiender Mensch steckte, einmal ein Pferd, das von einer unsichtbaren Kraft turmhoch in die Luft geschleudert wurde und dann vor Jung auf die Straße klatschte und starb, und einmal er selbst, verfangen in einen Drahtverhau, in dem er sich mit jeder Bewegung immer blutiger riß, bis er ganz zerfetzt war, einmal auch war etwas mit seiner Frau geschehen, aber das Bild hatte rasch gewechselt, und er hatte es nicht erkannt.

Ellen, damals hieß sie Ellen Cybik, hatte Jung kennengelernt, als er nach einigen anderen, wenig erfolgreichen Versuchen, Geld zu verdienen, Mitglied einer Kolonne von Zeitschriftenwerbern wurde, die vor allem in Neubaugebieten von Tür zu Tür gingen und Abonnements für Illustrierte, Programmzeitschriften, Wochenzeitungen und Rätselhefte zu verkaufen versuchten. Jung hatte damals gewußt oder zumindest geahnt, daß er in einen Haufen von Verlorenen eintrat, aber das hatte ihn nicht abgeschreckt, es erschien ihm folgerichtig und erfüllte ihn mit Genugtuung. Er hatte ein Bedürfnis nach Strafe und Selbstverachtung, weil er spürte, daß es ihn retten konnte, wenn er sich ergab und alle Hoffnungen, alle Ansprüche in sich zerstörte. Er wollte ein Niemand sein, ein Nichts, der letzte aller Menschen, nur so konnte es ihm gelingen, der Verzweiflung zuvorzukommen, von der er sich bedroht fühlte, und wieder einen Schutzwall aus Verachtung um sich herum aufzubauen.

Er war nichts, aber er hatte recht damit, nichts zu sein, denn das Leben war nichts wert und die Welt ein Dreckhaufen, auf den er spuckte. Weil er den

Mut hatte, es zuzugeben, war er mehr als die anderen, die es nicht zu sehen wagten.

Zum ersten Mal begriff er das, als er als Ausrufer, angetan mit einem weißen Kittel, vor einem Kaufhaus ein Reinigungsmittel für Teppiche anpries und hinter den Köpfen der Hausfrauen und Schaulustigen, die sich um seinen Tisch versammelt hatten, zwei Bekannte aus dem Seminar auftauchten und ihn anstarrten. Unentwegt redend hatte er zum zehnten oder zwanzigsten Mal an diesem Tag sein Teppichstück mit Zigarettenasche und verdünntem billigen Rotwein beschmutzt und schaute nun auf, um den Zuschauern den Fleck vorzuführen, den er gleich mit Bürste und Schaum beseitigen wollte, da sah er sie, zwei Gesichter, die nicht hierher gehörten, vielleicht nur, weil sie nicht die träge, stumpfe Gleichgültigkeit der anderen zeigten, sondern ein plötzlich aufblitzendes, besonderes Interesse, eine erschrockene Neugier: – sie hatten ihn erkannt, der sich bis dahin, ohne darüber nachzudenken, für unerkennbar gehalten hatte, und für einen Augenblick, während er immer noch wie ein Wappenschild das beschmutzte Teppichstück vor seine Brust hielt, trafen sich seine und ihre Blicke.
Dann waren sie gegangen. Das Mädchen hatte seinen Begleiter weggezogen, vielleicht, weil sie glaubte, daß sie Jung die Beschämung, hier gesehen zu werden, ersparen müsse, vielleicht auch nur aus Angst vor dem Unglück und dem Elend, in das er, der Be-

trüger, wie sie ihn wahrscheinlich nannten, nun geraten war. Jung sah, wie sie vor ihm den Blick senkten und sich abwandten, um eilig und schuldbewußt davonzugehen, und plötzlich stieg ein Triumphgefühl in ihm hoch, etwas wie ein heftiger, wirbeliger Rausch, der ihm die Augen blendete und in seiner Kehle brannte. Er hatte sie vertrieben, sie hatten es nicht aushalten können, ihn zu sehen und dabei von ihm gesehen zu werden, er war der Stärkere, und sie, die vielleicht gedacht hatten, auf ihn herabzusehen, waren unter seinen Augen zerbröckelt und hatten es zugegeben durch ihre Flucht. So schwach, dachte er, hatte er sie nicht eingeschätzt.

Aber lange konnte er davon nicht leben. Der Augenblick zerrann, und lange unruhige, wesenlose Tage folgten, in denen er vor sich selbst davonlief. Die Stellung als Standverkäufer und Vorführer hatte er verloren, weil die Aktion nach einer Woche beendet wurde, und er, halb aus Nachlässigkeit, halb aus Widerwillen, die Gelegenheit versäumt hatte, sich für die nächste zu melden. Noch immer lebte er von den monatlichen Zuwendungen, die seine Mutter von ihrer Witwenpension für ihn abspaltete, um, wie sie glaubte, sein Stipendium zu ergänzen. Er hatte es noch nicht fertiggebracht, ihr einzugestehen, daß er von der Universität verwiesen worden war, und wenn er an sie dachte, an ihre zähen Hoffnungen auf seinen baldigen, unaufhaltsamen gesellschaftlichen Aufstieg, überkam ihn ein Gefühl von Übelkeit und peinlicher Verwirrung, und er konnte sich nur beruhigen, indem er sich sagte, daß er ihr eines Tages alles zurückzahlen würde, alle die kleinen Summen, die inzwischen in einer langen Zahlenreihe in seinem Notizbuch standen und einen Anspruch auf ihn begründeten – am liebsten hätte er sie ausgewischt.

In diesen Tagen schlief er, solange er konnte, saß dann in seinem Zimmer und rauchte oder machte stundenlange ziellose Spaziergänge durch die Stadt, die er undeutlich wahrnahm, verhangen von rußiger Feuchtigkeit und grauen Benzinnebeln und erfüllt von einem endlosen an- und abschwellenden Motorgebrumm und in der Nähe von dem nassen Reibegeräusch der Autoreifen. Er sah den Lack der Karosserien, die Menschenstaus an den Verkehrsampeln, die schmutzigen Häuserwände mit den Lichtreklamen, die dramatischen Posen der Schaufensterpuppen und die vorbeitreibenden Gesichter der Menschen wie einen endlosen, sinnlosen, zum Vergessen bestimmten Film, der solange weiterlief, wie er seine Wanderung fortsetzte, so daß innen und außen langsam ineinander übergingen und er seine Unruhe an das Gewirr der Bilder verlor, die nun auch alle in ihrem Flimmern und Gleißen Betäubung ausdrückten oder Leere, obwohl er das so nicht dachte und nicht einmal fühlte, denn er hatte aufgehört, seinem Leben oder der Welt, die ungetrennt durch ihn hindurchflossen, Namen zu geben, mit denen er sie festhalten konnte.

Manchmal allerdings sah er Einzelheiten, scharfumrissene Dinge oder kleine Geschehnisse, die ihm wie geheimnisvolle Zeichen erschienen, die er nicht verstand: Einmal eine gebrauchte Rasierklinge auf einem Waschtisch einer öffentlichen Toilette. Der Seifenschaum war als ein weißgrauer Wulst auf der Schneide angetrocknet, und darin steckten die kleinen schwarzen Punkte der Bartstoppeln wie eine verdächtige und obszöne Hinterlassenschaft. Einmal war es ein großer struppiger Hund, der vor Jung auf dem Gehsteig sein rotes, feuchtschimmerndes Genital beleckte und dann mit dunklen glänzenden Augen zu ihm aufsah. Einmal war es eine querschnittgelähmte alte Frau, die wie ein grauer, vollgestopfter Lumpensack in einem Rollstuhl hing. Ihre toten, stockartigen Beine, die aus ihrem schäbigen Mantel hervorschauten, waren kraftlos zur Seite gerutscht und lehnten aneinander wie vergessene, leblose Bestandteile ihres Lebens, doch sie erinnerten durch ihre Haltung an die schönen, lebendigen Beine der Mannequins auf manchen Strumpfreklamen. Der Kopf der Frau, umrahmt von wirren, aufgelösten grauen Haaren, war nach hinten gesunken, und die Augen in dem bleichen, verquollenen Gesicht waren geschlossen, als könne und wolle sie nichts mehr wahrnehmen von der Welt, in der sie zerstört worden war, und dämmere dahin über einem wachsenden inneren Dunkel. Sie mochte vielleicht Mitte Fünfzig sein, wie der Mann, der den Rollstuhl schob, doch sie sah viel älter aus, als habe das Leiden oder

der vorweggenommene Tod die Zeit zusammengerafft und schneller vergehen lassen, nur die Hände, die merkwürdig klein und leblos in ihrem Schoß lagen, schienen jünger zu sein. Auch ihre Hände konnte sie nicht bewegen, sie war gelähmt bis zum Hals. Jung begriff es, als der Mann, der den Rollstuhl vor sich herschob, seine Zigarette aus dem Mund nahm und sie der Frau, ohne hinzusehen, mit einer automatischen Bewegung an die Lippen führte. Sie sog daran gierig wie ein kleines Kind und preßte die Augenlider schmerzlich zusammen, als bekomme sie nicht genug und als sei mitten in der Befriedigung noch ein Widerstand, den sie überwinden müsse. Und dann hatte ihr der Mann mit derselben automatischen Bewegung die Zigarette wieder entzogen, und während sie die Augen weiter geschlossen hielt, klaffte ihr Mund nun auf wie eine geplatzte Wunde.

Das Leben ist nichts wert, dachte Jung, und er trug diesen Gedanken, während er weiter ziellos herumstreunte, wie ein Besitzstück in seinem Kopf herum. Manchmal blieb er irgendwo stehen und sah vor sich in einem Schaufenster sein Spiegelbild, eine große, nebelhafte Gestalt in einem bräunlichen Trenchcoat, beide Hände tief in den Taschen. Einmal drehte er den Kopf langsam hin und her, um zu prüfen, ob er es auch war.

Das Inserat, das ihm seine nächste Arbeit einbrachte, las er im Zeitungsaushang eines Redaktionsgebäudes, an dem er zufällig vorbeikam und vor dem er stehenblieb, weil schon andere da standen. Das Angebot, fand er, war genau auf ihn zugeschnitten, weil es an keine Voraussetzungen gebunden war. Allerdings war der Text auch sehr kurz und machte keine großen Versprechungen. »Großer Zeitungs- und Zeitschriftenvertrieb sucht noch einige Mitarbeiter für den Außendienst. PKW nicht erforderlich. Gute Verdienstmöglichkeit.« Die Bewerber sollten sich an diesem Nachmittag in einem Hotel in Bahnhofsnähe vorstellen. Jung sah auf seine Uhr und ging sofort hin.

In einem kleinen Hinterzimmer des Hotels, das Jung als billige Absteige bekannt war, traf er Bernd Göke, einen mittelgroßen, untersetzten Mann von vielleicht vierzig Jahren, der sich ihm als Organisationsleiter vorstellte und sofort dazu überging, Jung zu duzen, als er ihm gesagt hatte, daß er Student sei.

»Du siehst zu alt aus«, sagte er. »Versuch's nicht auf diese Tour.«

Dabei hatte er noch nicht erklärt, was es überhaupt zu tun gab.

»Willst du ein Bier?« fragte er, und Jung, der beschlossen hatte, vorerst jede Anrede zu vermeiden, sagte in einem ähnlich kumpelhaften Ton:

»Ja, kann nicht schaden.«

»Hol uns zwei Bier, Werner«, sagte Göke, und erst jetzt merkte Jung, daß sie nicht allein in dem Raum waren, denn in der hinteren dämmerigen Ecke hatte sich ein Mann erhoben, der offenbar weder gelesen noch geraucht noch irgendetwas anderes getan hatte und nun auf das Stichwort seines Namens aus dem Halbschlaf erwacht war.

»Das ist Werner Busch, unser Fahrer«, sagte Göke, und Busch, ein hagerer Mann mit einem schwarzen Schnurrbart und offenbar riesigen Händen, drückte Jungs Hand.

»Bier oder Pils?« fragte er in seltsamer Gegenüberstellung, und als Jung Pils sagte, nicht weil er gewählt hatte, sondern weil es das letzte Wort der Frage war, nickte er und ging aus dem Raum.

»Komm, setz dich«, sagte Göke und zeigte auf einen der quadratischen Wirtshaustische, der Jung, als sie sich gegenübersaßen, viel zu klein erschien, weil Göke sich vorbeugte und dabei beide Arme auf die Platte stützte.

Es war eine gesammelte aggressive Wucht in diesem Schädel, und Jung kämpfte gegen seinen Impuls, sich zurückzuziehen und die Augen zu senken. Später erfuhr er, daß Göke ein ehemaliger Amateurboxer war, und dies war offenbar der Blick, mit dem er seine Kämpfe eröffnet hatte, um seine Gegner einzuschüchtern. Göke hatte eine breite, etwas gebuckelte Stirn und graue Augen, auch seine Haut wirkte grau, wie schlecht durchblutet, man konnte nicht sagen, daß seine Nase breitgeschlagen war, aber er hatte die enganliegenden Boxerohren und ein gegerbtes Kinn, ausgelaugt von vielen Massagen mit Essigwasser. Was Jung am meisten erschütterte, war das Lächeln,

das langsam in diesem Gesicht erschien, während die Augen ihn unverwandt ansahen, so daß er nicht wußte, was das Lächeln bedeutete und ob er es erwidern durfte.
»Also, du willst Geld machen?« sagte Göke schließlich.
Und Jung hörte sich »Ja« sagen, betroffen von dem Gehorsam, der in seiner Stimme war.
Göke erklärte ihm nun, was sie tun würden. Sie waren ein Team von sechs Leuten und fuhren in Gökes VW-Bus von Stadt zu Stadt und von Dorf zu Dorf, hauptsächlich in die Neubaugebiete, und boten an den Türen Abonnements für Zeitungen und Zeitschriften an. Sie hatten, wie Göke behauptete, ein erstklassiges Angebot, richtige Renner darunter – Programmzeitschriften, Illustrierte, Wochenzeitungen für die Familie und für die Frau, Spezialzeitschriften für Fußball, für Mode oder für Garten und Haus, eine Zeitschrift für Kinder und auch ein wöchentliches Rätselheft. Göke war der Organisationsleiter, der die Fahrtroute vorschrieb und am Ort die Straßen auf das Team verteilte, der auch die Unterkünfte bestellte und mit jedem einzelnen abrechnete. Zunächst gab es für jeden einen wöchentlichen Vorschuß und freie Unterkunft.
Während Göke diesen Vortrag hielt und aus einem kleinen Koffer ein paar Zeitschriften und Illustrierte hervorholte, um sie Jung zu zeigen, war Busch mit dem Bier hereingekommen, auch mit einem eigenen, und Göke unterbrach sich und sagte:

»Wenn du mitmachst, sind wir komplett.«
Daraufhin nickte Jung, und sie stießen an.
Im Türrahmen war eine kleine schwarzhaarige Frau erschienen, die Jung mißtrauisch ansah. Sie hatte einen mürrischen oder trotzigen Mund und tiefliegende Augen über hohen Backenknochen.
»Das ist Ellen«, sagte Göke. »Sie fährt mit uns. Aber glaub bloß nicht, daß sie für alle da ist.«
So lernte Jung seine spätere Frau kennen.

Eigentlich hatte er vorgehabt, am nächsten Morgen nicht beim Treffpunkt zu erscheinen. Aber er erinnerte sich an ihr zögerndes, wortloses Näherkommen und die kleine, ein wenig feuchte Hand, die sie ihm gegeben hatte, wobei sie »Tach« sagte, um gleich wieder ihre Arme vor der Brust zu verschränken, und das vor allem, diese Gebärde der Abwehr, hatte ihn angelockt.
Auch im Traum hatte er sie gesehen, die Arme gekreuzt und den Leib ein wenig vorgeschoben. Sie war ganz in Schwarz, mit langen schwarzen Haaren, die ihr über die Schulter hingen. Unerwartet, wie das geisterhafte Aufblühen einer Pflanze, hatte sie ihre Hand ausgestreckt und auf seine Augen gelegt, und in der plötzlichen Dunkelheit, mit der sie sich selbst auslöschte, war er aufgewacht.
Es war früher Morgen. Er hatte auf der Bettkante gesessen und versucht, zu sich zu kommen. Sein Kopf hatte sich taub und leer angefühlt wie nach einer schweren Betäubung. Schwankend war er in seinem

kleinen Zimmer herumgegangen und hatte in unüberwindbarer Zerstreutheit seine Sachen aus Schrank und Schubladen hervorgekramt und auf das Bett geworfen. Schließlich war es ihm gelungen, seinen Besitz in zwei ungleiche Haufen aufzuteilen, einen mit einer zweiten Hose, Wäsche, Hemden, Waschzeug, der in einen kleinen Handkoffer paßte, und einen etwas größeren mit den ungewaschenen Sachen, seinen Büchern und der Schreibmaschine, einem elektrischen Wassertopf, einer Teekanne und etwas Geschirr, den er auf einen Karton und einen zweiten Koffer verteilte, die er neben den Schrank stellte.

Stehend schrieb er einen Zettel für seine Wirtin, auf dem er das Zimmer kündigte und sie bat, den Koffer und den Karton für ihn aufzuheben. Dann hatte er sich noch einmal umgeblickt und war gegangen.

Erst auf der Straße hatte er sich klargemacht, daß es noch viel zu früh war. Aber er hatte in einer treibenden Ungeduld nicht mehr in dem Zimmer bleiben wollen. In der grauen Helligkeit des Morgens ging er fröstelnd, mit dem Koffer in der Hand, die Straße hinunter. Fensterputzer rieben mit ihren großen Gummiwischern und Lederlappen über eine Schaufensterscheibe, und das Seifenwasser lief über den Bürgersteig. Er hatte ein hohles Gefühl im Magen und dachte, daß er im Bahnhof frühstücken wolle, aber es war nicht nur der Hunger, den er spürte, sondern eine angstvolle, unruhige Erwartung, die vielleicht nichts anderes war als eine völlige Blindheit für seine Zukunft. Alles hatte sich geändert, aber er wußte nicht mehr, wie es weiterging.

Als er zwei Stunden später am Treffpunkt eintraf, waren Göke und Busch schon dabei, das Gepäck in den VW-Bus zu tragen, und er half gleich mit und packte seinen Koffer dazu. Kurz danach kamen noch zwei andere mit ihrem Gepäck, zuerst ein plumper, schwerfälliger Mann in einer Lederjacke, der sich Lüders nannte, und dann ein junger Mann, der fast ein Kindergesicht hatte und so undeutlich sprach, daß Jung Mühe hatte, ihn zu verstehen. Er hieß Peter Blotzheim, was auch in großen Buchstaben auf einem Namensschild aus grauer Pappe stand, das er am Griff seines Koffers befestigt hatte. Auch sie war da, sie war irgendwie seitlich zu der Gruppe dazugetreten, mürrisch, mit verschleierten Augen und ihrer kleinen Hand.

In den nächsten Wochen fuhren sie in kleinen Etappen durch das Ruhrgebiet. Sie begannen am Südrand und arbeiteten sich allmählich auf einem verschlungenen Kurs nach Norden vor. Meistens blieben sie drei oder vier Tage in einem Standquartier, elenden, weit außerhalb der Stadtzentren gelegenen Gasthöfen, in denen Göke jeweils drei Doppelzimmer für sie bestellte, und morgens fuhren sie von dort in die erreichbaren Neubaugebiete und Trabantenstädte, wo Göke ihnen die Straßen zuwies, die sie mit ihren Musterkoffern und Bestellblöcken zu durchwandern

hatten, bis er sie abends am vereinbarten Treffpunkt wieder abholte.
Immer wurden Jung, Lüders und Blotzheim zuerst abgesetzt, und wenn sie sich abends am Treffpunkt einfanden, kamen Göke, Busch und die Cybik regelmäßig gemeinsam mit dem Bus an, die Cybik saß zwischen den beiden Männern auf der Vorderbank, und Jung, Lüders und Blotzheim mußten hinten einsteigen, wo sie sich auf zwei Längsbänken, quer zur Fahrtrichtung, gegenübersaßen. Anscheinend ging auch Busch tagsüber mit einem Musterkoffer herum, und manchmal auch die Cybik, der dann immer die besten Viertel vorbehalten blieben, Göke aber betätigte sich als Organisationsleiter, was in der Hauptsache wohl hieß, daß er die Route für den nächsten Tag festlegte und mit dem Vertrieb telefonierte, um Werbeexemplare für seine Kolonne anzufordern. Abends machte er die Abrechnung, steckte die neuen Abos in einen frankierten Umschlag, mit dem er Blotzheim zum Briefkasten schickte, und nach dem Essen verschwand er manchmal mit Busch und der Cybik, man hörte den VW-Bus abfahren und tief in der Nacht zurückkommen, Gökes Stimme röhrte im Treppenhaus, während Busch, der offenbar als sein Fahrer weniger getrunken hatte, ihn die Stufen hochschleppte. Einmal hörte Jung auch sie mit ihm schimpfen.
»Du Dreckskerl«, sagte sie, »du Dreckskerl«, mit einer schrillen, gut verständlichen, aber nicht sehr lauten Stimme, worauf Göke auflachte und die Tür zuzog.

Jung hörte ihre Stimmen jetzt leiser miteinander reden und zugleich die Schritte von Busch, der im Zimmer nebenan zusammen mit Lüders wohnte und jetzt das Wasser laufen ließ, um sich zu waschen. Jung konnte nicht einschlafen, weil er gegen seinen Willen auf die Stimmen und undeutlichen Geräusche in Gökes Zimmer lauschte. Er konnte sich nicht vorstellen, wie sie mit diesem betrunkenen Rohling umging und was die beiden verband. Die Dunkelheit drückte auf ihn, und es war dieselbe Dunkelheit, in der sie jetzt vielleicht zusammenrückten, ein Lallen und ein Flüstern unsäglicher Verständigung.
Reglos lag er auf dem Rücken und spürte in Brust und Kehle ein nagendes Gefühl, das er nicht leugnen, nicht unterdrücken konnte, es war Eifersucht, aber gepaart mit einer Ohnmacht, die seine Glieder zu Blei machte. Er kannte das seit langem, wie seit jeher, es gab kein Mittel dagegen und keine Erlösung. Und während nun alles still wurde, was für ihn nur bedeutete, daß das Unverständliche sich verdichtete und ihm den Atem nahm, lag er stundenlang wach in unentrinnbarer Trostlosigkeit.

Er beobachtete sie am nächsten Morgen beim Frühstück, konnte ihr aber nichts ansehen, keine Anzeichen von Ausschweifung oder Mißhandlung und keine Andeutung von einem versteckten Hilferuf. Sie kam allein herunter und setzte sich zu Busch an den Tisch. Ihr langes schwarzes Haar war glatt, als ob sie es sorgfältig und ausdauernd gebürstet hätte, und

durch ihren enganliegenden schwarzen Seidenpullover sah er ihre kleinen Brüste. Wie immer bestellte sie sich ein Glas Saft und ein Ei zum Frühstück, polkte den weichen Teig aus dem Inneren des Brötchens heraus und legte ihn auf den Tellerrand. Alle ihre Bewegungen kamen ihm abwesend und träumerisch vor, doch zugleich von unbeirrbarer Sicherheit, und ihr Gesicht zeigte den immer gleichen Ausdruck mürrischer Distanz.
Lüders, mit dem Jung zusammen am Tisch saß, hatte einmal gesagt, daß er die Cybik für eine Nutte halte. Er war Taxifahrer gewesen und hatte seine Konzession wegen Trunkenheit am Steuer verloren, nachdem ihm seine Frau mit einem jüngeren Mann durchgegangen war. Lüders verachtete die Frauen, er hatte seine Erfahrungen von vielen Nachtfahrten, und wenn er getrunken hatte, sprach er darüber in wüsten Ausdrücken und Vergleichen, die ihm offenbar eine trübe Befriedigung verschafften. Nutten waren Aufnehmer für ihn, und auch die Cybik war ein Aufnehmer.
»Wenn Göke keine Lust hat, dann treibt sie es mit dem Busch«, behauptete er, und als er Jungs Unglauben oder auch sein Erschrecken bemerkte, fügte er höhnisch hinzu: »Für fünfzig Mark kannst du sie auch haben. Mit Genehmigung des Chefs.«
Jung hatte heftigen Widerwillen gegen Lüders empfunden, gegen sein mehliges, abgestumpftes Gesicht, seine schleimige Stimme, seine kleinen trüben Augen, die ihn kalt, mit dem kalten Wissen eines Abge-

storbenen betrachtet hatten, während sich sein Mund, als wäre er für sich da, zu einem unverschämten und verächtlichen Grinsen verzog, und einen Augenblick hatte er denken können, daß ihn das alles nichts anging und nicht berührte. Aber kurz danach, als sie im Flur des Gasthofes an ihm vorüberging und er ihren schmalen, von langen Haaren übergossenen Rücken sah, hörte er es wie eine Einflüsterung, daß sie für fünfzig Mark zu haben sei, und er verstand nicht, daß sie ihm kein Zeichen machte, das ihn ermutigte, es zu versuchen.

Er sah oft zu ihr hinüber, aber niemand, außer Lüders, schien es zu bemerken, am allerwenigsten sie selber. Manchmal mußte er sich aus einem abwesenden Starren herausreißen, in das er verfallen war, weil niemand seinen Blick auffing und auch nicht mehr auffangen konnte, denn sie war schon vor Minuten mit Göke oder Busch hinausgegangen, und er starrte in die leeren Ecken des Raumes, als wäre dort etwas von ihrem Geheimnis, ihrem Wesen für ihn aufbewahrt. Der Stuhl dort, nicht mehr ganz auf seinem alten Platz, bewahrte das Nachbild ihres lässigen Aufstehens, einer gewundenen Bewegung ihres Körpers vor der Tischplatte, bei der sie den Stuhl mit einer Kniekehle fortgeschoben hatte, um sich Platz zu schaffen, und die Tür, durch die sie verschwunden war, hielt wie eine riesige Fotoplatte ihren Umriß fest, ihre etwas eckigen Schultern, ihren eckigen Oberkörper, neben dem ihre Arme zu lang erschienen, und die schlanken, sehnigen Beine, die zu einer Läuferin gepaßt hätten und ihrem Gang etwas Rücksichtsloses gaben oder einfach einen Überschuß an Kraft gegenüber dem leichten Gewicht, das sie zu tragen hatten.

Wenn er sich bei solchen Träumereien erwischte, stand Jung abrupt auf und ging aus dem Zimmer. Und manchmal lief er ein, zwei Stunden draußen in der Dunkelheit herum, zwischen den verrußten Häusern des alten Stadtrandes, die ihm wie unbewohnt oder unbewohnbar erschienen, besonders wenn in den Häuserlücken, eingefaßt von den Brandmauern, die fernen Lichter einer Neubausiedlung oder eines Wohnparks herüberleuchteten, dort wo die Stadt neue Jahresringe ansetzte, und sie tagsüber mit ihren Zeitungen herumliefen. In den Bezirken, wo sie wohnten, war wenig Licht, einige Peitschenlampen über der Endhaltestelle eines Busses, eine erleuchtete Telefonzelle, in der niemand stand, das Leuchtschild einer Eckkneipe, und sonst dunkle Stücke von Brachland zwischen den letzten Häusern oder Gärten mit struppigen Obstbäumen und dunklen Holzbuden hinter verfaulenden Zäunen.

Er ging daran entlang und suchte nach draußen in freies Gelände zu kommen, in die dunklen Zonen zwischen den erleuchteten Trabantenstädten und dem alten Stadtrand, wo sich die Lagerhöfe und Autofriedhöfe befanden, die Müllkippen und die großen Baumschulen und Gärtnereien, und manchmal auch dunkle Äcker und grasbewachsene Feldwege,

die zu einem einsamen Haus führten, dem er sich nicht zu nähern wagte, weil er Angst vor Hunden hatte.
Dort im Freien blieb er stehen und lauschte auf die Geräusche, die wie eine komplizierte ferne Dünung den Raum erfüllten, dünner, grauer, wesenloser Abhub des Lebens, das überall weiter stattfand und nie aufhörte, auch wenn er jetzt Schluß machte und für immer die Augen und Ohren schloß, was er oft dachte, zu denken sich gewöhnt hatte. Die graue Schattenwelt mit den unfaßlichen fernen Lichtern zeigte ihm, daß er unsichtbar war, weil nirgendwo an ihn gedacht wurde und dieses Nichtdenken schon lange an ihm zehrte. Er konnte nicht bleiben, mußte irgendeinen anderen Platz finden, wo er standhalten konnte, und einmal, unerwartet für ihn selbst, hatte er plötzlich laut schluchzen müssen, und erschrokken, als verletze er damit die Dunkelheit und ihre leisen, bedeutungslosen Geräusche, hatte er die Hand gegen den Mund gepreßt und den Laut unterdrückt.

Doch immer wieder, mitten im Elend, erneuerte sich sein Hochmut, als hingen sie zusammen und brächten sich wechselweise hervor. Er hatte beschlossen, sich nicht unterkriegen zu lassen, nicht von den Menschen. Er dachte es so – »Nicht von den Menschen« –, als handele es sich um eine besondere Art von Lebewesen, unter die er geraten war, zu denen er aber nicht gehörte. Er lebte nur, um sie mit kalter Verachtung wahrzunehmen und nicht ihren Täuschungen zu verfallen, ihren kleinen täglichen Hoffnungen. Er genoß es, sich in seinen Gedankenspielen solcher großer zusammenfassender Begriffe zu bedienen: die Menschen, das Leben. Was für Gewichte hielt er da in den Händen und wie gewichtslos erschienen sie ihm, wie nichtig, er konnte sie einfach fallen lassen und verwerfen.

Waren sie nicht alle zum Tode verurteilt, früher oder später? Aber sie taten so, als wüßten sie es nicht oder als sei ihnen dieses Wissen wieder abhanden gekommen, und das war es, was sie dem Schwachsinn des Lebens auslieferte, immer wieder. Es gab nur ein Gegengift, und er versuchte es sich bei jeder Gelegenheit zu beschaffen. Er wollte den Tod, das Sterben sehen, wollte es vor Augen haben.
Wenn er auf seinen täglichen Wanderungen irgendwo einen Menschenauflauf und das drehende Blaulicht eines Polizeiautos oder eines Unfallwagens sah, trat er sofort hinzu, in gieriger Erwartung. Meistens sah er nur beschädigte Autos und ihre verstörten, leicht verletzten Besitzer, die bei den Polizisten ihre Aussagen machten. Dann blickte er sich um und suchte, ob es nicht doch noch etwas anderes zu sehen gäbe, und ging rasch wieder weiter. Einmal aber, als er sich von hinten durch eine dichtere Menschenmenge durchgedrängt hatte, lagen tatsächlich zwei Bewußtlose oder Tote mit kreideweißen, blutüberströmten Gesichtern neben ihren zertrümmerten Autos am Straßenrand. Der Notarzt beugte sich über

den einen, tastete nach seinem Puls und legte den schlaffen Arm wieder zurück, und eine weinende Frau schlug die Hände vors Gesicht und wurde von einem Polizisten durch die stumm ausweichende Menge ein Stück beiseitegeführt, drehte sich aber plötzlich wieder um und starrte auf die beiden Männer, die wie Wülste aus totem Stoff auf der Erde lagen. Über den einen wurde jetzt eine Decke gebreitet, und der Arzt kniete bei dem zweiten und schloß eine Flasche mit Blutserum an seine Armvene an. Er hielt sie hoch wie einen der Anbetung dargebotenen sakralen Gegenstand, während die Sanitäter den Verletzten vorsichtig unter dem Rücken faßten und auf eine Bahre hoben.

Jung stand da wie in Trance, wollte alles sehen, spüren, wollte das Gewicht der ohnmächtigen oder toten Körper erahnen, ihre leblose Schwere sehen.

Plötzlich war er angeschrien worden: »Machen Sie doch Platz, Mann!«

Und jemand zog ihn ein Stück beiseite. Die Bahre mit dem Verletzten kam vorbei, das aschfahle stille Gesicht, der Arzt, der die Flasche hochhielt und mit der freien Hand wieder den Puls des Verletzten fühlte, dann die zweite Bahre mit dem Toten unter der grauen Decke, filzige, stumme, schon verwischte Körperform. Jung hatte noch in das Innere des Unfallwagens gestarrt, aber nur noch die reglosen Beine des Toten sehen können und war gegangen.

Auch in den Zeitungen und Illustrierten, die er tagsüber an den Wohnungstüren anbot, studierte er vor allem die Berichte und Bilder von Verbrechen, Unglücksfällen und Katastrophen. Es waren meistens enttäuschende Bilder, die nur Spuren des Geschehens festhielten: Mörder, die abgeführt wurden und mit der Hand ihr Gesicht verdeckten, ein Selbstmörder, der in einem Plastiksack aus einem Haus getragen wurde, in dem er längere Zeit unentdeckt gelegen hatte, einmal eine Müllhalde, aus der ein Leichenteil ragte. Er konnte es kaum erkennen, denn der Tote war verbrannt worden. Was aus dem schmierigen Gewirr von Küchenabfällen, Kunststoffresten, zerschlagenen Bierflaschen und alten abgefahrenen Autoreifen hervorsah, mußte sein verkohlter Beinstumpf sein.

Das war ein lehrreiches Bild. Es zeigte, daß Leben und Abfall am Ende ein und dasselbe waren, er sah es lange an.

Oder auch das Foto einer vierzehnjährigen Selbstmörderin, die mit verdrehtem Körper und widernatürlich geknickten Beinen auf den Steinplatten einer Terrasse lag, umgeben von großen Blumenkübeln. Sie war aus dem 21. Stock gesprungen. Neben ihr lag, wellenförmig verbogen, das eiserne Terrassengeländer, ihr Körper hatte es beim Aufprall aus der Verankerung gerissen. Dabei war von einem Bein der Toten der Stiefel abgerissen worden und stand nun, einen Meter von dem entblößten Fuß entfernt, wie sorgfältig aufgestellt, mit zur Seite gekipptem wei-

chem Schaft. Der Kopf der Toten war nicht mehr zu erkennen, nur der Haarbusch, dicht und dunkel und wahrscheinlich verklebt von vertrocknetem Blut.
In dem Bericht stand, daß dem Mädchen am Morgen in der Schule eine Jacke gestohlen worden war. Sie hatte sie »die Fliegerjacke« genannt und war stolz auf sie gewesen. Die Lehrerin hatte ihr nicht erlaubt, die Jacke mit in die Klasse zu nehmen, und nach der Stunde war sie fort. War das ein Grund zu sterben? Warum nicht, dachte Jung. Es war nicht lächerlicher als eine unglückliche Liebe oder ein geschäftlicher Bankrott. Es war jedenfalls kein Grund zu leben.

Wenn Jung solche Bilder betrachtete und die Berichte las, sagte er sich, daß er einen Vorrat an Beweismaterial sammle, der ihm half, unabhängig und unangreifbar zu werden. Aber wenn er sich vorzustellen versuchte, wie das Mädchen aus dem 21. Stockwerk gesprungen war, konnte er es nicht aushalten.
Es gab zwei Möglichkeiten: Sie hatte sich auf die Brüstung des Balkons gestellt und einen weiten Schritt ins Leere getan. Oder sie war schon schwindelig, schon halb ohnmächtig bis zur Brüstung gegangen, hatte sich mit beiden Händen an der Blechabdeckung oder am Geländer festgehalten und sich mit einer tödlichen Willensanstrengung, aber immer noch wie zur Probe, immer weiter vorgebeugt, bis Kopf und Oberkörper weit über der strudelnden Tiefe hingen, und dann hatte sie das Übergewicht bekommen und

losgelassen. Alles wurde unvorstellbar von diesem Augenblick an, bis auf die schleudernde Bewegung eines sich überschlagenden Körpers und die sich drehenden Hälften von Himmel und Erde, wobei mit jeder Umdrehung rasender die Tiefe entgegenkam und wieder wegsauste.
Der Aufprall vor allem war unvorstellbar. Jung betrachtete das Bild der Toten, konnte wenig daran wahrnehmen, es war eine stumme Hieroglyphe.

Was wollte er also, was suchte er? Wissen, Beruhigung, Distanz?

Er machte auch anderen Gebrauch von den Zeitschriften, er entwickelte sich zum Spezialisten für Kreuzworträtsel. Zuerst löste er alle, die er auftreiben konnte, dann machte er sich daran, selbst welche zu erfinden. Er stellte sie aus anderen Rätseln zusammen und aus einem Taschenlexikon, das er sich gekauft hatte, und das jetzt sein einziges Buch war. Während die anderen am Schanktisch standen oder im Fernsehzimmer saßen, breitete er auf einem Tisch seine Papiere aus und spielte mit den Begriffen herum.
Einmal hatten sich Göke und die Cybik zu ihm gesetzt und ihm zugesehen.
»Wie nennt man einen freistehenden Glockenturm?« hatte er Göke gefragt.
Göke wußte es nicht, sie auch nicht.
»Griechischer Gott der Unterwelt?« fragte er. Niemand wußte es.

»Tonart mit drei Buchstaben?«
»Dur«, sagte sie.
Er überlegte, ob er Göke noch etwas fragen sollte, unterließ es aber.
»Frag Blotzheim was«, sagte Göke und zeigte in das verdunkelte Fernsehzimmer.
»Der ist so doof wie Scheiße«, fügte er in vertraulichem Ton hinzu.
Er sah Jung an und beugte sich vor, wie immer, wenn er Kontakt suchte, näherte er sich mit seinem eckigen Kopf: »Wie kommst du aus mit ihm?«
Jung wollte nicht antworten, aber er zuckte ein wenig mit den Schultern, und offenbar war Göke mit dieser Antwort zufrieden, denn er nickte.
»Der bringt ja fast nichts«, sagte er, »lang ist der nicht mehr bei uns.«

Jung war kurz danach in sein Zimmer gegangen. Gerade weil Göke so vertraulich »bei uns« gesagt hatte, fühlte er sich fremd. Er wollte mit niemandem etwas zu tun haben. Meistens ging er früh in sein Zimmer, schraubte eine stärkere Birne, die er zu diesem Zweck immer mitnahm, in die Nachttischlampe und legte sich ins Bett, um zu lesen oder an seinen Rätseln zu arbeiten. Wenn er eine Serie von Rätseln fertig hatte, wollte er sie Stück für Stück an eine Illustrierte oder die Rätselzeitung verkaufen, und vielleicht würde es ihm so gelingen, einen kleinen Vorrat an Geld anzulegen, der es ihm möglich machte, hier wegzukommen und irgendwo ein anderes Leben zu beginnen. Die Teppiche sich kreuzender Wörter auf seinem karierten Papier waren kleine Flöße, die er sich baute, wie ein Gefangener auf einer Insel, der in zäher, geheimer Arbeit seine Flucht vorbereitet, aber auch wachsende Landstriche, die ihm gehörten, Territorien seiner geistigen Überlegenheit.

Sobald er Blotzheim, mit dem er das Zimmer teilte, die Treppe hochkommen hörte, räumte er alles mit ein paar Handgriffen beiseite und machte das Licht aus. Ihn nicht zu sehen, war das beste, um seine Nähe zu ertragen. Blotzheim war ein weggelaufener Bauernjunge aus der Eifel, der nicht mehr in sein Dorf zurück konnte, seit er wegen wiederholten Diebstahls im Gefängnis gesessen hatte. Göke hatte ihn wohl eingestellt, weil er gedacht hatte, Blotzheim würde mit seinem kindlichen Gesicht bei den Hausfrauen Mitleid erregen und gute Abschlüsse machen. Das hatte sich aber als falsch erwiesen. Er kam nicht an, man machte ihm gleich die Tür vor der Nase zu, weil er Schwierigkeiten hatte, sich auszudrücken. Einmal war Göke ihm heimlich gefolgt und hatte beobachtet, daß Blotzheim während der Arbeit in ein Kino gegangen war. Daraufhin hatte er ihn abends bei der Abrechnung verhört.

Göke hatte hinter seinem Tisch gesessen und Blotzheim betrachtet, der unsicher auf der anderen Seite des Tisches stand und zu leugnen versuchte. Plötzlich hatte er ihn mit einem raschen Griff dicht unter dem Hals bei den Aufschlägen seiner Jacke gepackt und mit unerbittlicher Kraft zu sich herunter gezogen, bis Blotzheim wie ein Schlachtopfer mit dem Kopf auf der Tischplatte lag, und er ihm ins Ohr brüllen konnte, er würde ihn umbringen, wenn er es noch mal versuchen sollte, ihn zu belügen. Dann war Göke aufgestanden, hatte Blotzheim wie ein Bündel Lumpen mitgezerrt und gegen die Wand gestoßen, und als er sich umdrehte, stand in seinem Gesicht ein Ausdruck von schierer Wut oder Besessenheit, der sie alle nötigte, den Blick zu senken.

Aber während Göke ihn entsetzt hatte, hatte Blotzheim ihn angeekelt, als er wie ein gefügiger, weicher Haufen von Auflösung und Unterwerfung in Gökes Griff hing, sich hin- und herzerren und schütteln ließ und sich besabberte. Auch er hätte zuschlagen können. Doch zugleich fühlte er sich gespalten in einer widerlichen Erregung zwischen Wollust und Angst.

In der Nacht hatte er unten wieder Toben und Schreien gehört, ein Tisch und ein paar Stühle waren umgefallen, und Glas war zersplittert. Göke hatte anscheinend mit anderen Gästen Krach bekommen, und Busch und die Cybik versuchten ihn zu beruhigen. Jung hatte gelauscht und gemerkt, daß auch Blotzheim im Bett neben ihm lauschte. Um nicht mit ihm sprechen zu müssen, hatte er sich schlafend gestellt. Blotzheim atmete vernehmlich, wie in tiefem Seufzen, und wälzte sich auf den Rücken, undeutlich buckelte sich das Oberbett, als zöge er seine Knie an.

Unten ebbte der Krawall ab. Man hörte ihre Stimme und ein Männerlachen, das ihr zu antworten schien. Sie war die einzige Frau zwischen all den Männern, und vielleicht blieben sie alle wegen ihr so lange und betranken sich, hatten auch wegen ihr Streit bekommen. Vielleicht stimmte es, was Lüders sagte, daß sie eine Nutte war und Göke und Busch ihre Zuhälter, die auf ihre Kosten lebten.

Jung lag still, hatte die Augen geschlossen und wartete auf das Einschlafen. Der Regen schlug dicht und prasselnd gegen das Fenster, morgen würden sie wieder in diesem Wetter herumwandern müssen. Morgen würde sie wieder vorne im Wagen sitzen, Gökes Hand auf ihrem Nacken. Es war stickig und still im Zimmer, und jetzt hörte er neben sich ein weiches Reiben und Rupfen und wußte, daß Blotzheim onanierte. Fast jede Nacht hörte er das, meistens nur eine leise pudernde Bewegung, die mit ein paar tieferen Atemzügen plötzlich zu Ende war, manchmal auch mitten in der Nacht ein heftiges Flappen und Klatschen, von dem er erwachte.

Er drehte sich dann weg, gespannt von Verachtung und Widerwillen. Aber diesmal, während das Beben von Blotzheims Bett sich auf sein Bett übertrug, spürte er, daß er von einem nichtswürdigen Verstehen, einer widerwärtigen Gemeinsamkeit beschlichen wurde, auch er berührte sich, lag aber reglos da, in starrem Warten.

Unten ging wieder die Tür auf, und Göke und die Cybik kamen die Treppe herauf, ein wenig stolpernd, wie ein Paar, das sich im Gehen umarmt, aber vielleicht auch betrunken. Blotzheim neben ihm hatte aufgehört, und als die Zimmertür zufiel, machte er heftiger weiter. Er denkt an sie, dachte Jung, er denkt, daß sie sich jetzt ausziehen, daß sie es mit Göke treibt.

Plötzlich schnellte er hoch und machte das Licht an.

»Hör auf, du Schwein!« schrie er.

Blotzheim starrte ihn aus weit aufgerissenen Augen an.

»Was ist denn?« brachte er heraus.

Im selben Augenblick hatte Jung das Oberbett gepackt und mit einem Ruck weggerissen. Blotzheim lag fast nackt da, ohne Hose, die Jacke seines Schlafanzuges war geöffnet, das Sperma hatte schon seinen Bauch bespritzt. Jung fühlte sich fassungslos werden, weil Blotzheim sich nicht rührte und sich still, mit einem törichten Glanz in den Augen, seinem Blick darbot.

»Steh auf und wasch dich«, sagte Jung.

Dann drehte er sich ab, ging zu seinem Bett zurück und setzte sich auf die Kante. Er hörte, wie Blotzheim hinter ihm zum Waschtisch tappte und sich den Bauch abwusch.

»Beeil dich«, sagte er.

»Kannst schon ausmachen«, sagte Blotzheim und kam zum Bett zurück.

Jung knipste das Licht aus. Sofort sah er vor sich wieder den Bauch und die Nabelgrube, verklebt von den weißlichen Spritzern des Spermas, auch die

Hand Blotzheims und die rote Eichel, die aus ihr hervorlugte, waren beschmiert mit der weißlichen Nässe. Jung sah es so deutlich, daß er sich schütteln mußte, es erschien ihm unmöglich, sich hinzulegen.
Schließlich ging er zum Fenster, konnte es aber nicht aufmachen, weil Wind und Regen von außen dagegen drückten. Mit der Stirn lehnte er an der kalten Scheibe. Blotzheim bewegte sich in seinem Bett, brachte irgendetwas in Ordnung, und diese Geschäftigkeit hinter ihm im Dunkeln jagte seine Nerven in einen neuen Aufruhr. Ich muß raus hier, dachte er. Als er sich umdrehte, sah er den schwarzgerahmten Spiegel an der Wand blinken und hatte den Einfall, ihn herunterzunehmen und über Blotzheims Schädel zu schlagen. Der dunkle Schopf lag deutlich erkennbar auf dem weißen Kissen. Es war nichts anderes als eine große behaarte Nuß. Jung berührte vorsichtig den Holzrahmen des Spiegels mit den Fingespitzen. Davon wurde er ruhiger und ging zum Bett zurück.

In der Nacht träumte er, daß er in einem dunklen Wald war, in dem Bäume gefällt wurden. Man hörte überall die Axthiebe und das Krachen und Splittern der stürzenden Bäume. Er selbst hatte ein Beil in der Hand und mußte einen langen, dunklen Baumstamm von seinen Ästen reinigen, die sich seinen Hieben federnd widersetzten. Er wußte, daß man ihn bestrafen würde, wenn er seine Arbeit nicht schaffte, und er vermehrte seine Anstrengungen, bis er in Schweiß gebadet war. Plötzlich rutschte das Beil von dem Ast ab und grub sich knirschend in sein Schienbein. Er schrie auf vor Entsetzen und Schmerz und hatte Mühe, zu begreifen, daß er geträumt hatte.

Er war nun im zweiten Monat bei der Kolonne, aber es schien ihm länger zu sein, unbestimmt lange, denn die Zeit davor hatte sich verdunkelt und setzte sich nicht fort, und er hatte damit einen Teil seines Gedächtnisses überhaupt verloren. Die Tage vergingen langsam, und wenn sie vorbei waren, verschwanden sie spurlos, wie eine unsichtbare, farblose, geschmacklose Substanz, die durch ihn hindurchging, ohne ihn zu berühren. Er lebte nur auf Widerruf. Irgendwann mußte es eine Veränderung geben, die die verborgene Bedeutung seiner Person für alle sichtbar wiederherstellte. Das war eine unantastbare heimliche Gewißheit. Doch er konnte sich nicht vorstellen, wie das geschehen sollte, so daß ihm nichts übrigblieb, als zu warten und sich der Nichtigkeit der schwindenden Tage zu überlassen.

Manchmal sah er es so, daß draußen sich alles bewegte, während er wartete, und seine Haut war die äußere Abgrenzung einer eigenen Zeit, die vor der anderen Zeit draußen geschützt werden mußte. Er wunderte sich, daß die Haut eine so zuverlässige Grenze war, wenn die ganze Welt dagegen drückte. Doch dann wieder war die Welt um ihn herum nichtssagend und fade, als wäre sie nicht richtig da.

Auch sie konnte er ansehen wie einen Gegenstand. Sie war zum Beispiel nicht hübsch, eher häßlich und ein wenig bizarr. Manchmal hatte sie die unangenehme Angewohnheit, einem starr in die Augen zu sehen, als suche sie Gründe für eine heftige Abneigung, vermutlich aber dachte sie an etwas anderes oder an nichts. Sie war wahrscheinlich ein nichtiges Wesen, das überall hinpaßte und nur ein wenig Geheimnis um sich machte. Einmal hatte sie auch seine beiden Hände ergriffen, um seine Handlinien zu lesen. Es war nicht viel dabei herausgekommen, nur daß seine Lebenslinie eine Unterbrechung hatte, die Unglück bedeutete oder eine Krise oder eine Krankheit, vielleicht war es auch anders gewesen, er hatte es sich nicht merken können, weil er irritiert gewesen war von ihrem Finger, der in seinem Handteller herumgewandert war, ganz sanft wie eine Liebkosung, ein leises Streicheln und Kratzen mit dem Fingernagel, während sie wenig einfallsreich über die Bedeutung seiner Handlinie redete – vielleicht auch nur einer ihrer Nuttentricks.

Seit einigen Tagen wohnte die Kolonne in einem alten Gasthof an der Bundesstraße 1, einige Kilometer östlich von Dortmund. Es war ein fahlgelbes Gebäude vom Ende des vergangenen Jahrhunderts, das an ein kleines umzäuntes Buchenwäldchen grenzte, einen stehengebliebenen Waldrest, in dem ein rostiger Rundlauf und eine Wippe standen. Im Sommer oder in früheren Sommern hatte er wohl als Kaffeegarten gedient.

Der Gasthof hatte einen Anbau in der Höhe des Haupthauses, auf dessen Giebel in verblaßter gotischer Schrift das Wort »Festsaal« stand. Die Schlagläden der Fenster waren geschlossen und schienen seit Jahren nicht mehr geöffnet worden zu sein. Ihre verwitterte graue Farbe war abgeblättert und gab große Stellen des schwärzlich faulenden Holzes frei. Einige Läden hingen schief und schlossen nicht mehr richtig, denn ihre Verankerung in den Mauerfugen hatte sich gelockert, und dort war auch der Putz rissig geworden oder in großen Placken vom Mauerkern abgeplatzt.

Jung hatte einmal von außen einen Laden geöffnet und durch das verschmutzte Fenster in das dämmerige Innere gesehen, in dem kaputte Stühle und Gartenmöbel aufeinandergestapelt waren, der Fußboden war zum Teil aufgerissen, und auf dem Podium stand ein altes, wahrscheinlich unspielbares Klavier. Der Gasthof wurde von einem alten Ehepaar betrieben, bei dem noch eine uralte, fast blinde Frau, anscheinend die Mutter des Mannes, lebte. Vielleicht hatten sie im Sommer gelegentlich Gäste aus der Stadt oder vom Ausflugsverkehr auf der Bundesstraße, aber jetzt im Winter kamen höchstens mal ein paar Bauern oder Arbeiter aus der Umgebung zu einigen Glas Bier und gingen bald wieder fort. Das war der Ort, wo Göke eines Abends seinen Gerichtstag hielt.

Jung war an diesem Abend zu spät zum Treffpunkt gekommen, weil er die Cybik in ihrem Revier, einem großen Neubauviertel, gesucht hatte. Am Morgen hatte er zufällig erfahren, in welchen Straßen sie tagsüber herumgehen würde, und am Mittag war es ihm plötzlich wie eine verzögerte Einsicht eingefallen, daß das in seiner Nähe sein mußte, und er hatte sich sofort auf den Weg gemacht.

Er hatte sich gesagt, daß er nur wissen wolle, weshalb sie mit Göke und vielleicht auch mit Busch zusammenlebte. Das war ein Rätsel, das er lösen mußte, und wenn es gelöst war, wenn zum Beispiel stimmte, was Lüders über sie behauptete, würde sie ganz aus seinen Gedanken verschwinden.

Zur Erklärung wollte er ihr sagen, daß er seinen Bestellblock vergessen habe und einige Bogen bei ihr ausleihen wolle, und sie dann zu einer Tasse Kaffee oder einem Bier einladen.

Aber er hatte sie nicht finden können und war in wachsender Ungeduld an langen Häuserfronten entlanggegangen, an denen nur die Farbe der Balkone wechselte, hatte sich umgeblickt auf den noch graslosen Flächen zwischen den großen Wohnblocks und auf einem weitläufigen, mit Steinplatten ausgelegten Platz, wo in großen Betonwürfeln Kriechgewächse oder dünne, besenartige, jetzt laublose Bäumchen wuchsen. Er war an kleinen Anlagen mit Klettergerüsten und Rutschbahnen vorbeigekommen, hatte durch die Scheiben eines Supermarktes, einer Schnellreinigung, einer Drogerie nach ihr Ausschau gehalten und war schließlich unverhofft dem blauen VW-Bus begegnet. Sofort war er ausgewichen und

durch ein angrenzendes Baugelände davongelaufen und später in weitem Bogen mit lehmigen Schuhen und Hosenbeinen zu dem Neubauviertel zurückgekehrt.
Er wußte nicht, ob man ihn gesehen hatte, war auch nicht mehr sicher, ob es nicht ein anderer VW-Bus gewesen war. Er wußte nur, daß er ihnen nicht erklären konnte, weshalb er geflohen war. In einer Imbißstube, wo er ein Bier trank, fragte er nach ihr.
»Eine kleine schwarzhaarige Frau«, sagte er.
Die Beschreibung war ihm selbst so fremd vorgekommen, daß er sie nicht mehr ergänzt hatte.

Er kam als letzter beim Treffpunkt an, alle saßen schon im Bus. Er war fast zehn Minuten zu spät, hatte mehrmals nach dem Weg fragen müssen und falsche Auskünfte bekommen, das letzte Stück hatte er laufend zurückgelegt. Sobald er den Bus erblickte, zwang er sich zu gehen, und als er näherkam, stieß Göke die Wagentür auf und brüllte ihn an, daß er laufen solle, aber er ging gleichmäßig weiter und stieg wortlos ein. Als er saß, wollte er sich entschuldigen, daß er so spät gekommen war, aber Göke drehte sich um und sagte:
»Halt die Schnauze!«
Und dann, als habe er nachgedacht, fügte er hinzu:
»Du kriegst noch dein Fett.«
Keiner sprach mehr. Lüders und Blotzheim auf der Bank gegenüber sahen mit unsicheren Augen an Jung vorbei. Ihre Körper wurden von der Fahrt durchge-

rüttelt und schaukelten beim Bremsen und Anfahren wie mechanische Pendel hin und her.

Es war dunkel, als sie abends zurückkamen. Nur in der Küche brannte Licht, und zwischen den Buchenstämmen sah man die Scheinwerfer der Autos auf der Bundesstraße.
Sie fuhren von hinten auf den Hof, und Jung stieg mit den anderen aus in einer unruhigen Erwartung. Wie jeden Abend gingen sie durch den Flur und den leeren Schankraum in das Hinterzimmer, wo immer die tägliche Abrechnung stattfand, und als Jung noch einmal kehrtmachte, um sich an dem Automaten im Flur eine Schachtel Zigaretten zu ziehen, faßte Busch, der hinter ihm herkam, seinen Arm und schob ihn nachdrücklich in den hinteren Raum zurück.
»Mach schon«, sagte er.
Es klang nicht feindlich, aber es duldete keinen Widerspruch. Hinter sich zog Busch die Schiebetür zu. Sie rumpelte in den Schienen und schloß nicht ganz, aber im Schankraum waren ohnehin keine Gäste. Erst jetzt sah Jung, daß Busch in der einen Hand einen Holzprügel hielt, und im selben Augenblick war eine taube Leere um sein Herz, und er spürte, wie es sich verkrampfte.
»Mach die Vorhänge zu«, sagte Göke.
Er saß breit, mit aufgestützten Armen hinter dem Tisch, an dem er jeden Abend die Tagesergebnisse kontrolliert hatte, und sah zu, wie Busch zu den bei-

den Fenstern hinüberging und jeweils mit einem kurzen Ruck die Vorhänge zuzog. Plötzlich waren draußen und drinnen getrennt, die Welt war geschrumpft auf diesen spärlich erleuchteten Raum und das Knacken der alten Dielen unter den schweren Schritten von Busch, der vom hinteren Fenster zurückkam und sich auf einen Stuhl bei der Schiebetür setzte. Er hatte den Prügel quer über seine Schenkel gelegt.

Jung sah alles wie in einem Traum, der von einem Ort handelte, den er nicht mehr verlassen konnte. Der Raum war mit ein paar Stühlen und Tischen unvollständig möbliert, in der Mitte lag ein abgetretener roter Kokosläufer, und auf dem Wandbord über ihren Köpfen standen als verstaubte Überbleibsel einer anderen Zeit ein paar alte Pappschilder mit Schnapsreklamen. Dicht neben sich hörte er ein unterdrücktes Geräusch, das schon eine Weile da gewesen sein mußte, und das er erst jetzt als das gepreßte seufzende Atmen von Blotzheim erkannte.

»Einer von euch ist ein Fälscher«, sagte Göke.

Erst in diesem Augenblick erschrak Jung wirklich. Es war, als bräche in ihm der Boden durch, und seine Gedanken stürzten ab in einem haltlosen Staunen. Wieso weiß er es, dachte er, wieso ausgerechnet er?

Einen Moment lang schien alles außer Kraft gesetzt, was seinem Denken Halt und Vernunft gegeben hatte. Es gab keinen Abstand mehr zwischen gestern und heute und hier und dort und zwischen ihm und den anderen, er fühlte sich durchlässig und preisgegeben, ohne eigene Schwere, so daß die Blicke der anderen wie ein Wind durch ihn hindurchwehten.

Ein Fälscher! Einer von euch ist ein Fälscher!

Aber ich hatte es selbst vergessen, dachte er.

Es war ein kurzer schwindelnder Moment der Überrumpelung, und er konnte nichts anderes tun, als warten und ihn überstehen, dann würde sich die andere, leise und zähe Stimme in ihm durchsetzen, die ihm einflüsterte, daß es sich um einen Irrtum handele, eine Täuschung, die sich gleich aufklären mußte. Nein, es war nicht möglich, er konnte nicht gemeint sein. Etwas Fremdes war vorbeigeflogen und hatte ihn gestreift und aus dem Gleichgewicht gebracht, aber er stand schon wieder und schüttelte den Kopf.

»Nein?« fragte Göke.

Jung wußte wohl, daß er gemeint war, aber nicht, was Göke von ihm wollte.

»Nein?« fragte Göke wieder

Seine Stimme war lauter geworden und hatte sich bedrohlich gehoben, als sei seine Geduld erschöpft und als verlange er sofort eine hinreichende Stellungnahme.

»Ich weiß nicht, was du willst«, sagte Jung

Zum ersten Mal hatte er Göke geduzt und seine alte Vorsicht überwunden, mit der er bisher jede Anrede vermieden hatte. Auch Göke schien etwas bemerkt

zu haben, denn er starrte ihn in finsterer Nachdenklichkeit an. Jung hielt dem Blick stand, aber er versuchte, arglos auszusehen.
»Du brauchst auch einen in die Kiemen«, hörte er Göke sagen.
Er rührte sich nicht. Er durfte Göke keine Gelegenheit geben, sich weiter in seine Wut hineinzusteigern. Immer noch war der starre Blick auf ihn gerichtet, abschätzend oder lauernd, ob er einen Fehler mache.
»Willst du behaupten, daß ich lüge?«
»Nein«, sagte Jung, bemüht, alles abzuwehren, aber ohne zu wissen, wovon die Rede war.
»Ich hasse drei Dinge«, sagte Göke, »Betrug, Lüge, Feigheit.«
Plötzlich hob er wie einen kleinen Fächer von Spielkarten ein paar Bestellzettel hoch und schwenkte sie einmal hin und her.
»Was hab ich hier?« fragte er.
Niemand antwortete, und er nickte, als habe er das erwartet. Mit einer künstlichen Ruhe und Deutlichkeit sagte er:
»Diese fünf Abos hat mir heute der Vertrieb zurückgeschickt. Sie haben alle gefälschte Unterschriften, und sie kommen aus dieser Kolonne.«
Er machte eine lange Pause. Dann sagte er noch langsamer, noch ruhiger und noch bestimmter:
»Derjenige, der das gemacht hat, soll vortreten.«
Wieder geschah nichts. Göke legte die fünf gefälschten Bestellkarten nacheinander vor sich auf den Tisch und betrachtete sie. Ohne aufzublicken sagte er:
»Ich warte nicht lange.«

Immer noch schien er vor allem daran interessiert zu sein, daß die Zettel genau nebeneinander in einer Reihe lagen. Mit einem Finger schob er sie zurecht wie ein tief versunkener Patienceleger, der die schwierige, wenig aussichtsreiche Lage seiner Karten ändern möchte, aber noch keine Möglichkeit gefunden hat, wie er es tun könnte, und ersatzweise ein wenig an ihnen herumrückt. Er wartete, und er genoß es. Er war mit allen Sinnen wach und wußte, ohne aufzublicken, daß alle Augen auf ihn gerichtet waren, und so konnte er seinem Warten den Ausdruck einer versonnenen Grübelei geben, aus der er sich nur gezwungen und immer noch ohne den Blick zu heben aufraffte, um zu sagen: »Bring das Schwein her, Werner.«

Wieder merkte Jung, wie sein Herz einen Sprung machte und heftig zu schlagen begann, obwohl er jetzt wußte, daß er nicht gemeint war, nicht gemeint sein konnte. Busch war von seinem Stuhl aufgestanden und mit dem Prügel in der Hand dicht an ihm vorbei gekommen, und hinter ihm wich Blotzheim jammernd in eine Ecke zurück.
»Ich hab nichts getan!« schrie Blotzheim.
Plötzlich jaulte er auf, denn Busch hatte ihm klatschend über beide Schenkel geschlagen.
»Weg hier!« sagte Busch. »Und nimm die Pfoten weg!«
Aber Blotzheim wußte nicht wohin oder schien den Schutz der Ecke nicht verlieren zu wollen, und so

zog er sich nur zusammen und blieb in einer demütigen Verkrümmung vor Busch stehen und rieb sich die Schenkel.

»Ich schlag dir die Finger ab«, sagte Busch.

Auch jetzt richtete Blotzheim sich nicht auf, sondern begann sich in derselben gekrümmten Haltung an der Wand entlangzuschieben, die Hände weiter wie zum Schutz auf seinen Schenkeln und angstvoll hochblikkend zu Busch, der den Prügel schlagbereit in der Hand hielt und sich langsam mitdrehte. Plötzlich schlug Busch wieder zu und erntete ein Gelächter, weil es ihm gelungen war, Blotzheim zu täuschen und auf den Hintern zu treffen. Es war ein sausender kurzer Hieb, der Blotzheim hochschnellen ließ wie eine mechanische Puppe, die auf Knopfdruck aus einem Kasten springt, und so stand er nun an die Wand gepreßt, sah die lachenden Gesichter der anderen und begann selbst in jämmerlicher Unterwerfung zu grinsen.

Jung wußte genau, daß Busch ihn gleich wieder auf die Schenkel schlagen würde, und obwohl sein Herz immer noch wie rasend klopfte, fühlte er, wie eine tiefe Gleichgültigkeit und Erstarrung sich in ihm ausbreitete. Alles war lächerlich und abstoßend, ein widerliches, zuckendes Theater, auch Totschlagen war vielleicht nichts anderes als eine nichtssagende Darbietung. Sollten sie doch ruhig weitermachen.

Als Busch wieder zuschlug und ein neuer Tumult ausbrach, war er gegangen. Im Flur war er auf den

Wirt gestoßen, der an der Tür lauschte. Es war ein kleiner grauer Mann mit einem verängstigten Gesicht, der zwei Schritte vor ihm zurückwich und sich entschuldigte.

Jung trat auf ihn zu und sagte: »Na, ein bißchen lauschen?«

»Entschuldigung«, sagte der Wirt wieder und beobachtete Jung von unten herauf mit unruhigen Augen, bereit, weiter zurückzuweichen. Schließlich sagte er:

»Was ist los da drinnen?«

»Gehn Sie doch rein«, sagte Jung.

Drinnen waren Blotzheims Schreie zu hören und dann ein Krachen, als sei er über einen Stuhl gestürzt.

»Sie sind doch der Hausherr«, sagte Jung, »machen Sie doch Schluß damit.«

Der Wirt sah ihn mißtrauisch an, als ob das eine Herausforderung wäre, vor der er sich hüten mußte. Wahrscheinlich hatten ihn die beiden Frauen, die verschüchtert in der Küchentür standen, über den Flur geschickt, um an der Tür zu lauschen. Er hatte seinen ganzen Mut zusammengenommen und schien immer noch zu Tode erschrocken zu sein, daß Jung ihn dabei erwischt hatte.

»Sie können ja auch die Polizei rufen«, sagte Jung in einem herablassenden, verächtlichen Ton und konnte sehen, wie das argwöhnische Gesicht des alten Mannes von offener Angst überschwemmt wurde. Offenbar hatte er gerade das tun wollen, hatte sich aber nicht getraut und fürchtete jetzt, entdeckt zu werden.

»Nein, nein«, sagte er, »werd schon nicht gleich die Polizei rufen. Ist doch alles nicht so schlimm. In mein Haus kommt keine Polizei.«

»Doch, wir rufen die Polizei«, keifte seine Frau in der Küchentür.

»Willst du wohl still sein!« schrie er zurück. »In mein Haus kommt keine Polizei!«

Er machte eine große beschwörende Armbewegung, es sah so aus, als wolle er die beiden Frauen da im Türrahmen verscheuchen.

Wieder war drinnen ein Poltern zu hören und zugleich Gökes laute Stimme, der eine andere, viel leisere antwortete.

»Komm her, du Lump!« schrie Göke, und der Wirt schritt erneut mit einer scheuchenden Bewegung auf die beiden Frauen zu.

Jung drehte sich ab und ging nach draußen auf den Hof.

Kälte schlug ihm entgegen und erinnerte ihn daran, daß sein Mantel noch im Hinterzimmer des Gasthofes hing, lange konnte er nicht draußen bleiben. Es war finster, ein bedeckter Himmel ohne Sterne, aus dem wie in einer krampfigen Ohnmacht und Erstarrung der Luft vereinzelte dünne Schneeflocken herabsegelten. Jung ging durch das Buchenwäldchen auf die Straße zu, und das gefrorene Laub knisterte unter seinen Schuhen. Bei dem Rundlauf machte er halt,

berührte das kalte Metall einer Kette und zog die Hand zurück.
Was soll ich tun, dachte er.
Oben auf der Straße, die auf einem Damm lag, rollte der Verkehr in beide Richtungen, schwere Lastzüge, die ins Ruhrgebiet oder ins Münsterland fuhren, und wenn er sich umblickte, blinkten in der Ferne zwischen den Baumstämmen zwei verlorene Lichter, die vielleicht zu einem Dorf gehörten.
Was soll ich tun? Was soll ich tun?
Auf einmal erinnerte er sich an einen Tobsuchtsanfall, den er als Junge gehabt hatte. Mit einem Stock oder einem Stuhlbein hatte er wie ein Verrückter auf einen gestopften Sack eingeschlagen, bis er völlig außer Atem war. Er konnte sich noch genau an seine tobende Anstrengung erinnern, an das Hüpfen des Sackes und das dumpfe Geräusch seiner Schläge, aber er wußte nicht mehr, was er für einen Grund gehabt hatte.
Er fror, vergrub beide Hände in den Taschen. Ich bin praktisch tot, dachte er, ich kann nichts mehr erwarten. Es war gar nicht mal schlecht, das zu wissen. Das meiste lag schon hinter ihm, und für den Rest würde er auch noch Kraft finden, irgendwann. Er dachte das nur ungefähr, nur vorläufig, er würde schon noch Zeit haben, es genauer zu denken, jeder Schritt, den er tat, konnte später wichtig sein.
Ich bin praktisch tot. Das zu wissen, war ein Vorsprung vor den anderen da drinnen, es machte ihn auch unabhängig von ihr.

Er roch die Schneeluft, und eine grundlose prikkelnde Erwartung war in ihm, als beginne das Leben von neuem, gerade jetzt. Die Welt, umhüllt von Dunkelheit, schien voller verworrener Einflüsterungen zu sein, sie sagten ihm, daß er noch eine Frist habe, eine fast beliebige, unbestimmt lang. Ja, er würde noch leben. Aber er mußte den Gedanken festhalten, schon gestorben zu sein, denn das war die Bedingung, unter der er sich darauf einlassen konnte, ohne noch einmal getäuscht zu werden.
In einem Bogen ging er wieder auf das Haus zu, vorsichtig, denn bei Unebenheiten brach die frostige Kruste der Laubdecke unter seinem Fuß, und darunter war der Boden hart wie ein Knochen. Das Haus war von hier aus vollkommen dunkel, ein geballter schwarzer Umriß, eingelassen in eine flache Mulde. Er konnte jetzt deutlicher die einzelnen Baumstämme sehen und die Betonsockel abgeschraubter Gartenbänke auf einem freien, offenbar eingeebneten Platz, über den er gerade ging. Drüben fiel ein Lichtschein in den Hof, zwei Männer traten durch die Hoftür nach draußen. Es schienen Busch und der Wirt zu sein.
»Er ist hier rausgegangen«, hörte er den Wirt sagen.
»He, Jung!« rief Busch.
Er blickte in die falsche Richtung und konnte ihn nicht kommen sehen.
»He, Jung, du sollst reinkommen!«
»Schrei nicht so«, sagte Jung und ging hinter ihm vorbei auf das Haus zu.

»Was rennst du hier rum?« schimpfte Busch. »Du hast noch nicht abgerechnet.«
Er kam dicht hinter ihm her, als wollte er ihn stoßen.
»Faß mich nicht an«, sagte Jung leise und ging an dem glotzenden Wirt vorbei in das Haus.

Dann stand er wieder in dem Hinterzimmer und sah Blotzheim bleich, mit blutigem Gesicht auf einem Stuhl stehen. Ein großes Pappschild hing vor seiner Brust, auf dem in ungelenken, großen Druckbuchstaben »Ich bin ein Fälscher« stand. Es war wohl seine eigene Schrift, und sie verriet, daß seine Hand gezittert hatte.
Die Frau des Wirtes hatte anscheinend gerade eine Runde Bier hereingebracht, denn alle tranken, als Jung eintrat. Mit einem kurzen Seitenblick hatte er Göke gesucht und war dessen Blick begegnet. Noch während des Trinkens hatten sich Gökes Augen zu ihm hingedreht und ihn fixiert, was seinem Blick einen Ausdruck von unruhiger Gier gab, als schiele er schon nach dem nächsten Genuß. Jung sah auch Lüders und die Cybik, aber nur flüchtig, weil er wieder Blotzheim ansehen mußte, sein leeres, abwesendes Gesicht mit den glasigen Augen, seine langen, dünnen, wie tot herabhängenden Arme und die willenlosen Hände.
Blotzheim sah aus, als würde er gleich umkippen, ohne jede Vorankündigung des Sturzes in seinem eigenen Kopf. Der innere Zusammenhang seiner Per-

son oder seines Körpers schien zerbrochen zu sein, und der heimliche Schwachsinn seines verschwommenen, kindlichen Gesichts trat jetzt unübersehbar in Erscheinung.

»Steh nicht da rum, Jung«, sagte Göke, »bring deinem Kumpel Blotzheim ein Glas Bier!«

Jung blickte sich nach Göke um, der bequem auf seinem Stuhl saß und ihn ruhig zu beobachten schien.

»Das kann er sich selbst holen«, sagte er.

»In den nächsten zwei Stunden nicht.«

Jung überlegte einen Augenblick, dann ging er quer durch den Raum zu der Wirtin, nahm ihr ein Glas vom Tablett und brachte es Blotzheim, der es zaghaft oder mit einer unbewußten Bewegung seiner Hand, jedenfalls ohne hinzusehen, in Empfang nahm.

»Bravo«, sagte Göke, »ihr seid die richtigen Kumpel. Aber glaub bloß nicht, Jung, daß du hier schon raus bist.«

»Worum geht's?« fragte Jung

»Du bist ein Klugscheißer«, sagte Göke, »bloß nicht klug genug. Aber vielleicht täusche ich mich. Vielleicht kannst du alles erklären. Du brauchst nur ein paar einfache Fragen zu beantworten. Warum bist du vorhin rausgegangen?«

»Ich wollte an die frische Luft«, sagte Jung.

»War die Luft hier drinnen nicht gut genug für dich?«

»Ich wollte nach draußen.«

»Stinkts dir hier?«

Jung antwortete nicht. Er wußte, daß es keinen Ausweg mehr gab, und Ekel packte ihn, nicht einmal so sehr vor Göke und allen anderen hier, sondern vor allem vor sich selber, der er hier stand, ausgeliefert der Gewalt eines Verrückten und unfähig fortzugehen.

Er blickte zu Boden, sah seine schwarzen Schuhkappen. Es waren Formen erstarrter Wut. Formen des Gelähmtseins, während die Stimme ihn fragte:

»Wo sind deine Aufträge von heute?«

Er hatte keine, und sie schienen es zu wissen. Er wußte nicht einmal, ob er geantwortet hatte.

»Wo sind deine Aufträge?«

Wirklich, er hatte keine und er glaubte, es schon gesagt zu haben, mehr brachte er nicht heraus.

»Du bringst keinen Auftrag?« fragte Göke.

»Nein«, sagte er, fast erstickt von seinem Widerstand.

Gökes Unterarme lagen flach auf der Tischplatte, und seine Hände waren geöffnet, als entspanne er sie.

»Wo bist du heute rumgelatscht?«

»Wieso, was soll das heißen?«

»Schau deine Schuhe an. Wo bist du rumgelatscht?«

»In meinem Revier«, sagte Jung, »ist ja alles Neubaugebiet.«

»Gut«, sagte Göke, »du schreibst jetzt ein Schild mit der Aufschrift ›Ich bin ein Lügner‹. Das trägst du zwei Stunden lang, das ist alles, was ich von dir er-

warte. Ich frag dich dann nicht mehr weiter. Bist du einverstanden?«
»Du bist einfach ein Schwein«, sagte Jung.

Göke nickte, als wolle er das zur Kenntnis nehmen oder als habe er mit dieser Antwort gerechnet. Dann stand er auf und kam auf ihn zu. Er bewegte sich bedächtig, wie jemand, der zielstrebig seine Arbeit tut, aber keine Eile hat, weil er alles schon voraussehen kann, was sich ereignen wird. Jung sah ihn näherkommen, die grauen Augen unter der gebuckelten Stirn, die unbelehrbar und unabänderlich auf ihn gerichtet waren, und er wußte auf einmal, daß Angst nichts anderes ist als eine unmögliche Flucht nach innen, ein rasendes Nach-innen-fliehen und Schrumpfen, als ziehe sich alles Leben aus der Oberfläche zurück und schmelze in der Tiefe zu einem unkenntlichen, dunklen Klumpen zusammen, und was jetzt vor Göke stand und wartete, war gar nicht mehr er selbst, sondern der stehengebliebene, verlassene Rest seiner Person, immer noch empfindlich und ohnmächtig der Wahrnehmung preisgegeben, doch wie im Schlaf.
Dann sah er, daß Göke dicht vor ihm stand und ihn von unten herauf anstarrte, und es kam ihm nun so vor, als wiche er nach oben aus, schösse, Auge in Auge mit dem anderen, nach oben fort, ganz verzehrt von dem Schwinden, in dem er irgendwo entfernt eine Stimme hörte, schrill und beschwörend, es war ihre Stimme, die Göke zurief, er solle ihn in

Ruhe lassen, und vom Hören schien ihm das Sehen vergangen zu sein, denn der Schlag, der ihn traf, brach unsichtbar für ihn aus der Luft hervor, eine knochenharte Finsternis, die in seinem Gesicht platzte.
Er flog nach hinten, wunderbar leicht geworden, und prallte mit Rücken und Kopf gegen eine Wand. Es war dunkel um ihn, dann, ohne Übergang, ging er steifbeinig vorwärts gegen eine Gestalt, die ihm den Weg versperrte, und wieder rief ihre Stimme »genug jetzt«, wie das schon bekannte, zuverlässige Zeichen, daß ein neuer Schlag folgte. Diesmal war es ein Haken, der ihn in den Leib traf und ihn nach vorn klappen ließ, mit sackenden Beinen, die plötzlich wie Wasser waren, und in der friedlichen Gewißheit, daß es zu Ende war, hing er in den Armen von Göke, der ihn aufgefangen hatte, als er gegen ihn fiel.
»Hier, nimm ihn«, sagte Göke, »das Schwein blutet.«
Und jetzt wurde er nach hinten weggezerrt und auf einen Stuhl gesetzt. Gefügig wie ein Blinder half er mit und klammerte sich mit beiden Händen am Sitz fest, wußte aber nicht, ob er gerade saß und wo seine Beine standen. Oberlippe und Nase schienen rasch zu einem einzigen unförmigen Klumpen anzuschwellen, und als er mit der Zungenspitze seine steife Lippe betastete, schmeckte er das Blut. Dicht unter den Rippen, wo ihn Gökes Faust getroffen hatte, breitete sich ein stechender, wühlender Schmerz aus, der ihn nach vorne krümmte, von zwei Händen

wurde er wieder gegen die Lehne zurückgezogen, damit er nicht vom Stuhl fiel. Vorsichtig öffnete er die Augen. Überall schwammen unklar begrenzte, schwärzliche Flecken, und er schloß gleich wieder die Augen, um es los zu werden.

Er kämpfte auch mit seiner Übelkeit.

»Der ist ja weiß wie 'ne Wand«, sagte Busch.

»Gib ihm was zu trinken«, hörte er Göke sagen.

Die beiden Stimmen waren weit voneinander entfernt und klangen beide ein wenig verstopft. Die Schiebetür wurde aufgeschoben, und aus dem Schankraum drang ein verworrenes Geräusch wie Hintergrundstimmen im Radio und ein mechanisches Rauschen, und jetzt brach es ab oder wurde von einem Klingen in seinen Ohren verdeckt. Er fror, und der Schmerz breitete sich in ihm zu glühenden und stechenden Feldern aus. Wieder kam das Aufrauschen der Übelkeit oder der Ohnmacht, und oben auf der Welle röhrte Gökes Stimme, unverständlich wie in einem Trichter, und jemand sagte: »Schnaps? Wieso Schnaps? Wasser!«

Und jetzt konnte er deutlich hören, wie Göke sagte: »Mich kann keiner für dumm verkaufen.«

Er hält sich für dumm, dachte Jung in einer dumpfen Erkenntnis, die sich gleich wieder verlor.

Kurz danach hatte er sich aufgerafft und war in sein Zimmer gegangen. Es ging ganz gut, er hatte sich nur etwas krümmen müssen wegen der Schmerzen in der Magengrube, und er mußte sich am Geländer festhalten, weil momentweise sein Gleichgewichtssinn aussetzte, so daß er sich in einem weichen Schwanken vornüber und zur Seite neigte. Aber all diese Schwierigkeiten halfen ihm, als brauche er einen Widerstand, gegen den er sich behaupten mußte, um wieder zu fühlen, daß er noch da war.

Er hatte Schmerzen, also lebte er.

Er konnte gehen, also konnte er auch fortgehen.

Im Spiegel hatte er sein geschwollenes Gesicht betrachtet und die Blutkrusten vorsichtig mit einem nassen Lappen abgewaschen, und das kam ihm so vor, als brächte er sein Gesicht wieder zum Vorschein, ein beschädigtes Gesicht, mit stechenden Schmerzen im Nasenknochen, aber er war es selbst, er konnte sich wieder wahrnehmen durch die Schmerzen hindurch, die noch wie ein dünner Schleier vor seinem Bewußtsein hingen. Dahinter war eine seltsame Freude und Gehobenheit, als wisse er, daß nun alles besser würde.

Was? Alles, dachte er. Alles fing an.

Er hielt den nassen Lappen zur Kühlung an seine Nase, und mit der freien Hand hob er seinen kleinen Koffer vom Schrank und legte ihn auf das Bett. Als er ihn aufklappte, dachte er, es ist gar nicht viel Zeit vergangen, der Gedanke brach ab, wurde irgendwie aus seinem Kopf hinausgeweht, und eine schwarze Welle von Ohnmacht überschwemmte ihn. Moment, Moment, dachte er mit festgeschlossenen Augen, dann wurde die Welt wieder fester, und er spür-

te, daß er auf dem Bett saß, neben dem geöffneten Koffer.
Er mußte sich Zeit lassen. Ich habe jederzeit Zeit, sagte er sich. Es kam ihm so vor, als habe nicht er dieses Wortspiel hervorgebracht, sondern eine kleine Sprechmaschine, die einfach losplapperte, bevor er denken konnte.
Jederzeit Zeit, jederzeit Zeit, jederzeit Zeit.
Er ging langsamer und schwerfälliger zwischen Bett und Schrank hin und her. Oder vielleicht war ihm seine Langsamkeit nur bewußt geworden. Es war ein Vorgefühl des Weges, den er gehen mußte, die Treppe hinunter, durch den Flur, auf den Hof und durch das Buchenwäldchen auf die Straße und immer weiter, viele Kilometer, bis er an den Stadrand von Dortmund kam. Er konnte es sich nicht vorstellen, doch es war klar, daß er es tun mußte.
Unten sangen sie jetzt, mehrere Männerstimmen, offenbar waren doch noch Gäste gekommen, und Göke hatte sie mit ein paar Freirunden gleich für sich gewonnen. Er feiert seinen Sieg, dachte Jung, er fühlt sich gut, weil er mich geschlagen hat. Alles hat nur mir gegolten, schon die Prügel, die Blotzheim bekommen hat, er hat mich gehaßt, und jetzt feiert er.
Laut und dröhnend hob sich Gökes Stimme aus dem Chor der anderen Stimmen heraus. Es war eins der Marschlieder, die er immer sang, wenn er sich betrank, die Worte wurden von einem harten Stakkato zerhackt, mit der Faust schlug er wummernd den Takt dazu.

Wir lagen vor Madagaskar
und hatten die Pest an Bord,
in den Kesseln da faulte das Wasser,
und täglich ging einer über Bord.

Ja, dachte Jung, ich bin es, der über Bord geht. Er stand am Waschtisch, um sich die Nase zu kühlen. Es kam ihm so vor, als stünde das Nasenbein etwas schief, und wenn er von der anderen Seite dagegendrückte, glaubte er ein leises Knistern zu hören. Er hat es mir gebrochen, dachte er, das war es, was er wollte.

Dauernd lauschte er auf den Gesang, der nicht mehr aus dem Hinterzimmer, sondern aus dem Schankraum kam. Es war etwas Finsteres darin, etwas wie der dumpfe Druck seiner Schmerzen, wie Augenschließen und Gewalt, wie ein Sack überm Kopf und Kälte und Betäubung. Er konnte es nicht loswerden, während er da stand und sein Nasenbein betastete und mit der Zungenspitze seine steife Lippe beleckte.

Dann plötzlich wurde der Gesang lauter, als käme er hinter ihm zur Tür herein, und als er sich umdrehte, stand sie im Zimmer.

»Wie geht's dir?« fragte sie, »bist du okay?«

»Ja«, sagte er zögernd, den feuchten Lappen immer noch gegen seine Nase drückend, und als müsse er seine Antwort bestätigen, fügte er hinzu: »Ich bin okay.«

»Willst du abhauen?« fragte sie, mit einem Blick auf seinen gepackten Koffer.
Er antwortete nicht, starrte sie nur an. Aber sie schien darauf vorbereitet zu sein, ihm sein Mißtrauen sofort zu nehmen.
»Meiner ist auch gepackt. Wir können zusammen verschwinden, wenn du willst.«
Es ging alles mit einer so rasenden Eile, daß er nicht mehr nachdenken konnte und nur noch fragte: »Wie denn? Wohin?«
Sie hielt die Hand hoch, und er sah, mit einem verzögerten Begreifen, daß sie die Autoschlüssel hatte.
»Hiermit«, sagte sie, »anders geht's nicht mit dem Gepäck, wir müssen das Auto nehmen.«
Sie ging zu seinem Bett und hob den Koffer an.
»Meiner ist doppelt so schwer«, sagte sie. »Kannst du mit beiden die Treppe runterkommen, ohne Krach zu machen?«
»Sicher«, sagte er, »bestimmt.«
»Gut, dann geh ich runter, schließ den VW-Bus auf und steck den Schlüssel in die Zündung. Du wartest oben an der Treppe mit den beiden Koffern. Wenn ich dich sehe, gehe ich unten rein und paß auf, daß keiner in den Flur kommt. Ich werd irgendwas tun, um sie aufzuhalten. Du gehst schnell runter, wirfst die Koffer ins Auto und setzt dich hinter das Lenkrad. In einer Minute komm ich, und wir brausen ab.«
Wieder konnte er nicht antworten. Jede Einzelheit ihres Fluchtplanes hatte er vor sich gesehen, wie in

einem kurzen, mit zu großer Geschwindigkeit abgespielten Film, der plötzlich abriß und sofort seine Glaubwürdigkeit verlor. Alles war nur Trick und Zauber, ohne jede Wirklichkeit. Es war nicht möglich, daß es gleich geschehen würde, nicht einmal, daß sie hier standen und über ihre gemeinsame Flucht sprachen, während von unten im schweren Stakkato Gökes Stimme heraufdröhnte:

Der Mund zum Küssen bereit,
die Hand unterm Kleid,
Caramba.

Gejohle und Gelächter antworteten ihm, und der Gesang begann von neuem, diesmal mit mehreren Stimmen, die sofort wieder dem Refrain zustrebten, untermalt von dumpfen Faustschlägen.
»Komm«, sagte sie, »jetzt ist es günstig, solange sie singen.«
»Mein Mantel hängt noch unten«, sagte er mit einem Rest von Widerstand.
»Dein Mantel? Egal, laß ihn hängen.«
Die Antwort verblüffte ihn und machte ihn wehrlos, als gäbe es nun keinen weiteren Einspruch mehr. Dauernd hatte er das Gefühl, unbedingt dem Gesang zuhören zu müssen und von ihr daran gehindert zu werden, aber er wußte, daß es eine Verdrehung war, denn er brauchte all seinen Scharfsinn, um eine Lösung zu finden, und der Gesang hinderte ihn zu denken.
»Was ist mit dem Wagen«, fiel ihm ein, »er gehört doch ihm?«

»Wir lassen ihn irgendwo stehen«, sagte sie. »Ich ruf ihn dann an und sag ihm, wo er ihn finden kann.«
Sie ist verrückt, dachte er. Gerade die Genauigkeit, mit der sie alles bedacht hatte, überzeugte ihn davon. Entweder war sie verrückt oder sie stellte ihm eine Falle.
»Also komm jetzt«, sagte sie, »oder ich geh ohne dich.«
Seltsamerweise nistete sich seine Zustimmung in diese Vorstellung ein, daß alles eine Falle war.
»Nein, ich komm mit.«
Sie lockt mich in eine Falle, mußte er noch einmal denken. Doch der Sinn dieser Worte schien sich verändert zu haben, denn sie verschmolzen mit dem wilden Jubel des Refrains, der von unten heraufdröhnte und in seinem Kopf hämmerte.

Zuerst war es der Film, den er schon gesehen hatte, doch nun war das Innere nach außen gekehrt, und er trat darin auf, so unbezweifelbar wie das ungleiche Gewicht der beiden Koffer, die er bis an die Treppe geschleppt und dort, etwas zur Seite gerückt, bereitgestellt hatte. Er spürte sie noch in den Innenflächen seiner Hände, doch da seine Hände leer waren, verlor sich dieser Beweis, und er mußte sich an sie halten, die sich auch entfernt hatte, an das Wiegen ihres Rückens, während sie die Treppe hinunterstieg, und an das kurze Winken ihrer Hand, als sie die Hoftür erreicht hatte und noch einmal über die Schulter zu ihm heraufblickte, vielleicht auch um sich zu verge-

wissern, daß er wirklich dort stand und sie nicht beide, jeder für sich, in einem anderen von zwei sich kreuzenden Träumen auftraten, und zwar jetzt schon hinter dem Kreuzungspunkt, von dem aus die Wege immer weiter voneinander fortstrebten, um schließlich im Dunkel zu verschwinden.
Sie war jetzt draußen. Er wußte, sie schloß die Türen des VW-Busses auf und steckte den Schlüssel in das Zündschloß, und während er wartete, daß sie gleich wieder erscheinen würde, um ihm zum zweiten Mal zu winken und in den Schankraum zu gehen, tauchte der Refrain in seinem Kopf auf und schmetterte weiter in seinem wüsten Triumph:

der Mund zum Küssen bereit,
die Hand unterm Kleid . . .

Doch plötzlich wurde der Film gewechselt oder die Welt hatte einen Sprung. Sie sangen nicht mehr. Stattdessen öffnete sich die Tür des Schankraumes, und Busch kam heraus und ging mit der seltsamen Gleichgültigkeit eines Menschen, der sich mitten in seiner Welt fühlt, quer über den Flur in die Küche. Gleich darauf kam sie zurück. Auch sie war mitten in ihrer Welt. Sie winkte und ging auf den Schankraum zu. Er schüttelte den Kopf, wußte aber nicht, ob sie es gesehen hatte. Vielleicht hätte er auf die Küchentür deuten müssen, damit sie begriff, daß von dort Gefahr drohte. So dachte sie wohl, er wolle ihr sagen, daß nichts passiert sei, denn sie nickte und ging ohne Zögern in den Schankraum.

Ich bin an der Reihe, dachte er.
Der Flur mit dem dunklen Speckglanz seiner Steinplatten und dem verschmutzten Ölanstrich seiner Wände kam ihm so leer und reglos vor wie das Innere einer Falle, aber sie war nicht allein für ihn aufgestellt, auch für sie. Vielleicht auch für sie.
Ich bin an der Reihe!
Es war unmöglich zu wissen, was er tun mußte.
Busch würde bald zurückkommen, sie aber auch, und vielleicht kamen hinter ihr andere, und sie würde auf einmal zu laufen beginnen und nach draußen stürzen, während er immer noch oben an der Treppe stand.
Immer noch. In einem anderen, einem falschen Film.
Der Refrain schmetterte und stampfte in seinem Kopf wie ein Marschorchester, das nicht losmarschierte. Es sieht immer schlechter aus, dachte er, denn die Zeit vergeht, und sie werden zurückkommen.
Auf einmal ging er schon. Ihr Koffer war viel schwerer als seiner, und er stolperte in seiner Hast und wäre beinahe gefallen. Unten ging die Wirtin mit einem Tablett über den Flur, wahrscheinlich die Bestellung von Busch, aber er kam nicht hinter ihr her.
»Passen Sie auf«, sagte sie.
»Ja«, sagte er.
Er wußte nicht genau, was sie meinte. Er war in seiner Welt, sie in ihrer. Es hatte keinen Zweck, aufzupassen, er mußte nur weitergehen, als folge er einem Leitstrahl, der ihm die Richtung und das Tempo an-

gab, während hinter ihm ein Schwall von Geräuschen und Stimmen aus dem Schankraum in den Flur drang und wieder abebbte. Die Wirtin war drinnen. Er ging weiter auf die Hoftür zu.
Und Busch kam nicht, er verpaßte seinen Auftritt. Hatte jetzt seinen Auftritt verpaßt, denn Jung trat nach draußen auf den Hof und zog hinter sich die Tür zu.
Es schneite. Tatsächlich, dachte er, richtiger Schneefall, das Auto war schon weiß. Er warf die Koffer hinein, erst seinen, dann ihren, und machte die Hecktür zu, viel zu laut. Doch die Schritte waren leise wie Traumschritte, weich und leise wie ein erstes unerwartetes Gehenlernen. Als er einstieg, fiel ein kurzer Lichtschein vom Haus herüber, und jemand lief vorne um das Auto herum und kam zu ihm herein.
»Fahr los«, sagte sie.
Er muß anspringen, dachte er, aber das war schon geschehen, und er merkte, daß die Reifen rutschten und durchdrehten. Doch dann packten sie, und der Wagen sprang vorwärts auf die Dunkelheit zu.
»Mach die Scheinwerfer an«, sagte sie.
Auf der Auffahrt zur Straße sahen sie das dichte Schneetreiben zwischen den Buchenstämmen, und er stellte die Scheibenwischer an, ohne daß sie noch etwas sagen mußte.
Sie lachte neben ihm, und er staunte, daß sie es war.
»Ich hab deinen Mantel mit, ich hab deinen Mantel mit!«

»Wie das denn?« fragte er.
»Weiß ich selber nicht«, sagte sie. »Doch. Ich hab gesagt, ich geh dich damit zudecken. Und das mach ich auch«, lachte sie, »das mach ich auch!«
Wieder ging der Refrain in seinem Kopf los und erschütterte ihn mit seinem rhythmischen Jubel.
»Willst du ihn anziehen?« fragte sie ihn.
»Nein«, sagte er, »mir ist nicht kalt.«
Der Mantel war das Schwarze, was sie auf ihrem Schoß hatte.
Irgendetwas mußte er tun, um seinen Jubel auszudrücken. Aber es fiel ihm nichts ein. Nur das Wichtigste: Er fuhr, fuhr immer weiter. Sie war neben ihm. Sie waren auf der Straße nach Dortmund, wie das Straßenschild zeigte, das im Schneetreiben auf sie zukam.
»Am Bahnhof«, sagte sie, »lassen wir den Wagen stehen, essen etwas und fahren weiter mit dem Zug.«

2

Die Erinnerung ist eine Zeichnung aus Weiß und Schwarz. Zwei wolkenhafte Betten in dem engen, schlecht geheizten Zimmer, sie hat das Licht ausgemacht, aber er sieht sie, ihren hellen Körper und das dichte schwarze Dreieck ihrer Schamhaare, ein erschreckend großer Busch. Zwei Münder, die sich aufeinanderzubewegen, als wollten sie sich essen. Nicht sprechen, nicht jetzt, wir haben Zeit. Am meisten wunderte ihn, daß er sich in der Gegenwart befand. Jetzt und jetzt. Auch morgen und übermorgen. Erinnerst du dich an diese Nacht des Jubels und des Schnees? Lange Zeit war sein Blick darauf gerichtet gewesen. Ein Zuggeräusch, das leere Abteil, in dem sie aneinanderrückten, klamme Hände und ihr Mund, naß und frisch von der Kälte. Am Schneehang steht das Haus mit den weißen Bettenbergen. Sie hat ihr schwarzes Haar geöffnet und sieht ihn an. Sie sagt: Ich habe es gewußt, ich war ganz sicher. Er schlief lange und war geweckt worden durch ein leises Geräusch. Etwas flog wieder ans Fenster, das im Traum noch ein Vogel war. Sie weckte ihn mit einem weichen Schneeball, der an die Scheibe tupfte. Einmal wird dies alles Erinnerung sein, hatte er gedacht.

All das war verwischt worden durch andere Bilder in den Wochen danach, die noch phantastischer und weniger glaubhaft waren, aber sich gerade deshalb in seiner Erinnerung behaupteten. Sie, in einem gelben Kleid, an seinem Arm hängend auf der Strandpromenade von Puerto de la Cruz, sie, braungebrannt, eine schnelle gewandte Schwimmerin, in den Meerwasserbädern vom Lido San Telmo, sie neben ihm herspazierend zwischen den Bananenplantagen des Orotavatals, wo eine kleine Karawane von Eselreitern ihnen entgegenkommt (auch sie will morgen solch einen Ausflug machen), und sie beide, überrascht von einem Regenguß, wie sie über den weichen, rotbraunen Nadelboden eines kleinen Kiefernwaldes laufen, dahinter, am Rand eines Gestrüpps aus Lorbeerbäumen und Baumheide, ist die kleine Schutzhütte mit dem Schilfdach, in der sie sich unterstellen. Sie umarmen sich dort und blicken nach draußen in den feuchten, dunstigen Halbschatten des Waldes, von wo ein schwerer harziger Duft zu ihnen herüberströmt. Vor ihren Augen fallen immer dichter und schneller die dicken glitzernden Tropfen, die sich am Rand des Schilfdachs sammeln, es ist ein kleiner Wasservorhang vor dem Regen, dessen Rauschen sie hören, während er langsam über den Berghang wandert. Unten im Tal sehen sie die sonnenbeschienene Küste, die weißen, fast kreidig hellen Hotelbauten und die blaugraue, in der Ferne metallisch glänzende Fläche des Meeres.

Diese Küstenlinie war für Jung zunächst nur ein Plakat gewesen, das in dem Fenster eines Reisebüros hing, vor dem er mit ihr stand, eine Abstraktion aus Blau, Weiß, Grün und Braun, die wie viele andere Plakate ein umfassendes Versprechen von Süden, Sonne und Meer machte, das ihm nichts bedeutete, vielleicht nicht einmal aufgefallen wäre, wenn Ellen nicht gesagt hätte, daß sie dort hin wolle.
Jung hatte gelächelt, als sie das sagte, so wie er gewohnt war, über Wunschträume zu lächeln, vor allem aber auch, weil auf dem Plakat in weißer Schrift über dem leuchtenden Blau des Meeres die Verheißung »Teneriffa – die glückliche Insel« stand. Sie aber hatte das Bild versunken betrachtet und war in einem plötzlichen Entschluß in das Büro gegangen, um zu fragen, wie man dort hinkäme. Er hatte nicht mit hineingehen wollen und draußen in der Schneeluft des schon dämmerigen Wintertages auf sie gewartet, weil er annahm, daß dies nur eine ihrer flüchtigen Launen war, in denen sie auch manchmal, verlockt durch eine Auslage, in ein Geschäft ging, ein oder zwei Kleider anprobierte und dann doch, ohne etwas gekauft zu haben, wieder, herauskam. Und auch, als sie unerwartet lange blieb, und er durch die Scheibe sehen konnte, daß sie die ganze Zeit mit einem Angestellten sprach, der offenbar für sie in Prospekten und Büchern blätterte, telefonierte und Notizen machte, kam ihm nicht der Gedanke, daß sie dabei sein könnte, ernst zu machen. Allmählich ungeduldig werdend, war er auf und ab gegangen und

hatte die Passanten betrachtet, die fröstelnd oder eilig an ihm vorbeigingen, und an einem der immer gleichen Wendepunkte seiner kurzen Wanderung hatte sie plötzlich vor ihm gestanden und mit einem triumphierenden Aufleuchten ihres ganzen Gesichtes zu ihm aufgeblickt, um ihm schnell, mit der bündigen Kürze einer unfaßlichen, doch unabänderlichen Nachricht zu sagen: »Übermorgen fliegen wir.« Dieser Augenblick und die Landung auf dem Flughafen Los Rodeos zwei Tage später verschmolzen in Jungs Erinnerung zu einem einzigen Stoß der Überraschung, und als er zum ersten Mal das Meer erblickte, war auch das nicht später, sondern gehörte noch zu dem Augenblick, in dem er vor dem Plakat gestanden hatte, auf dessen blauer Meeresfläche die weiße Verheißung von der glücklichen Insel stand – die blaue Meeresfläche geriet nur plötzlich in Bewegung, und die Schrift rauschte auf wie die weiße Brandung, er roch und hörte es auch, daß er am Meer war.

Sie sahen das Meer von überall. Vormittags in den Liegestühlen auf der Terrasse bei den Bädern, wo Ellen nach dem Schwimmen ausruhte. Es lief weiß gekrönt unten gegen die Felsen und verging in der Ferne in einem hellen Dunst. Sie lag da, träge vom Baden, mit geschlossenen Augen, Gesicht, Brust und Arme eingetaucht in den farbigen Schatten des Sonnenschirms. Er hatte sich beeilt, rasch zurückzukommen mit der eisgekühlten Limonade, die sie sich gewünscht hatte, und fand sie eingeschlafen in dem Rauschen der Brandung und umgeben von dem sonnenfunkelnden Mittagslicht. Oder sie sahen das Meer aus den Fenstern des fahrenden Busses in wechselnden Ausschnitten, hinter Bäumen und Felsvorsprüngen, an den Wendungen der Serpentinenstraße, unten plötzlich die fein geriffelte Fläche, über die als winzige helle Punkte zwei Seevögel hinflogen, und dann allmählich, wieder näherkommend, der Wellengang und klatschende Gischt an den Felsen, Dächer und Baumkronen, während die Straße sich langsam hinabwand in die Bucht, in der sie baden wollten. Abends, am Hafen, sahen sie zu, wie die Fischer ein Boot an Land zogen, und hörten, wie das dunkle, unruhige Wasser zwischen den Schiffsleibern rumorte. Von der offenen Meeresfläche kam ein starker Jod- und Tanggeruch, und die kühle Luft drängte sie enger gegeneinander. Sie sahen Stücke des Meeres in unbestimmt weiten Durchblicken zwischen Hausmauern und Baumkulissen auf dem nächtlichen Rückweg ins Hotel. Und nachts, wenn er wach lag, damit nicht alles sich veränderte und verschwand, stand das Meer als reglose schwarze Fläche im Fenster, überspielt von einem matten Lichtschimmer, wie ein glattgeschliffener Stein.

Sah sie alles wie er, oder anders, sah sie es überhaupt? Es war schwer, darüber zu sprechen, denn obwohl sie ihm meist zustimmte, glaubte er eine leise Ungeduld, ja Gereiztheit in ihren Antworten zu hören.

Dieses alte Haus da mit den blauen Fensterläden – ja, es war schön. Und die Lichtflecken auf der Mauer aus grauen Bruchsteinen, die Moospolster in den Fugen. Aber auch Geröll und vertrocknetes Gras, das um ihre Füße raschelte? Auch das dauernde Schrillen der Zikaden und auch der faulige Geruch aus einem alten Brunnen? Er begann, es für sich zu behalten, ging wortlos neben ihr her, bis sie sagte: »Was ist los? Schläfst du? Sei nicht so langweilig, erzähl mir was.« Jedesmal war er dann in Verlegenheit und lächelte gequält zu ihr herüber.

»Was denn?« fragte er, »was willst du hören?«

»Weiß ich doch nicht«, sagte sie, »etwas aus deinem Leben.«

»Aus meinem Leben? Das paßt nicht hierher.«

»Warum nicht?« wollte sie wissen.

Da er nicht antwortete, vergaß sie die Frage und schlug vor, irgendwo einzukehren und etwas zu trinken.

Am liebsten ging sie morgens ins Schwimmbad und saß am späteren Nachmittag in einem der Straßencafés an der Strandpromenade, wo sie Kaffee und Kognak tranken und schweigend in das Gewimmel der Feriengäste starrten, die sich vorüberschoben und nach einem freien Tisch suchten oder mit derselben anonymen Neugier in ihre Gesichter blickten, mit der auch sie Ausschau hielten, als wären sie nicht zusammen hierher gekommen, sondern warteten jeder für sich auf einen anderen, der irgendwann auftauchen mußte, um mit ihnen fortzugehen.

Manchmal unterbrach sie das Schweigen, das sie anscheinend gar nicht bemerkt hatte, und sagte, ihm halb zugewandt: »Bestellst du mir noch einen Kognak?«
Obwohl sie es war, die alles bezahlte, wählte sie immer diese Formel und legte auch Wert darauf, daß er überall die Rechnungen beglich. Nur wenn sie in den Boutiquen etwas kaufte, war es anders. Sie kaufte gegen seinen Widerspruch eine helle Leinenhose, Shorts, Sandalen und zwei Hemden für ihn, und als er ihr am nächsten Tag eine Tasche aus besticktem Ziegenleder brachte, fiel sie ihm aus Freude um den Hals.

Abends wollte sie meistens tanzen, unabschreckbar durch seine Schwerfälligkeit. Doch vom zweiten oder dritten Abend an hatte es sich eingebürgert, daß sie auch mit anderen Männern tanzte, erst mit einem flüchtigen Bekannten aus dem Hotel und dann mit jedem, der sie holte. Jung blieb am Tisch sitzen und betrank sich langsam, während sie kam und ging und sich in die Arme der anderen Männer schmiegte, auf deren Gesichtern er bald ein selbstgefälliges Lächeln oder auch, noch häufiger, eine benommene Leere zu erkennen glaubte, und einmal hatte er einen Zettel auf ihren Platz gelegt, daß sie sich amüsieren solle und er im Hotel auf sie warten würde. Dann war er hinter ihrem Rücken aufgestanden und gegangen.

Sie kam erst spät zurück, und sie war betrunken. Er merkte es, noch bevor sie sprach, an ihren ungeschickten, vergröberten Bewegungen und an ihrem starren Blick, mit dem sie ihn ansah, nachdem sie die Tür ein wenig zu laut hinter sich geschlossen hatte. Er war nicht ausgezogen, hatte in Hose und Hemd auf dem Bett gelegen und geraucht und saß jetzt dort aufgerichtet und betrachtete sie. Ihre Haare waren in Unordnung, und ihr Kleid sah zerknittert aus, es schien ihm sicher, daß sie sich auf dem Rücksitz eines Autos oder auf einer dunklen Parkbank von einem ihrer Tänzer hatte ficken lassen.
»Da sitzt der Schweinehund«, sagte sie.
Er spürte, daß ein steifes Grinsen höhnischer Abwehr sein Gesicht verzerrte, aber sie schien es nicht wahrzunehmen, sie hatte ihre Stola und ihre Tasche auf einen Sessel fallen lassen und war zum Fenster gegangen. Dort stand sie tief atmend, als brauche sie dringend frische Luft.
Er sah zu ihr hin, ohne sich zu rühren.
»Warum schläfst du nicht?« fragte sie.
»Ich habe geschrieben, daß ich auf dich warten werde.«
Sie lachte auf, aber das Lachen schien ihr nicht gut zu bekommen, denn sie lehnte sich gleich wieder an die Fensterlaibung, von ihm abgewandt und etwas vorgebeugt, als müsse sie sich einen Augenblick festhalten, um wieder zu sich zu kommen.
»Was hast du nun davon gehabt?« fragte sie leise.
»Die Frage muß ich dir stellen«, antwortete er.

Er sah sie auf sich zukommen, mit geballten Fäusten, doch er konnte sehen, daß ihr schwindelig war und daß sie es nicht fertigbringen würde, ihn zu schlagen.
»Er war besser als du«, hörte er sie sagen, »besser jedenfalls als du.«
Aber das ging schon unter in dem Würgen, das in ihr hochkam, so daß sie vorgebeugt, mit gegen den Mund gepreßter Hand in das Badezimmer taumelte, wo sie sich gleich darauf in die Toilette erbrach.
Sie kam bleich zurück und legte sich neben ihm auf ihr Bett.
»Brauchst du was?« fragte er.
Sie verneinte es, vielleicht nur, weil sie zu schwach war, ihn um etwas zu bitten.
»Dann versuch zu schlafen«, sagte er kalt.
Er legte sich auf die andere Seite und tat, als schliefe er. Mehrmals hörte er ihr Stöhnen, hörte, wie sie aufstand und sich im Badezimmer erbrach. Schließlich war er doch eingeschlafen, denn er wurde wach von ihrem Weinen. Sich nicht rühren, dachte er. Es war ein dünnes, leises Wimmern und Schluchzen, wie von jemandem, der sich allein fühlt und nicht glaubt, daß man ihn hören kann. Eine Weile wartete er, ob es aufhörte. Dann fragte er: »Was ist los, was hast du?«
Er hatte sich nicht umgedreht bei dieser Frage, und sie verstummte hinter seinem Rücken.
»Was ist?« fragte er wieder und drehte sich um.
»Ich möchte tot sein«, sagte sie.

Sein Widerstand brach zusammen, als sie das sagte.
Ich möchte tot sein.
Sie hatte es leise vor sich hingesprochen, mit der ruhigen Sachlichkeit der Erschöpfung, die wie eine völlige Windstille nach Schmerz und Verzweiflung kommt, und er wußte, daß sie eigentlich nicht zu ihm sprach, überhaupt nicht zu einem bestimmten Menschen, sondern einfach zu jemandem, der jetzt hier, an diesem Zufallsort neben ihr lag und alle anderen vertrat, zu denen sie es auch hätte sagen können, was sie auf einmal so selbstverständlich wußte: Ich möchte tot sein.
Er kannte das. Es war ein Wort, das auch in ihm bereitlag, das er aber noch nie gesprochen hatte. Sie löste es jetzt in ihm, und es war ohne Schrecken, es war voller Frieden.
Dunkelheit, Stille und Frieden gehörten zusammen.
Er konnte sagen, ich höre die Dunkelheit und ich sehe die Stille, von der das Haus umgeben ist. Es war jene lebendige Stille, die sich dauernd aus vielen unhörbaren Geräuschen zusammensetzt: dem Vogelflug, dem scheuen Rascheln und Nagen der Nachttiere, dem Rieseln des Wassers auf und in der Erde auf seinem Weg zum entfernten Meer, den glatten, geschmeidigen Strömungen der Luft, dem Fächeln der Blätter und den Atemzügen.
Ihr Atem war unhörbar, als atmete sie nicht. Undeutlich sah er, daß sie auf dem Rücken lag, wie auf-

gebahrt, ohne jede Bewegung – irgendeine Frau. Er suchte ihre Hand und spürte ihren leisen, ganz unbewußten Gegendruck, mit dem nicht sie, sondern ein blindes unpersönliches Verlangen nach gegenseitiger Berührung ihm antwortete, und plötzlich wurde er überwältigt von einem Gefühl, das ihm die Tränen in die Augen trieb und ihn wunderbar erweiterte. Er verstand alles, und er barg und umschloß alles in sich, sie beide, hier in der schwülen Dunkelheit ihres Zimmers, aber auch die Nacht draußen und alle lebenden Wesen, die sich gegen den Tod wehrten und dabei, nach dem infamen Gesetz des Lebens, den Tod ausbreiteten und sein finsteres Geschäft betrieben, denn der Tod herrschte durch die Todesangst über das Leben, und nur ein solcher Augenblick, wie sie ihn jetzt erfuhren, konnte das Gesetz umkehren.

Ja, dachte er, erschüttert von seiner Erkenntnis, wie verrückt sind wir, was machen wir! Was für ein Wahnsinn war diese dauernde Selbstbehauptung? Alle, die sich eingestehen konnten, daß sie litten, gehörten zusammen, alles Getrennte war in der Tiefe eins.

Still liegend, ihre Hand streichelnd, genoß er das Glück dieser Erkenntnis. Er war mit allem Leben verbunden, und sie, ein Mensch, der ihm fremd und feindlich erschienen war, war ihm plötzlich der nächste, denn sie hatte sich ihm anvertraut durch ihr einfaches Geständnis, zu dem sie plötzlich die Kraft und die Verzweiflung gefunden hatte. Niemand, dachte er, hat vorher zu mir gesprochen, es geschieht zum ersten Mal.

In dieser Nacht erzählten sie sich, wer sie waren. Es war nicht viel, was er von ihr erfuhr, nur daß sie eine kleine vierjährige Tochter hatte, die bei ihrer Mutter lebte, daß sie verschiedene Berufe gehabt hatte und daß sie die Männer haßte. Aber es kam ihm so vor, als wüßte er nun alles über sie, und aus Gerechtigkeit und auch, um ihres Vertrauens würdig zu werden, erzählte er von der gefälschten Examensarbeit und wie man seinen Betrug entdeckt hatte.
Vielleicht hätte er das nie tun dürfen. Niemals durfte man seine Wunde zeigen, wenn man nicht wollte, daß jemand hineingriff. Er war betrunken von Erhobenheit gewesen in dieser Nacht und süchtig nach einer menschlichen Gemeinschaft. Solche Schwächen hatte er sich später nicht mehr erlaubt, er hatte lernen müssen, langsam.

In einem unbestimmten weitläufigen Sinn hatte er erwartet, daß sich alles ändern würde nach dieser Nacht der Erleuchtung, aber er wußte nicht wie. Und sie, die seine Erwartung ahnungsvoll spürte, wußte es auch nicht. Sie konnte sich nur etwas Bestimmtes denken, also ging sie nicht mehr tanzen. Doch die Abende wurden nicht besser danach. Er wurde zwar nicht mehr gedemütigt, aber er bemerkte ihre Unruhe und verdeckte Reizbarkeit. Sie langweilte sich und zeigte Launen, und er mußte sein Verlangen nach Übereinstimmung mit Anpassung und Geduld bezahlen. Immer fragte er sich, was sie wolle oder interessiere, was ihr wohl fehlen könne, und kam dabei allmählich von sich selbst ab, als habe er sich ganz beiseite gestellt. Er war nur noch ihr Begleiter, gefesselt und gelähmt von einem eklen, weichen Gebot dauernder Nachgiebigkeit, die ein schlechter Ersatz war für das Verstehen, das ihm fehlte. Die unaufgebbare Illusion der Übereinstimmung beherrschte ihn, aber er konnte den Widerspruch, der sie waren, immer nur an einem Ende korrigieren: bei sich selbst. Sie war, wie er einsehen mußte, unveränderlich, er dagegen war nichts Bestimmtes. Er konnte so sein und anders, er war sich immer fremd. Ein alter unüberwindlicher Glaube aus seiner Kindheit sagte ihm, daß es ihm nicht zustand, sich etwas zu wünschen. Er war dazu bestimmt, die Objektivität anzuerkennen – daß nämlich alles so war, wie er es vorfand, und sich nicht ändern ließ.

Jung fühlte sich besser, wenn er allein war. Die Forderungen ließen nach, die er an sich stellte, und er löste sich auf in langer wohltuender Geistesabwesenheit. Er sagte ihr, daß er Zigaretten besorgen oder eine Ansichtskarte schreiben wolle, irgend etwas, das sie träge hinnahm, weil sie wie immer am frühen Nachmittag im Bademantel auf dem Bett lag, ihre Fingernägel lackierte, in Illustrierten blätterte oder ein Romanheft las. Sie brauchte ihn nicht. Er mußte nur versprechen, rechtzeitig zurückzukommen und mit ihr zum Kaffeetrinken zur Promenade zu gehen.

Sobald er das Hotel verlassen hatte, vergaß er sie. Ihr Bild verflog in ihm, verdünnte sich bis auf ein blasses schattenhaftes Wissen, daß es sie gab. Und als hätte er nur durch sie Anwesenheit, Umriß und Festigkeit gehabt, verlor er auch sich selbst. Er trottete dahin, gaffend, in einer seltsamen inneren Wortlosigkeit. Manchmal blieb er stehen, starrte in das rote Innere eines großen Blütenkelches oder in die aufgeschlitzten Bäuche ausgeweideter Fische, die auf einem feuchten Holzbrett zum Verkauf lagen, er sah die struppigen, gelbbraunen Hunde, die überall herumstreunten und ihren dunklen Kot hinterließen, oder saß auf einer Bank in der Nähe des Ufers im Schatten einer Palme und blickte aufs Meer.
Was mache ich hier? fragte er sich.
Er kannte diese Frage. Sie war nur ein hilfloser Versuch, den Schutz seiner Abwesenheit zu verlassen und nicht überwältigt zu werden von dem Schrecken und dem Überschwang einer Erfahrung, die er nicht fassen konnte.
Was mache ich hier?
Er sah die riesigen Hotelbauten an der Avenida de Colon, das Gedränge der sommerlich gekleideten Menschen auf den Flanierstraßen und der Plaza, die leuchtende, flimmernde Meeresfläche mit ihren weißen Wellenkämmen und den hell umwölkten Kegel des Teide und konnte nicht begreifen, daß Winter war. Es hatte doch eine Welt gegeben voller Dunkelheit und Kälte, Gewalt und nächtlichem Geschrei, und eins machte das andere unglaubhaft. Jetzt war er

hier und konnte nicht Fuß fassen, konnte nirgendwo lange bleiben, ohne in eine stillstehende, gedankenleere Betäubung zu versinken, in deren Tiefe wie ein fernes unverständliches Leuchtfeuer die Angst glimmte.

Er wußte nicht, was es war, nur daß er von den anderen getrennt war durch das Gefühl eines verborgenen Mangels. Sie alle hatten etwas, was er nur vortäuschte, einen Kern innen, eine Kraft, die die Welt zu ihnen in Beziehung setzte und ihr drohendes Näherrücken verhinderte. Er konnte auf keinem Platz der Welt bleiben, ohne nach einer Weile zu fühlen, daß er erdrückt oder verschlungen wurde, überall verschwand er wieder, verfolgt von einem unmerklichen körperlosen Wehen, mit dem die Ferne ihr Näherrücken ankündigte. Manchmal sah er es auch, sekundenlang schien die Meeresfläche zu schrumpfen und zog den Horizont heran, und wie mit einem Schlag standen die staubigen Palmwedel dort an der Straße unabweisbar vor seinen Augen. Es war eine lautlose Veränderung, die begleitet wurde von dem körperlosen Wind, der durch ihn hindurch ging und seine Beziehung zum Raum verwirrte, denn an allen Gegenständen nahm er eine falsche Nähe und eine falsche Ferne wahr. Dann verging das, als habe sich der Wind gelegt, und die Welt blieb in einer ausdruckslosen Stille zurück. Alles war an seinem Platz. Er wußte nicht mehr, was es gewesen war.

Er lief weiter herum, in erneuter Abwesenheit, als suche er etwas, das er vergessen hatte, und würde nur noch angetrieben von einem blind gewordenen Impuls. Sein Kopf war nicht leer, sondern erfüllt von einem wortlosen Lärm, dem er nicht entkommen konnte. Manchmal kam es ihm so vor wie Rede und Gegenrede, doch in einer fremden, unverständlichen Sprache. Es verhinderte das Nachdenken, zerfusselte und zerfledderte es, und nur indem er weiterging, konnte er es aushalten. Doch es schien darunter noch ein anderes Denken zu geben, das für sich weitermachte, ohne seinen Willen und sein Bewußtsein, und dann plötzlich in ihm auftauchte mit einer fertigen Idee, die den Lärm sofort vertrieb und in starrer Deutlichkeit vor seinen Augen stand: Ich muß wissen, woher sie das Geld hat.

Ja, woher kam es? Sie hatte ein Sparbuch mit fast zwölftausend Mark bei sich, als sie geflohen waren. Und sie bezahlte ihre Reise, ihren Aufenthalt hier, sie wollte vier Wochen auf der Insel bleiben. Danach wollten sie sich eine Wohnung suchen und zusammen leben, vielleicht heiraten. Sie sprach davon zu heiraten und nannte diese Reise ihre Hochzeitsreise, die Grundlage für diesen neuen gemeinsamen Anfang sollte ihr Geld sein.

Er sprach nicht gerne darüber, hörte ihr nur zu, wenn sie darüber redete, in der schematischen Direktheit der Phantasielosen: Sie würden sich beide eine neue Arbeit suchen, sie vielleicht als Verkäuferin, als Kellnerin oder, was sie auch schon gemacht hatte, als Bardame in einem Nachtlokal, und er wieder als Vertreter, aber in einer besseren Branche, oder, nach einer kurzen Ausbildung, in einem anderen besseren Beruf, der seiner Intelligenz und seiner Bildung entsprach, er hatte schließlich das Abitur gemacht, hatte ein fast fertiges Studium hinter sich, es mußte etwas Besseres für ihn geben, davon schien sie überzeugt zu sein. Und wenn er Einwände machte oder nur fragte, wie das alles gehen solle, sagte sie kurz, als sei das die einzig mögliche und hinreichende Antwort: »Ich hab doch das Geld.«

Das Geld schien der Punkt zu sein, wo sich ihr Geheimnis materialisierte. Manchmal kam es ihm so vor, als habe sie seit langem für dieses Geld einen Zweck, eine Anwendung oder sogar einen Sinn gesucht und glaube ihn nun gefunden zu haben, denn anders war es wohl nicht verständlich, daß sie so bedenkenlos bereit war, es für seine und ihre Zukunft auszugeben. Schon als sie es verdiente, mußte sie sich vorgestellt haben, daß sie es einmal auf diese Weise verwenden würde, und weil ihr das Trost oder Rechtfertigung bedeutet hatte, hielt sie nun gegen alle Zweifel an dieser Vorstellung fest.

Ich bin nur ein Vorwand, dachte er, ein zufälliger Bestandteil des Bildes, das sie sich von ihrer Zukunft gemacht hat. Er war in dieses Bild hineingeraten, als ihr anderes Leben, das sie bis dahin geführt hatte, unerträglich geworden war. An dem Abend, als sie in sein Zimmer kam und ihm vorschlug, zusammen zu fliehen, mußte sie plötzlich eine neue Möglichkeit für sich gesehen haben, und die erste war die beste gewesen, weil es die einzige war und sie unbedingt weg wollte.

Wovor war sie geflohen? Vor Göke? Oder vor den Abenden, an denen sie mit Göke und Busch in die Stadt fuhr, um erst viele Stunden später zurückzukommen? Hatte Lüders recht gehabt mit seinen Behauptungen, und stammte das Geld, das sie zusammengebracht hatte, von diesen Abenden, an denen Göke und Busch sie zu ihren Kunden brachten?

Sie hat in mir eine Anlagemöglichkeit für ihr Nuttengeld gesehen, sagte er sich. Doch im selben Moment wußte er, daß er es nicht glaubte.

Es war zu einfach.

Es ging zu leicht auf.

Sogar die verlorene erschöpfte Stimme, die nachts neben ihm gesagt hatte: Ich möchte tot sein.

Warum wollte sie tot sein? Weil sie zu begreifen begann, daß ihre Phantasien nicht stimmten und sie einen Fehler machte? Weil sie von ihm enttäuscht war und Angst hatte, wieder hineinzugeraten in ihr altes Leben? Auch daß sie so lange auf dieser Insel bleiben wollte, erschien ihm merkwürdig. Es sollte wohl ein deutlicher Abschied von früher sein, aber es war auch ein Zögern vor der Zukunft. Es kam ihm vor wie ein alter Traum, von dem ihnen nur ein unvollständiges, schwer entschlüsselbares Programm geblieben war, und zwar jedem von ihnen andere Teile davon, die sie nun mühsam zu vereinen suchten.

Wenn er zurückkam von seinen Wanderungen, saß Ellen meistens noch auf dem breiten Bett, dessen Zierdecke sie abgezogen und über einen Sessel geworfen hatte. Das Sonnenrouleau war heruntergelassen und filterte ein orangefarbenes Licht in den Raum, der ihm dadurch wie das geheime und verbotene Innere eines reichen, unerwarteten Vergnügungen dienenden Hauses erschien. Man hatte ihn durch lange verschwiegene Gänge geführt, vorbei an vielen verschlossenen Türen, und hier, hinter dieser unauffälligen Tür, wartete sie. Sie hatte sich die Kissen in den Rücken gestopft und las oder nähte etwas, oder hatte das alles aufgegeben, sich zurückgelegt, die Hände hinter dem Nacken verschränkt und schien nur noch auf ihn zu warten.

»Wie war's?« fragte sie leichthin.

Und es genügte, wenn er »schön« sagte und kurz erwähnte, wo er gewesen war. Dann kamen sie meistens schon davon ab, denn sie war jetzt ganz darauf eingestellt, sich fertigzumachen für den Nachmittag. Auszugehen bedeutete offenbar nicht nur, daß sie irgendwo hingehen und dort sitzen und Kaffee trinken würden, sondern daß sie dabei gesehen wurde. Sie fragte ihn immer, was sie anziehen solle, zählte verschiedene Kleider auf, die nach ihrer Meinung infrage kamen, dabei glitt sie vom Bett, der Bademantel öffnete sich über ihren glatten, braunen, von einem Hautöl schimmernden Beinen, sie suchte mit den Füßen ihre Schuhe, rote hochhackige Pantoffel, ohne die sie überraschend klein wirkte, und ging an ihm

vorbei ins Badezimmer, von wo er kurz darauf das Rauschen der Dusche hörte.
Er wußte, sie hatte ihre langen Haare hochgesteckt und unter einer Haube aus Kunststoff verborgen, vermied aber trotzdem, mit dem Kopf in den Duschstrahl zu geraten, dann, während sie sich abtrocknete, blickte sie in den Spiegel, nicht weil sie etwas Bestimmtes sehen wollte, sondern in einer stummen Konfrontation mit sich selbst, sie besprühte ihre Achselhöhlen, nahm die Haube ab und kam schließlich, bekleidet mit einem kleinen Slip, in das Zimmer zurück, um sich ein Kleid auszusuchen. Meistens fragte sie ihn noch einmal, ob er dieses oder dieses Kleid passender fände, hielt sich die einzelnen Kleider vor und warf sie nacheinander über das Bett, ihre Nacktheit schien ihr nicht bewußt zu sein.
Doch es konnte auch geschehen, daß sie irgendetwas an seinem Blick bemerkt hatte, als er in das Zimmer trat. Dann blieb sie auf dem Bett liegen, streckte sich etwas, sah ihn fragend an und öffnete langsam ihren Bademantel, um sich ihm zu zeigen. Es lag etwas Ernstes und zugleich Geschäftsmäßiges in dieser Bewegung, das ihn irritierte, und nur um sein Befremden zu verbergen, ging er sofort auf sie zu und ließ sich von ihr herunterziehen.

Mitten in der Umarmung verstand er sie am wenigsten. Sie schien ihn zu brauchen, sich an ihn zu klammern, er hörte sie Wehlaute ausstoßen wie ein kleines Kind, und plötzlich hatte er den Verdacht, in eine billige nuttenhafte Inszenierung verstrickt zu sein. Doch wenn er dann weitermachte, mit der kalten und systematischen Wut, die ihm sein Argwohn einflößte, glaubte er sehen zu können, daß er ihre Wünsche erfüllte, Wünsche nach Unterwerfung oder Strafe, die aus einem verborgenen Teil ihres Wesens stammten, zu dem sie ihn hinführte oder zu dem sie durch ihn gelangen wollte, alle ihre Künste dienten nur dazu, ihn auf den richtigen Weg zu bringen, der von den heiseren Schreien ihrer Hingabe gesäumt war oder vielleicht eher ihrer allmählichen Vereinigung mit sich selber, der er nur als Mittel diente, als ein wütender tobsüchtiger Rammbock, der eine Festung einrennen mußte, die sie gegen alle Männer errichtet hatte. Es war ein Kampf, den sie gegen sich selbst, und er gegen etwas Unbekanntes führte, und bei dem sie sich immer weiter voneinander zu entfernen schienen, je heftiger sie miteinander zu verschmelzen suchten. Jeder drängte weiter auf seinem eigenen dunklen, zwangvollen Weg, und die Seufzer, Berührungen, Blicke waren nur flüchtige Zeichen, die zwischen ihnen hin und her flogen als rasche Versicherungen, daß sie noch da waren. Sie vor allem lenkte ihn, und obwohl sie ihn in ihre Arme schloß, als gäbe es jetzt nur diesen Ort und diese Gegenwart, glaubte er zu wissen, daß er auf wechselnden Schauplätzen ihrer Erinnerung einen schattenhaften Wettkampf mit anderen Männern ausfocht, es war ein Kampf mit unsichtbaren Gegnern zu Bedingungen, die er nicht kannte und erst aus ihren Antworten er-

raten mußte, wobei er nicht wußte, ob ihr Stöhnen und Beben bedeutete, daß er die Gespenster vertrieben hatte, und sie jetzt ihn wahrzunehmen begann, oder ob er, geführt durch ihre Zeichen, inzwischen übergegangen war in die Gestalt eines anderen, dem sie sich, begraben unter dem Ansturm seines Körpers, in selbstvergessener Einsamkeit hingab.
Dann plötzlich, nach einem Augenblick der Betäubung, fanden sie sich wieder mit geweiteten Augen und leer gefegten Gesichtern und ließen voneinander ab. Fast ohne zu atmen lagen sie nebeneinander und sahen hoch zur Zimmerdecke, und zuerst sprach sie, sie stellte immer dieselbe geschäftsmäßige Frage, die ihn abschnitt von allem, was er erlebt hatte.
»War es gut?« fragte sie.
Er bestätigte es.

Er fühlte sich leer danach, ruhig geworden in einem nicht weiter schmerzenden Gefühl von Vergeblichkeit, von dem er nicht einmal hätte sagen können, worauf es sich bezog. Es war nicht dringlich, schon gar nicht quälend, so brauchte er nicht darüber nachzudenken und war dankbar, daß nun, in den nächsten Stunden, nichts anderes stattfinden würde als die tägliche Routine des Promenadenbummels und des Kaffeetrinkens, wobei er sich wie gewohnt in die Rolle des großzügigen Begleiters fügte, der willig ihren Wünschen folgte und dadurch eine Zeitlang vermied, daß sie sich aufstauten und zu herrischen, unberechenbaren Launen wurden. Es kam seinem Bedürfnis nach Passivität entgegen, daß sie ihn überall mit hinzog, nur mußte er aufpassen, daß sie seine wachsende Zerstreutheit nicht merkte. Hinter der dunklen Sonnenbrille, die er sich gekauft hatte, waren seine Augen geschützt. Auch sie trug eine Sonnenbrille, die für ihr Gesicht sehr groß war und wie eine Maske wirkte. Unauffällig betrachtete er ihr Untergesicht, sie hatte, wie er fand, die hochgezogenen Nasenflügel einer witternden Nase und einen ziemlich breiten, aber gespannten Mund. Das ganze Untergesicht lauerte, mit einer Beimischung von Feindschaft und Leiden. Das sah er nicht mehr, wenn sie die Brille abnahm, so daß sie in seltsamer Verkehrung sich dann für ihn getarnt hatte.

Wer war sie? fragte er sich.

Doch das war nur eine verschobene Frage, die ursprünglich, ebenfalls unbeantwortbar, gelautet hatte: Wer bin ich? Es war, als wanderte die Frage ein paar Mal zwischen ihnen hin und her, um dann unmerklich zu verschwinden, oder besser, unbemerkt verschwunden zu sein. Eine trübe, ziellose Versonnenheit nahm ihren Platz ein, und er fühlte sich davon umhüllt wie von einer unsichtbaren Schutzschicht aus Stille und Reglosigkeit, hinter der er sie zusammen mit den anderen Menschen wahrnahm, die mit ihr in der gemeinsamen Welt lebten, in der er, als ihr Begleiter, nur zum Schein sich bewegte, gerade so viel, um seine Rolle unauffällig zu erfüllen, zu antworten, wenn sie etwas fragte, neben ihr zu sitzen, neben ihr herzugehen und ihre Vorschläge geduldig anzunehmen.

Vielleicht war es auch seine Lethargie, die sie nötigte, immer etwas zu unternehmen. Auf der Plaza gab es ein Konzert, sie mußte selbstverständlich dort hin. In einem der Hotelgärten tanzte am Abend eine einheimische Trachtengruppe, sie wollte unbedingt dabei sein. Und einmal drängte sie sich mit ihm in die erste Reihe der Neugierigen, als sie zufällig am Hafen vor dem an diesem Nachmittag stark aufgewühlten Meer, das gischtend an der Mole entlanglief, einen Modefotografen sahen, der mit seinen Modellen, einem Dressman und zwei Mannequins, eine Reihe von Aufnahmen machte. Auch er hatte wie gebannt zugesehen, als der Dressman in einer weißen Smokingjacke die beiden jungen, überaus schlanken Mannequins, das eine in einem grünen, das andere in einem roten Abendkleid, locker schlendernd bis zu einer vorbereiteten Position führte, wo sie sich auf einmal alle drei lächelnd dem Fotografen zuwandten und in einer unerwartet vielfältigen Pose erstarrten.
Das wiederholte sich mehrmals in immer neuen, unirdischen Formen von Künstlichkeit, hinter denen das Meer seine grauen Wellenberge gegen das Ufer schickte, und plötzlich, immer noch wie selbstvergessen schauend, begriff Jung die blinde, wesenlose Angst, die ihn auf seinen einsamen Spaziergängen heimsuchte. Ihr Sinn war offenbar, denn die drei Figuren dort waren ein für ihn bestimmtes Bilderrätsel, dessen Lösung die Formel für ihn selbst ergab. Es war, wie die Szene drüben, eine unübersehbare

Wahrheit, und er hätte sie jetzt allen sagen mögen: Ich habe keine Existenz.

Aber es gab auch Augenblicke überströmender Fülle, wenn er allein war. Einmal auf einem schmalen lavendelüberwachsenen Pfad, der unter einem überhängenden Lavafelsen, dicht an einem steilen Felsabbruch oberhalb des Meeres entlangführte. Über sich hatte er das rötliche Gestein, bis an den Rand bewachsen mit großen kandelaberähnlichen Kakteen, und tief unter sich das dauernde Aufschäumen der Brandung an den Uferfelsen. Kein Mensch war zu sehen, kein Boot auf der weiten Meeresfläche und ihren fernen blinkenden Lichtstreifen nahe dem Horizont, wo das Blau des Wassers verblaßte und in das dunstig helle, zum Zenith hin immer tiefere, leuchtendere Blau des Himmels überging. Das Meer spiegelte die Leere des wolkenlosen Himmels und warf sein Licht zurück, und hier oben auf dem schmalen Felsweg fühlte sich Jung in der Mitte beider Sphären. Fluten von Wärme strahlte der Felsen aus, doch das Gesprüh der Brandung in der Tiefe mischte Frische in die Luft, so daß er sich wohlig und leicht, wie in einer hellsichtigen, wachen Trance bewegte. Er roch den Lavendel, durch den seine Füße streiften, und die nie ganz erloschene Berauschung von den Umarmungen der Nacht durchströmte seinen Körper. Er blieb stehen, an den Felsen gelehnt, um es deutlicher zu empfinden. Ihre schwarzen gelösten Haare waren einen Augenblick der lodernde Mittelpunkt des Taumels, dann zerging das wieder in dem hellen Licht.

An diesem Nachmittag kam Jung, getrieben von einem heftigen Verlangen, früher von seinem Spaziergang zurück und fand sie, als er leise eintrat, nicht auf dem Bett, wo er sie während des eiligen Rückweges in seiner Vorstellung gesehen hatte, eingehüllt in ihren weißen Bademantel, die Haare gelöst, die Unterarme hinter dem Nacken verschränkt, was die für sie typische Pose der ruhigen Erwartung war, sondern sah nur noch Spuren ihrer Anwesenheit, ein aufgeklapptes, mit dem Rücken nach oben liegendes Buch, eine aufgerissene Zigarettenpackung, einen Aschenbecher und die schrägen Falten des Bettbezuges, die für ihn so aussahen, als wäre sie plötzlich unwirsch oder erschrocken aufgestanden und geflohen.
Einen Augenblick lang schien es ihm ausgemacht, daß sie ihn verlassen hatte mit derselben jähen, unberechenbaren Entschlossenheit, in der sie zusammen mit ihm vor Göke geflohen war. Sie war etwas, das keinen Bestand hatte, das Fremde, das Unbegreifbare, er hatte es immer gewußt.
Gleich danach hörte er sie. Die Stimme kam vom Balkon herüber und klang gedehnt und gurrend, in einer seltsamen, sonst nie gehörten Affektiertheit, sie sang einzelne Worte, hob sie an, zog sie in die Länge, unterbrach sich durch ein kurzes, kehliges Lachen und stieß kurze summende Laute der Zustimmung aus, während eine andere unhörbare Stimme ihr zu

antworten schien. Sie telefonierte, sie hatte sich den Apparat mit nach draußen genommen und saß, die Füße auf der Balkonbrüstung, in einem Liegestuhl und drehte ihm den Rücken zu.
»Nein«, sagte sie, »das kann ich nicht versprechen, jetzt nicht, nein, auf keinen Fall. – Ja, ich weiß. – Doch, ich kann es mir vorstellen. – Sicher. – Sicher. – Das müssen Sie jetzt noch einmal sagen. Nein, besser sagen Sie es nicht. – Warum? – Es ist besser für uns. – Für Sie nicht? Dann nur für mich. – Das ist mein Geheimnis. – Ich sage es nicht. – Nein, nein. Wenn Sie es nicht selbst wissen. – Doch, Sie wissen es, sonst wären Sie nicht so hartnäckig, wie Sie zu sein scheinen. – Doch, doch, das müssen Sie einsehen, ich brauche einfach Schonung. Wie? . . .«
Sie brach in ein heftiges, hemmungsloses Lachen aus. Dann sagte sie: »Erholung! Sie haben sich verhört!«
Und der angeregte, gurrende Disput begann von neuem.
Er überlegte, ob er sich bemerkbar machen oder aus dem Zimmer gehen sollte, als das Gespräch plötzlich zu Ende war. Mit einer beschwingten, geschmeidigen Bewegung war sie aufgestanden, hatte den Apparat ergriffen und kam ins Zimmer zurück. Sie sah ihn und erstarrte. Ihr Gesicht verfinsterte sich sofort, und die plötzliche Verwandlung machte ihm noch deutlicher, wie gelöst sie gewesen war.
»Was machst du hier?! Wo kommst du her?!« herrschte sie ihn an.

In dem sicheren Wissen, daß sie erschrocken war, sagte er ruhig: »Von draußen.«
»Was heißt das?« sagte sie, »bist du schon lange hier?«
»Lange nicht«, sagte er, »ich bin gerade gekommen.«
Sie sah ihn an, mit unverhülltem Mißtrauen. Dann ging sie an ihm vorbei zu ihrem Nachttisch und stellte das Telefon auf seinen Platz.
»Hast du gelauscht?« fragte sie. »Ich mag das nicht, ich kann das nicht leiden!«
»Keine Sorge«, sagte er, »es war nichts zu verstehen. Oder doch, in gewissem Sinne war alles klar.«
Sie drehte sich heftig um, als wollte sie ihn anfallen, doch irgendetwas hemmte sie und ließ sie nur hervorstoßen: »Du bist verrückt!«
»Kann schon sein«, sagte er. Und als habe er seine Einstellung geändert, fragte er in einem freundlichen, interesselosen Ton:
»Wer war es denn?«
»Ein Bekannter«, sagte sie ebenso ruhig und wegwerfend. Dabei zog sie die Schultern hoch und zeigte ihm ihre leeren Hände, was ihm als ein verblüffender Ausdruck ihrer Verlogenheit erschien.
Unsicher, ob es Zweck hatte, weiterzureden, hatte er genickt und zu Boden geblickt, und sie hatte die Pause benutzt, um ins Badezimmer zu verschwinden.
»Wo bist du gewesen?« rief sie, und er hörte sich in einem harmlosen Ton eine weitschweifige Antwort geben.

Er war jetzt überzeugt, daß sie mit einem ihrer Tänzer telefoniert hatte, und daß sie das immer tat, wenn er fort war.

Beim Spazierengehen überraschte sie ihn mit ungewohnter Gesprächigkeit. Es war ein munteres, oberflächliches Gerede, das von Eindruck zu Eindruck oder von Thema zu Thema sprang und ihm Harmlosigkeit oder gute Laune vortäuschen sollte, oder besser, ein völliges Beanspruchtsein von der Gegenwart, aus dem er schließen sollte, daß das Telefongespräch, das er belauscht hatte, belanglos und schon vergessen war. Um so deutlicher wußte er, daß es zwischen ihnen um nichts anderes ging, nur jetzt in der Form eines Schattenspiels, bei dem man die vor der Flamme tanzende Gestalt nicht sehen konnte, sondern nur eine leere Wand, auf der lautlos ihr flächiges, blaßgraues Abbild erschien und sich geisterhaft bewegte. Sie war erregt, und das kam nicht aus dem Augenblick, sondern aus einer anderen Quelle. Das Gespräch hatte sie aufgekratzt und schien sie in freudige Erwartung versetzt zu haben, doch sie war schlau genug, sich damit ihm zuzuwenden, als meine sie ihn.
Wie verlogen sie ist, dachte er wieder.
Und während er neben ihr herging und sich ihre Erinnerung an einen kleinen, drolligen weißen Hund anhörte, den sie einmal besessen hatte, fragte er sich, ob sie wohl wisse, daß er ihr Theater durchschaue, und sie es also nur deshalb weiterspielte, weil sie im

Augenblick keine andere Möglichkeit für sich sah, oder ob ihre Intelligenz nur für die gewöhnliche, instinktive Verlogenheit reiche, die, wie er meinte, normale weibliche Verlogenheit, die ihr riet, sich auf jeden Fall zu verstellen und ihn abzulenken, bis irgendwann sein Verdacht und seine Aufmerksamkeit erloschen waren und er einwilligen würde, weiterzumachen wie bisher.

Wollte sie das? Weitermachen? Wollte sie an ihm festhalten, wozu?

Wozu, wenn er ihr wichtig war, brauchte sie noch andere Männer?

Sie standen vor einem der Läden in der Altstadt, die einheimisches Kunstgewerbe für Touristen anboten, als er plötzlich ihre Hand spürte, die sich sanft zwischen seinen Arm und seinen Körper drängte und sich in seiner Armbeuge festhielt, dabei lehnte sie sich an ihn, leicht, wie zufällig, und legte den Kopf einen Augenblick an seine Schulter, wie in einem kindlichen Bedürfnis nach Anlehnung und Zärtlichkeit.

Vielleicht empfand sie es wirklich so. Vielleicht konnte sie nur lügen, indem sie die Wahrheit mißbrauchte: die Wahrheit des zärtlichen Augenblicks jetzt hier an seinem Arm, hinter dem sie die andere Wahrheit ihres Charakters oder ihrer Natur verbarg. Vielleicht waren das auch keine Widersprüche, für sie nicht.

Jung nahm sich vor, abzuwarten und auf der Hut zu sein, und so wurde es ein angenehmer Nachmittag. Sie sahen aus wie ein Paar, das sich angeregt unterhielt, und wenn man es wollte, konnte man es auch so erleben.

Er entdeckte in sich eine fremdartige Leichtigkeit, die wie eine Ohnmacht bei wachem Bewußtsein war. Er sah sich und ihr zu, er verstand, was vor sich ging, aber es hatte kein Gewicht. Es war, als habe er sich gesagt, heute kann nichts falsch genug sein, was ich tue, und so ließ er sich von ihr führen, ohne Widerstand.

Am meisten wunderte ihn, daß sie sagte, sie hätten bisher viel zu wenig von der Insel gesehen und müßten unbedingt noch ein paar Ausflüge machen. Die Vorstellung war ihm fremd geworden. Schließlich war sie es gewesen, die die Tage sehr bald in das starre Schema gezwängt hatte, morgens ins Schwimmbad und nachmittags zur Promenade zu gehen. Er hatte nicht gedacht, daß sich daran etwas ändern ließe.

Also gut, man würde zunächst einmal in die Cañadas fahren, die Kraterlandschaft, die den Teide umgab. Dort waren, wie sie gehört hatte, viele berühmte Filme gedreht worden, lauter Filme, für die man eine Mondlandschaft brauchte. Einer der Felsen hatte den Namen »Der Schuh der Königin«. Sie wußte noch mehr Einzelheiten und breitete sie vor ihm aus. Früher einmal hatte er selbst auf dieses Ausflugsziel hingewiesen und gemerkt, daß sie ihm kaum zuhörte. Sie blieb lieber in dem Gewühl der Touristen unten in

der Stadt. Wenn sie nun selbst davon anfing, wollte sie ihm wohl eine Freude machen, und er konnte nicht zugeben, daß er nicht mehr daran interessiert war.
Also in die Cañadas. Bei guter Sicht wollte sie auch mit der Drahtseilbahn auf den Gipfel des Teide fahren. Und den uralten Drachenbaum von Icod wollte sie mit ihm besuchen. Vielleicht fänden sie dort einen Fotografen, der ein Bild von ihnen machte, zur Erinnerung.

Nach dem Abendessen – sie hatten in einem Restaurant der Altstadt Calamares gegessen und Wein getrunken – gingen sie Arm in Arm am Meer entlang zum Hotel zurück. In den Hotelhochhäusern am Lido San Telmo waren viele Fenster erleuchtet und brachten an den Fassaden unregelmäßige Lichtmuster hervor, Längs- und Querstreifen, breite strahlende Flächen, die sich mit dem Dunkel verzahnten. An den dunklen Berghängen der Küstenlinie blinkten nur wenige kleine Lichtpunkte, und das Meer, das neben ihnen rauschte und gegen die Ufermauer schlug, war ein weites raumloses Nachtgrau, in dem die rote Positionslampe eines Fischerbootes sich so unmerklich langsam bewegte, als stünde sie still.
Sie sagten beide kein Wort, was zunächst wie Versunkenheit, dann aber wie eine lähmende Pause wirkte, so daß Jung schon überlegte, womit er die Unterhaltung wieder in Gang bringen könnte, als sie plötzlich sagte:

»Er hat übrigens ein Auto.«
»Wer?« fragte er.
Nachträglich schien ihm, daß sie schon vorher etwas gesagt haben mußte, er es aber überhört hatte, denn sonst konnte sie unmöglich so begonnen haben, als wäre schon die ganze Zeit von diesem Mann die Rede gewesen, der nun plötzlich, aber noch immer unsichtbar für ihn, zwischen ihnen stand.
»Wer?« fragte er, als wäre er hochgeschreckt in einem dunklen Raum, weil jemand eingetreten war, den er nicht sehen konnte.
»Der Herr, mit dem ich telefoniert habe«, sagte sie.
Es klang so einfach, daß er zunächst erstarrte. Erst mit Verzögerung stiegen Schreck und Scham in sein Gesicht. Er wußte, es war etwas passiert, das er noch nicht erfaßt hatte, etwas, das immer bevorgestanden hatte und nun eingetreten war mit der schlimmen Lächerlichkeit einer erfüllten Prophezeiung, die er sich selbst gemacht hatte. Der Dienstbotenjargon, in dem sie davon sprach, war eine Dreingabe, die ihn noch mehr verhöhnte.
«Der Herr, mit dem ich telefoniert habe.«
Auch diese Bezeichnung war ein Teil ihrer Lüge. Sie sollte eine gesellschaftliche Distanz vortäuschen, von der in dem Telefongespräch, das er belauscht hatte, schon nichts mehr zu hören war.
Oder vielleicht beurteilte er das falsch? Man mußte das alles aus der Nuttenperspektive sehen. Wenn eine Nutte für einen ihrer Kunden die Beine spreizte, konnte er für sie immer noch »der Herr« bleiben.

Wer ist über dich gerutscht, wer hat dich durchgezogen? Der Herr, mit dem ich telefoniert habe.
»Ist es ein Tourist?« fragte Jung
»Nein«, sagte sie, »er wohnt hier. Er lebt immer im Herbst und im Winter hier. Er ist Schweizer.«
»So«, sagte er, »woher kennst du ihn?«
Sie zögerte mit der Antwort, aber nur unmerklich, als müsse sie einen Augenblick nachdenken.
»Aus dem Hotel«, sagte sie. »Ich habe einmal mit ihm getanzt. Dann traf ich ihn in der Halle. Er hat mich zu einem Drink eingeladen.«
Wie schnell sie das herausbrachte, mit ein paar Strichen, wie ein Schnellzeichner, eine komplette Geschichte, ganz selbstverständlich und banal. Er wußte, sie würde ihn jetzt einführen, er brauchte nur zu fragen. Den ganzen Nachmittag schien sie darauf gewartet zu haben. Ihr munteres Gerede, ihre Zärtlichkeit waren nur das Vorspiel gewesen, nun waren sie bei der Sache, um die es ging.
Widerwillig, weil es ihm so vorkam wie Gehorsam gegenüber der Rolle, die sie ihm zugeteilt hatte, aber auch mit methodischer Kälte, fragte er weiter:
»Wie, er wohnt in Orotava und auch hier im Hotel?«
»Nein, er wohnt nicht im Hotel«, sagte sie, »er ist befreundet mit dem Direktor. Er ist einer der großen Manager hier auf der Insel, ein Immobilienmakler und Baumensch.«
»Herzlichen Glückwunsch«, sagte er.
Sie lachte kurz auf, aber es war ein falsches Lachen,

so falsch wie das, was sie dann sagte: »Es ist ein netter älterer Herr, der sich langweilt. Er hat sich angeboten, mir die Insel zu zeigen.«
»Ich sag ja, herzlichen Glückwunsch. Du wolltest doch ein paar Ausflüge machen.«
Sie gingen stumm weiter, immer noch Arm in Arm, und beide mit gesenkten Gesichtern wie in tiefem Nachdenken. Er fühlte sich, als trüge er etwas Schweres in sich, eine Last, die ihn ausfüllte und verschüttet hatte, er war wie ein Sack mit Sand, der gleichgültig die Schläge und Stöße hinnahm, die ihn zu erschüttern suchten. Schlag auf Schlag kamen sie, doch er rührte sich nicht einmal, sein Gewicht war viel zu groß geworden, als daß irgendetwas ihn noch bewegen konnte.
»Stell dich nicht an«, hörte er sie sagen. »Das hat nichts mit uns zu tun. Ich habe ihm natürlich gesagt, daß ich nicht allein bin.«
»Leider«, sagte er oder etwas in ihm, das wie ein Echo war.
»Was meinst du?« fragte sie verwirrt.
»Du hast gesagt: ›Leider bin ich nicht allein‹«, erklärte er ihr mit sanftmütiger Stimme, als sei er ein Lehrer, der geduldig den unvollständigen Text seiner Schülerin verbesserte. Sie hatte ein wichtiges Wort vergessen: »Leider«. So erst kam der wahre Sinn heraus. »Leider bin ich nicht allein.«
Wieder spürte er aus der Dunkelheit die Schläge kommen, aber sie konnten ihm nichts anhaben. Der Sand sackte immer wieder nach, und derselbe unempfindliche Körper stellte sich wieder her.

Er hatte die Aufmerksamkeit für sie verloren, wußte nicht mehr, was in ihr vorging. Sie war noch ein paar Schritte mit ihm weitergegangen, dann hatte sie sich mit einer wütenden Bewegung von ihm losgemacht und stand ihm einen Augenblick mit einem Ausdruck von Kampfbereitschaft oder Empörung gegenüber. Er sah, wie klein sie war, viel kleiner als er, sah, wie sie sich abwandte und kopfschüttelnd weiterging.

»Du bist verrückt«, sagte sie leise.

Das hatte er an diesem Tag schon einmal gehört, es kam ihm so vor, als sei seitdem sehr viel Zeit vergangen und er habe einen weiten sinnlosen Weg im Kreis beschrieben.

Eine Weile gingen sie mit einem Meter Abstand nebeneinander her, sie anscheinend in stummer Erbitterung, und er betäubt von einem Gefühl verhängnisvoller Vergeblichkeit. Andere Paare kamen ihnen entgegen, umschlungen oder Arm in Arm und manchmal kurz, mit erstaunten oder neugierigen Gesichtern zu ihnen herüberblickend. Ellen bemerkte es anscheinend nicht oder schien gleichgültig dagegen zu sein oder vielleicht war der deutliche Abstand, den sie von ihm hielt, auch eine Darbietung vor diesen zufälligen Zeugen, mit der sie ihn strafen wollte.

Endlich sprach sie wieder, mit starr geradeaus gerichtetem Gesicht, so daß es aussah, als spräche sie einen Monolog vor sich hin oder eine Beschwerde, eine Klage, mit der sie sich nicht an ihn, sondern an einen

unsichtbaren, namenlosen Schiedsrichter wandte, der entscheiden sollte, wer von ihnen recht hatte.
»Was soll denn das alles? Darf man im Urlaub keine nette Bekanntschaft machen? Darf man sich nicht ein bißchen unterhalten? Muß denn ein Mann immer gleich denken, es ginge gegen ihn, wenn man mal mit einem anderen Mann spricht? Mein Gott, es ist ein älterer Herr, der sich langweilt und ein bißchen Kontakt sucht. Was ist schon dabei?«
Wortlos ging er neben ihr her, bemüht, ihr nicht zuzuhören, um nicht in seinen Gedanken gestört zu werden. Es gab sie jetzt zweimal, die Frau neben ihm, die sich anstrengte, ihn zu erreichen, und eine stumme Gestalt in ihm, die ihm zeigte, wie sie ihn betrogen hatte. Es waren weit entfernte, ausschnitthafte Bilder, die sprunghaft wechselten, wie in einer Projektion, bei der er mit erschrockener Hast die Taste drückte. Jedes neue Bild war seinem Wissen voraus und überzeugte ihn mit der Evidenz des Schrekkens, daß es so gewesen sein mußte, wie er es jetzt vor Augen hatte: Sie, die nach dem Essen ungeduldig darauf wartete, daß er zu seinem Spaziergang aufbrach, sie, malerisch auf das Bett gebreitet, wie sie sich noch einmal von ihm küssen ließ, bevor er ging. Und sie, die danach noch einige Minuten verstreichen ließ, dann aufsprang und zu einem Rendezvous in den Hotelgarten eilte. Da irgendwo wartete der andere, ließ die Drinks servieren, von denen sie gesprochen hatte.
Und dann?

Das Bild erlosch in ihm, und er wußte nicht weiter. Was machten sie jetzt, wie gingen sie aufeinander zu? Waren sie sich von vorneherein einig gewesen? Ja, natürlich, dachte er, und seine Vorstellung machte einen Sprung.
Sie waren jetzt nicht mehr im Garten, nicht in der Bar, sondern in einem Zimmer. Der Kellner, der die unvermeidlichen Drinks gebracht hatte, war gerade mit einer tiefen Verbeugung rückwärts durch die Tür verschwunden, denn dieser Herr war der Freund des Direktors, ein mächtiger Mann auf der Insel, und sein Trinkgeld, das er in solchen Fällen gab, entsprach seiner Bedeutung und der Situation. Der Herr lächelte, als er sich ihr zuwandte: »Worauf stoßen wir an?« So machte er es immer mit den kleinen Touristinnen. Ein paar herrenmäßige Kavaliersallüren, und diese Flittchen waren bereit, sich aufs Kreuz zu legen. Sie waren schon überwältigt, wenn Blumen neben dem Bett standen und das Zimmer ein wenig üppiger als ihr eigenes war.
O nein, nicht einmal das, er brauchte nicht so viel aufzuwenden. Es war ein Zimmer wie alle anderen, am selben Flur gelegen, nur ein paar Türen weiter. Sie war mit einem Sprung da und lief erst zurück, wenn der Portier aus der Halle anrief und seine Rückkehr meldete. Sie brauchte sich bloß den Bademantel überzustreifen und sich in ihrem Zimmer auf das Bett zu werfen, als läge sie schon lange dort wie eine geduldig wartende Ehefrau. Ja, so war das, so ungefähr. Deshalb war sie gleich einverstanden ge-

wesen mit seinen einsamen Spaziergängen am frühen Nachmittag und hatte all ihr Interesse an Ausflügen und längeren Unternehmungen verloren.
Deshalb also, deshalb.

Jung genoß es wie eine Eingebung, der Sache so nahe zu sein. Es war ohne Schmerz, ohne Schrecken, eher wie eine plötzliche Befreiung, und er konnte dabei zuhören, wie sie neben ihm einen ihrer üblichen Sätze hervorbrachte.
»Glaub bloß nicht, daß ich mir alles gefallen lasse«, sagte sie.
Es kam ganz ausdruckslos heraus, im Gegensatz zu den Worten, die sich noch stark machten, und er dachte ebenso beiläufig: Warum sollte ich das glauben?
Sie hatte sich wieder bei ihm eingehängt und begann auf ihn einzureden: »Komm, beruhige dich. Mach dich nicht lächerlich. Es ist ein älterer Herr, der viel Zeit und ein dickes Auto hat. Ich hab gedacht, er kann uns ein bißchen herumfahren. Warum nicht?«
»Warum sollte er das tun?« fragte er.
»Warum, warum?« sagte sie ärgerlich. »Vielleicht langweilt er sich. Ist das nicht egal?«
Er ging eigensinnig weiter. Aber sie hatte jetzt seine Frage verstanden und gab sie ihm zurück.
»Glaubst du vielleicht, er würde es noch machen, wenn ich etwas mit ihm hätte?«
»Ich weiß nicht«, sagte er.

»So blöd ist niemand«, sagte sie wegwerfend, »höchstens du.«
Er war nicht überzeugt, aber er wußte es wirklich nicht. Alles, was sich ihm schon enthüllt zu haben schien, wurde wieder ungewiß und begann sich aufzulösen, und er fühlte, daß auch er seinen Zusammenhalt verlor. Er konnte nicht mehr denken, eine wirre, auseinanderstrebende, leere Bewegtheit war an die Stelle des Denkens getreten, während Arme und Beine sich weiterbewegten mit einer maschinenhaften Stetigkeit. Nur um zu prüfen, ob er noch Herr seines Willens war, stieß er die Luft mit einem dünnen Halbton durch die Zähne. Er machte eine kleine rhythmische Folge daraus, damit sie glauben konnte, daß er sich an ein Lied erinnerte.
»Hör auf damit«, sagte sie.
Erschrocken stellte er es ein, und gleich danach mußte er sich schütteln.
»Was ist?« fragte sie, »frierst du?«
»Ein bißchen«, sagte er, dankbar für ihre Frage, die alles wiederherstellte. Nur um weiterzureden, behauptete er, daß er Durst habe und irgendwo etwas trinken wolle.
»Gut«, sagte sie, »wir können ins Café de Paris gehen. Oder in die Bar vom Felipe, da ist er gewöhnlich. Ich möchte, daß du ihn kennenlernst.«

Beim Portier hatte sich Jung eine der Krawatten umbinden müssen, die dort für unkorrekt gekleidete Gäste bereitgehalten wurden. Dann erst wurden sie

hineingelassen. Er war neben ihr wie blind auf die erleuchtete Bartheke zugegangen, und ein grauhaariger Mann, kleiner als er, mit einer Statur, die man vielleicht untersetzt hätte nennen können, war von seinem Hocker heruntergestiegen und hatte sie begrüßt.

Jung verstand, daß er Veltli hieß. Er sprach ein singendes, schweizerisch eingefärbtes Hochdeutsch, das übertrieben freundlich oder jovial wirkte wie die weit ausgestreckten Arme, mit denen er sie empfing. Es war auch noch ein anderer Mann da, der Frank genannt wurde, ein lächelnder, braungebrannter Beau unbestimmten Alters, in dem Jung verspätet den Dressman wiedererkannte, den er am Hafen beobachtet hatte. Frank trug einen leichten cremefarbenen Anzug und ein schwarzes Seidenhemd, dessen offenen Kragen er über das Jackett geklappt hatte, anscheinend hatte er es geschafft, ohne Krawatte hereinzukommen, weil seine strahlende Erscheinung überhaupt keinen Einwand zuließ. Veltli war konventioneller angezogen mit heller Hose, blauem Jakkett und einer großen, locker gebundenen Fliege, ein Mann Mitte Fünfzig, der sich gut erhalten hatte und an dem alles kräftig wirkte, Kinn, Mund und Nase, die noch dunklen Augenbrauen und das dichte, kurz geschnittene graue Haar.

»Gruezi«, sagte er, »schön, daß Sie kommen«, als hätte er mit Ellen eine noch etwas unbestimmte Verabredung für diesen Abend gehabt. Doch er bezog auch Jung gleich mit ein, der mit steifem Lächeln

halb hinter ihr stand, legte eine Hand auf seine Schulter und schob ihn rechts neben sich auf einen freien Hocker. Ellen hatte weiter links einen Platz gefunden, zwischen Veltli und Frank, der gleich für sie zur Seite gerutscht war.

»Was möchtet ihr trinken?« fragte Veltli, der noch stand und wieder mit ausgebreiteten Armen ihre Schultern berührte, als wolle er sie beide unter seine Obhut nehmen und noch ein wenig fester auf ihre Hocker drücken.

»Ich weiß nicht«, sagte Jung und hörte, wie Ellen »etwas Erfrischendes« sagte und schnell hinzufügte »einen Highball-Soda«.

»Ich auch«, sagte Jung rasch, aber dann kam ihm seine Eile unpassend vor, und er fragte: »Oder was gibt es sonst?«

»Fragen Sie mal José«, sagte Veltli. »Er macht Ihnen alle bekannten Drinks und ein paar unbekannte, wirklich!«

Er lächelte zu dem Barkeeper hinüber, einem jungen schwarzhaarigen Burschen, in dessen glattem ebenmäßigem Gesicht ein Ausdruck von Stolz und Schlauheit aufschimmerte. Jung glaubte zu wissen, daß sich die beiden über ihn verständigt hatten.

»Einen Longdrink, Senor?« fragte José von seinem Platz herüber, während seine Hände, fast ohne daß er hinsah, mit Flaschen und Gläsern hantierten.

»Vielleicht nehmen Sie einen Brandy-Cooler oder einen Prince of Wales?«

»Einen Prince of Wales«, sagte Jung.

»Serr gutt, Sie kennen das?«

»Nein«, sagte Jung
»Serr gutt, ich erkläre Ihnen.«
Er bediente schnell und kam zu ihm herüber.
»Sie waren noch nicht hier, Senor?«
»Nein«, sagte Jung, »noch nicht.«
»Gutt«, sagte José in seinem harten Deutsch, »alle kommen einmal zuerst.«
Er hatte einen hohen Silberbecher vor ihn hingestellt, mit der Zange ein paar Eiswürfel hineingeworfen und eine Flasche hinter sich vom Bord gegriffen.
»Ich sage Ihnen jetzt, wie ich Prince of Wales mixe, wenn Sie auch einmal machen wollen, zu Hause.«
Er lächelte mit gefletschten Zähnen und ließ nicht zu, daß Jung einen Augenblick wegblickte, bis der Drink fertig war und er ihn unter seinen Augen probiert hatte. Es war etwas Kaltes mit Sekt und einem Schuß Bitterkeit.
»Sehr gut«, sagte Jung.
Veltli hatte ihm den Rücken zugewandt und unterhielt sich mit Frank und mit Ellen, die zwischen den beiden Männern ihre Haare schüttelte und lachte. Es war ein anderes Lachen, als er am Telefon gehört hatte, aber von der gleichen schmetternden Kälte. Ich werde abhauen, dachte er, einfach abhauen, und sah wieder in die ruhigen Augen von José, die ihn mit einem Interesse musterten, das eine andere Form von Gleichgültigkeit war.
»Wie lange sind Sie schon auf Tenerife, Senor«, fragte er.

Eine Stunde später war Jung betrunken und in dumpfe Lethargie versunken. Ellen tanzte mit Frank in einer zärtlichen Umschlingung weit entfernt von ihm am anderen Rand der Tanzfläche, und Veltli hatte sich an einen Tisch gesetzt, wo er sich lebhaft mit einem Herrn seines Alters und zwei jungen Damen in Abendkleidern unterhielt, die eben hereingekommen und von ihm in derselben überschwenglichen Art begrüßt worden waren. Ab und zu kam José vorbei, gab Jung Feuer für seine Zigarette und verschwand wieder, um andere Gäste zu bedienen. In einem Spiegel an der Rückwand der Bar konnte Jung sein gedunsenes Gesicht sehen. Seine dunkelblonden Haare hingen strähnig zur Seite und waren zerwühlt von der Hand, in die er immer wieder seinen Kopf gestützt hatte, um ihn ruckartig hochzuheben, sobald José vorbeikam, der unbestimmt über ihn hinweglächelte.
»Keine Ursache«, sagte Jung laut, so daß einige Gäste von ihren Barhockern zu ihm herüberblickten.
Dann kam Ellen mit Frank von der Tanzfläche zurück und setzte sich neben ihn.
»Wie geht's?« fragte sie. »Unterhältst du dich mit José?«
»Natürlich«, sagte er.
Sie näherte sich mit ihrem Mund seinem Ohr und sagte leise und eindringlich: »Kämm dich mal. Aber bitte nicht hier.«
»Natürlich«, sagte er und stand auf, ging steifbeinig,

mit seitlich nach den Sessellehnen tastenden Händen zur Toilette.
Wieder sah er sein Gesicht im Spiegel, eine trübe Masse von Fleisch mit Augen, Mund und Nase, wie es sich gehörte. Er starrte es an, vornübergebeugt und mit beiden Händen auf den Waschtisch gestützt. Die Haare hingen ihm wirr in die Stirn, und die Krawatte, die er sich beim Portier geliehen hatte, leuchtete mit ihrem grellen Blumenmuster. »Keine Ursache«, sagte er zu seinem Spiegelbild, das vor ihm hing in einer gelierenden Helligkeit und ihm faxenhaft antwortete. Ich bin es, bin es nicht, ich bin es. Als er es etwas deutlicher sah, spuckte er hinein.

Für ihn hatte sich der Abend in der windstillen Dunkelheit des Hotelgartens verloren, in den er hinausgegangen war, weil er sich zu besudelt und zerstört fühlte, um wieder zu der fremden Gesellschaft in der Bar zurückzukehren und ihren neugierigen Blicken standzuhalten. Er hatte dort draußen zwischen den reglosen Umrissen der Sträucher und Palmen auf einer Bank gesessen und geraucht, um nicht einzuschlafen, war aber unfähig gewesen zu überlegen, was er jetzt tun solle. Er war überzeugt, daß er erniedrigt worden war und alle es beobachtet und sich stillschweigend über ihn geeinigt hatten. Aber es war kein Aufbegehren in ihm, nur eine wohltuende Hoffnungslosigkeit. Die dunkle Nachtluft, die seine Betrunkenheit milderte, aber nicht vertrieb, umgab ihn wie eine schützende Hülle, die ihn für eine Weile den Blicken der anderen entzog. Diese fremden, ironischen Blicke hatten ihn entstellt, als sei von ihnen ein gebieterischer Zwang ausgegangen, sich immer mehr zu betrinken, fallen zu lassen und aufzugeben. Nun war er allein, für eine kurze Zeit der Schonung. Gleich würde er zurückkehren, obwohl er nicht wußte wie.

Vielleicht war er doch eingeschlafen oder hatte sich längere Zeit im Zustand des Einschlafens befunden, weil zwei entgegengesetzte Strebungen ihn in einer schwankenden Mitte hielten. Er war alarmiert, aufzuwachen und auf der Flucht vor allem, was er wahrnehmen würde, wenn er wach war, vor allem auch sich selbst.

Allmählich war die Umgebung weggerückt oder hatte sich unmerklich in die Szenerien dämmriger Halbträume verwandelt. Der dunkle Fluß war da und eine kleine vage Gestalt, die ihn fragte, wie es ihm ginge, und er antwortete »gut, gut«, und sofort korrigierte er sich, »nein, schlecht, schlecht«, erstaunt über die fremde Stimme in seinem Inneren, die dieses Bekenntnis machte. Sie gehörte nur zum Teil ihm, eigentlich war es die kleine Gestalt, die in ihm geantwortet hatte, aber nicht an seiner Stelle, sondern für sich selbst. Er war nur der Zuhörer gewesen oder der heimliche Lauscher, der erschrocken ein Geheimnis erfuhr, und es war auch nicht wie gewöhnlich der Dekan, mit dem er dieses verschobene Traumgespräch führte, sondern sein toter Vater. Der Vater sprach aus seiner starr geöffneten Mundhöhle, der braunen Mundhöhle eines Toten, es ging ihm schlecht, sehr schlecht, und hinter der Tür sagte die Stimme der Mutter dem noch lebenden Vater, daß er alles schlecht mache, daß alles ein schlechtes Ende nehme, dabei war der Vater längst aufgebahrt und konnte aus seiner starren Mundhöhle nicht mehr antworten und sprach nun in ihm, daß es ihm schlecht ginge, schlecht. Aber er fand kein Erbarmen, und Jung war sehr klein und lag in seinem Bett und lauschte voller Angst auf die Stimmen der Eltern nebenan. Die ganze Zeit hatte er die fremdartigen schwarzen Silhouetten der Palmen gesehen. Sie wuchsen in dem Zwischenreich, in dem es zugleich einen toten und einen lebenden Vater gab und eine unsichtbare Mutter, die einem Toten Vorwürfe machte, der durch ihn, seinen vor Angst verkrampften Sohn, zu antworten versuchte, aber sie hatten nur einen Mund, und der war starr, braun, der Mund einer Leiche.

»Ach, hier hast du dich verkrochen«, sagte sie.

Es war Ellen. Und der Mann, der zwei Schritte hinter ihr stand und die Arme vor der Brust kreuzte, war Frank.

Oh, dachte er, sie haben mich wirklich gefunden, und er sah zu ihnen auf, schuldbewußt und verständnislos.

Jung hatte auf Ellens Wunsch Kaffee getrunken, mehrere Tassen steifen schwarzen Kaffee, damit er wieder zu sich kam, und in der Nacht schlug sein

Herz in einem schnellen, pulvernden Rhythmus bis in den Hals, und seine unruhigen Hände wanderten über das gesteppte Muster der Bettdecke, das sich unter seinen Fingerkuppen verwirrte. Ein Kribbeln stieg ihm in die Hände und Arme, als schaffe das Herz trotz seiner rasenden Arbeit es nicht mehr, sie zu durchbluten. Manchmal, wenn er gerade einzuschlafen begann, zuckte ein Schlagwetter durch seinen Körper, und die heftige Erschütterung seiner Muskeln trieb ihm den Brechreiz in die Kehle. Auf dem Rücken liegend versuchte er die Übelkeit wegzuatmen, den Anisdunst irgendwelcher Bargetränke. Der Kaffee arbeitete in seinen Gedärmen und blähte seinen Magen auf, so daß sein Atem nur ganz kurz war. Wenn er die Augen schloß, sah er seltsame Formen aus rotem Gummi, Vorwölbungen des nach außen gestülpten Inneren, ekelhafte Zapfen und Bäuche, die sich erst verloren, wenn er sich wieder wach machte. Ich will nicht kotzen, sagte er sich, und kämpfte stundenlang gegen das kalte Würgen. Schließlich, gegen Morgen, schlief er vor Erschöpfung ein.

Er wurde gewaltsam geweckt, doch die Gewalt war noch stumpf, umkleidet von Watte, sie mußte viele Schichten durchdringen, um ihn zu erreichen, und als er merkte, daß sie zu ihm vordrang, verkroch er sich in den tiefen wattigen Schacht und versuchte verzweifelt weiterzuschlafen, als sei das eine Möglichkeit zu entkommen.

Dann war er wachgerüttelt worden und sah Ellen, schon fast angezogen.

»Beeil dich«, sagte sie, »es ist schon spät.«
Sie will heute einen Ausflug machen, erinnerte er sich. Veltli kommt gleich mit dem Auto, ich muß aufstehen.
Unter der Dusche hatte er versucht, zu sich zu kommen, aber sein Kopf blieb gipsern und taub, wie eingeschnürt von einer festen, schmerzenden Bandage, die sich auch nicht löste, als er beim Frühstück heißen Kaffee trank und Magen und Herz wieder in Aufruhr brachte. Er konnte nur mühsam essen, unentwegt rieb er sich mit den Fingerspitzen die Stirn und die Schläfen, um ein lästiges und fremdes Gefühl von Leblosigkeit zu vertreiben. Ellen schien nichts zu bemerken, saß dort, biß kleine Stücke von ihrem Toast ab und las in einem Prospekt über ihr heutiges Ausflugsziel. Nur einmal, als er unbewußt geseufzt hatte, sagte sie, ohne aufzublicken: »Nimm doch eine Tablette.«
Gleich danach kam Veltli, um sie abzuholen, vollkommen ausgeruht und guter Laune. Er beugte sich zu Ellen hinunter und küßte sie auf die Wange, verhinderte dann, daß Jung zur Begrüßung von seinem Stuhl aufstand und klopfte ihm auf die Schulter. Ein dünner Geruch von Rasierwasser strömte von ihm aus. Eine Zeitlang stützte er sich bei Jung auf, während er redete. Ob sie denn schon das Wetter betrachtet hätten? Es sei wie gewünscht, fast keine Passatwolken, hervorragende Sicht.
»Wenn Engel reisen«, sagte er und kniff Jung in die Schulter.

Dann entschuldigte er Frank. Er sei nicht wachzukriegen gewesen. Frank brauche seinen neunstündigen Schönheitsschlaf. Am Nachmittag würde er aber wohl nach Orotava kommen und sie treffen.

Jung hatte sie immer vor sich gesehen während der Fahrt, ihre glänzenden schwarzen Haare, Veltlis kurzhaarigen grauen Hinterkopf und vor ihnen die Frontscheibe mit den vorbeigleitenden Gesteinsmassen an der Serpentinenstraße, die sich durch das rauhe Randgebirge der Cañadas hocharbeitete, den Rand eines vorzeitlichen Riesenkraters, wie Veltli erklärte. In eine Ecke des Rücksitzes geklemmt, kämpfte Jung mit seiner Übelkeit, die ihn mit jeder scharfen Kurve, jedem Wechsel der Geschwindigkeit zu überschwemmen drohte und gar nicht mehr abebbte, als sie höher kamen. Aber er wollte nicht zugeben, in welcher Verfassung er war, weil es ihm erschienen wäre, als hätte er Veltli vor ihren Augen um Gnade gebeten.
Er war schweißnaß, als sie endlich anhielten und er ausstieg und in eine lichtdurchflutete Stille taumelte. Eine weite steinerne Hochebene, bewachsen mit graugrünen Ginsterbüschen, eine trockene Einöde, fast ohne Leben, der verschüttete Boden eines erloschenen Vulkans. Bröckeliger Tuff und Basaltgrus knirschten unter seinen Schritten, und immer wieder sank er darin ein. Wenn man weiter hinein wollte in das Geheimnis, mußte man weitergehen. Die Fläche dehnte sich viele Kilometer weit, durchzogen von

schwarzen und kupfrigen Strömen erstarrter Lava. In der Ferne erhob sich der Gipfel des Teide klar und unwirklich wie ein Taggespenst, und die düsteren Randgebirge bildeten einen riesigen Kreis. Er war schon ziemlich weit gegangen, doch es war nicht denkbar, daß er umkehrte, so wenig wie er wußte, wo er hinwollte, stolpernd über scharfkantige Obsidiangüsse und braune Schotterflächen, Steinbrocken aufgreifend und von sich fortschleudernd in kranker Wut und Schwäche und halbblind von der Sonne, die ungehemmt auf die Steinebene herunterfeuerte und von ihr zurückschlug. Die Luft war dünn, trocken, machte ihn atemlos. Als er sich nach einem neuen Stein bückte, mußte er sich schnell wieder aufrichten und stehenbleiben in einem plötzlichen Schwindel. Undeutlich, dann klarer, sah er Veltli und Ellen dort hinten nebeneinander stehen und zu ihm herüberblicken, winzige, weit entfernte Figuren, die jetzt mit den Armen fuchtelten, ihm Zeichen machten, er solle kommen. Er fühlte einen schmerzhaften Haß in sich hochsteigen und lief weiter. Als er sich wieder umdrehte, waren sie fort. Er bückte sich, griff Steine, schleuderte sie von sich fort in verschiedene Richtungen. Sie stäubten kleine Wölkchen weißgrauen Tuffs auf oder verschwanden lautlos in den Büschen. Nur aus Schwäche konnte er damit Schluß machen und stand ausgelöscht auf seinem Platz. Eine dünne ferne Hupe heulte durch die Einöde, gab rhythmische Zeichen. Sie saßen beieinander im Auto und riefen ihn. Ohne Widerstand begann er zurückzuge-

hen, einen weiten bewußtlosen, schattenlosen Weg. Als er sich dem Wagen näherte, fühlte er einen scharfkantigen Stein in seiner Hand. Er öffnete sie und ließ ihn fallen. Sie waren beide ausgestiegen und blickten ihm entgegen.
»Was war los mit Ihnen?« fragte Veltli.
Ellen sah ihn nur an und sagte nichts.

Auch am Abend, als Veltli sie früher als erwartet ins Hotel zurückgebracht und allein gelassen hatte, sprach sie nicht gleich, sondern war wortlos damit beschäftigt, sich zu erfrischen und für das Abendessen umzuziehen. Vielleicht erwartete sie, daß er zu sprechen anfinge und sich ihr erklärte, aber er war zu gelähmt dazu. Er saß auf der Bettkante, als sie aus dem Badezimmer kam, im Bademantel, ihre Haare bürstend. Anscheinend kam er ihr in diesem Moment ansprechbar vor, denn sie hielt inne in ihrer Bewegung und sah ihn nachdenklich an. Dann fragte sie ihn, genau wie Veltli ihn gefragt hatte: »Was war los mit dir?«
»Wann?« fragte er, damit beschäftigt, ein Schuhband durch eine Öse zu ziehen und zuzubinden.
»Du weißt es genau«, sagte sie, »du hast ausgesehen wie ein Affe.«
»Gut möglich«, sagte er und stand auf, »so seh ich eben aus.«
Und ein wenig vorgebeugt, sie anstarrend, glaubte er sehen zu können, daß sie Angst hatte.

Es verflog wieder, einen Augenblick später, als er zugab, er sei verstört gewesen und habe allein sein wollen. Irgendwie veränderten sich ihre Augen, sie verloren ihre Starrheit und lichteten sich auf. Mit einer weichen Bewegung neigte sie den Kopf zur Seite und begann wieder, ihr Haar zu bürsten.
»Du bist komisch«, sagte sie, »warst du wieder eifersüchtig?«
Er widersprach nicht, sagte nur beiläufig, daß er es nicht genau wisse, und das war die Wahrheit im Augenblick.
Zum Abendessen trug sie die roten Korallenohrringe, die er ihr am Tag vor ihrer Abreise geschenkt hatte. Sie wirkte nachdenklich und still. Gelegentlich wechselten sie ein paar Worte über das Essen, den Ober oder eine Familie am Nachbartisch, zu der eine hübsche kleine Tochter und ein langaufgeschossener schwachsinniger Junge gehörten, dem die Mutter auf seinem Teller das Fleisch in kleine Stücke schnitt, während er, starr auf seinem Stuhl sitzend, als wäre er an der Lehne festgebunden, auf den Teller hinunterblickte.
»Wie schrecklich«, sagte Ellen.
»Nicht für ihn selbst«, sagte Jung, »nur für die anderen. Er selbst fühlt sich gut.«
»Wieso glaubst du das?«
»Er kann nichts beurteilen, kann sich nicht vergleichen. Er ist blöd.«
Sie sah ihn fragend an, blickte dann wieder zu dem schwachsinnigen Jungen hin, der begonnen hatte,

sich mit ungestümer Gier die Fleischhappen in den vollen Mund zu schieben und von der Mutter am Handgelenk gefaßt wurde, damit er eine Pause machte und, geführt von ihrer Hand, auch Kartoffeln und Gemüse auf die Gabel nahm. Vater und Tochter saßen auf der anderen Seite des Tisches, der Vater mit einem ernsten, abweisenden Gesicht, den Blick gesenkt und auf den Umkreis seines Tellers beschränkt, während das kleine Mädchen, unbefangen und manierlich essend, ohne besondere Neugier den mühsamen, stillen Kampf der Mutter mit der ungelenken Dumpfheit ihres großen Bruders beobachtete. Einmal sagte sie etwas zu ihrem Vater, der sich ihr sofort aufmerksam zuneigte, ein Ausdruck von Zärtlichkeit hellte sein umdüstertes Gesicht auf. Dann sah er zu seiner Frau hinüber und sagte etwas, sie nickte kurz und wischte den Mund des Idioten mit einer Papierserviette ab, aß selbst schnell ein paar Bissen und griff wieder nach der störrischen Hand, die angefangen hatte, das Essen auf dem Teller zu Brei zu zermanschen und über den Rand zu schieben.

»Glaubst du wirklich, er ist glücklich?«

»Sicher«, sagte Jung.

»Gehen wir noch spazieren?« fragte Ellen nach dem Essen.

»Ja«, sagte Jung, »gerne.«

Unterwegs fing sie wieder an, von dem schwachsinnigen Jungen zu reden. Sie wollte wissen, ob so etwas angeboren sei oder auch später durch eine Krankheit oder einen Fehler der Eltern entstehen könne, aber dazu konnte er wenig sagen. Beides war möglich, vielleicht traf in den meisten Fällen beides zusammen.

Sie ging nachdenklich weiter. Das kleine Mädchen hatte sie irgendwie an ihre eigene Tochter erinnert, obwohl es eigentlich keine erkennbare Ähnlichkeit gab. Schon die Haarfarbe war anders, und natürlich das Alter.

»Ich muß nur manchmal an sie denken«, sagte sie.

Er antwortete nicht, und sie schien es auch nicht zu erwarten, sie hatte ihren Gedanken weitergesponnen, denn nach einiger Zeit sagte sie: »Ich glaube, sie ist inzwischen ganz das Kind meiner Mutter. Und ich möchte auch keine Kinder mehr.«

»Warum?« fragte er, ohne an ihrer Antwort interessiert zu sein.

»Ich weiß nicht«, sagte sie, »es ist alles nicht so gelaufen.«

»Man ist ja nur angebunden«, fügte sie nach einer Weile hinzu.

Es fiel ihm schwer, sich auf ihre wortkargen Gedanken einzustellen. Er sah sie ganz anders. Nicht als eine Frau, die ein solches Problem hatte. Daß sie offensichtlich darüber nachdachte, verwirrte ihn.

Ein paar Minuten später trafen sie Frank auf der Promenade. Er war in Begleitung von zwei jungen Damen, die wie Zwillinge aussahen, und eines gro-

ßen bärtigen Mannes, der Ole genannt wurde und ein dänischer Fotograf war. Sie standen zusammen und bildeten eine laut schwatzende und gestikulierende Gruppe, an der der Strom der flanierenden Menge sich teilte. Die beiden Zwillinge redeten und lachten immer gleichzeitig in einer irritierenden Munterkeit, und der dänische Fotograf kollerte dazwischen mit seiner Baßstimme, er wolle jetzt endlich irgendwo ruhig sitzen, wo es einen guten Kognak gäbe. Die Zwillinge und Frank aber wollten etwas losmachen, sie zogen schon seit zwei Stunden herum, und der Fotograf war mitgeschleppt worden als ein komisch-hilfloses Opfer, eine Rolle, die er wohl für sich erfunden hatte und in der er mit Ellen und Jung kokettierte, während die Zwillinge sich bei Jung einhängten und Frank zu Ellen sagte, sie sollten doch mitkommen, man wolle jetzt gemeinsam ins Columbus zum Tanzen gehen.
»Tanzen!« rief der Däne in gespielter Verzweiflung und hob abwehrend beide Hände, um sofort von den Zwillingen attakiert zu werden wegen seiner »unglaublichen Faulheit und Trunksucht«, und Frank fragte Ellen wieder, ob sie nicht mitkämen, es würde bestimmt lustig, sie würden viel Spaß haben, aber sie sagte mit höflicher Entschiedenheit, daß sie zu müde sei.

Noch betäubt von dem Geschwirr der Stimmen, machte Jung sich klar, daß sie sich gegen Frank gewehrt hatte und es offenbar vorzog, mit ihm allein zu sein. Er verstand das nicht, es machte ihm Angst, er wußte nicht, wie er darauf antworten sollte. Während sie sich wortlos von der Gruppe entfernten, versuchte er zu erspüren, was sie wollte, was sie von ihm erwartete, aber das leichte Gewicht ihrer Hand auf seinem Arm und ihr stilles Gesicht halfen ihm nicht, sie kam ihm fremd und bedrohlich vor.

Schließlich blieb sie stehen und sagte mit einer leisen, ein wenig gepreßten Stimme: »Ich möchte ins Hotel zurück. Du auch?«

»Ja«, sagte er und nickte, um seine Sprachlosigkeit zu verbergen. Und wie zwei mechanische Puppen, die ein neues Kommando bekommen hatten, schlugen sie einen anderen Weg ein.

Fast ohne zu sprechen, in tiefer Beklommenheit, kamen sie in ihrem Zimmer an und begannen sich zu küssen. Sie standen aneinandergepreßt zwischen Bett und Wand, er weit zu ihr hinuntergebeugt, im Nakken das Gewicht ihrer Arme. Dann merkte sie, daß er sich aufrichten wollte, und gab ihn frei. Ihre Hände waren jetzt bei sich selber, sie zog sich aus. Er tat es auch, als wäre er ihr Spiegelbild. Sie hatte nur noch die Strumpfhose an und ihre Schuhe und war dabei, ihre Ohrringe abzunehmen, als er ihr sagte, sie solle einen Augenblick so bleiben.

»Ja?« sagte sie, »magst du das?«

Sie ließ die Arme fallen, stand vor ihm und sah ihm in die Augen.

»Dreh dich jetzt um«, sagte er.

Sie tat es, langsam, kam dann wieder näher, mit verschleierten Augen.

»Was jetzt?« sagte sie, »was soll ich tun, sag es mir.«
»Es ist gut«, sagte er und zog sie an sich, verlegen und ratlos.
Unter seinen Augen sah er ihren Scheitel, ihre Stirn stieß gegen seinen Hals. Sie zitterte, und ihre Fingernägel gruben sich in seinen Rücken.
»Sag, was ich tun soll, bitte, sag es!«
Wie konnte er ihr klarmachen, daß er nichts wollte, als es zu Ende bringen, möglichst rasch?

Die nächsten Vormittage verbrachten sie wie immer im Schwimmbad von San Telmo, und am frühen Nachmittag kam Veltli und nahm sie in sein Haus oberhalb von Orotava mit. Es war eine im Landesstil erbaute große Finca mit Haupt- und Nebengebäuden, deren weißgekalkte Mauern und rote Ziegeldächer aus dem Grün eines üppigen Gartens hervorleuchteten. Zwischen Wohnhaus und Schwimmbekken gab es eine große Terrasse, daneben eine Voliere, in der Veltli verschiedene Papageien hielt. Als Jung und Ellen zum ersten Mal da waren, holte er einen großen weißen Papagei heraus und setzte ihn auf Ellens Schulter, weil er so gut zu ihrem Haar passe, und der Papagei sagte »Gruezi, Gruezi« und wurde mit einer Erdnuß belohnt. Der Vogel beherrschte auch das Kunststück, ein kleines, an einer Kette hängendes Eimerchen, in das Veltli eine Erdnuß gelegt hatte, mit Kralle und Schnabel zu seiner Sitzstange hochzuziehen und die Erdnuß herauszunehmen. Ellen war entzückt gewesen von dieser Vorführung, und der Papagei war in eine neue Serie von Gruezi-Rufen ausgebrochen. Veltli hatte ihnen auch sein afrikanisches Kabinett gezeigt, eine Sammlung von Waffen, Totems und Schmuckstücken vor allem aus Westafrika, danach waren sie durch das Gewächshaus gegangen, in dem er Orchideen und Kakteen züchtete. Der Garten selbst dehnte sich terrassenartig über den Berghang aus. Überall gab es neue Winkel und Rondells, verbunden durch kleine Steintreppen und umschlossen von leuchtenden Hecken aus Feuerbignonien und Weihnachtssternen, und in den Durchblikken auf das Tal und die fast farblos im Licht glänzende Meeresfläche standen fremdartige afrikanische Bäume und Palmen.

»Sie haben ja ein Paradies hier aufgebaut«, sagte Ellen, und Veltli lächelte dazu und sagte: »Ein kleines schon.«

»Für meine Freunde steht es jederzeit offen«, fügte er großartig hinzu und erntete ein dankbares Lächeln Ellens. Oder war es ein Lächeln der Bewunderung? Ja natürlich, dachte Jung, das war ganz richtig so. Sie bewunderte Veltli. Der Reichtum und der Mann waren für sie ein und dasselbe.

Als Veltli vorgeschlagen hatte, auf der Terrasse beim Swimming-Pool Tischtennis zu spielen, hatte Jung vorgegeben, es nicht zu können. Es war eine plötzliche Regung von Trotz und Eigensinn, der er unbedingt folgen mußte, obwohl er voraussah, daß er sich damit isolierte.

Doch auch das wollte er. Sie sollte ihn allein lassen, sollte begreifen, daß er allein war, und er wollte abwarten, was sie tun würde.
»Kannst du es wirklich nicht?« hatte sie gefragt.
»Nein«, hatte er geantwortet.
»Aber Sie können es doch lernen«, sagte Veltli, der schon die Schläger in der Hand hatte und ihm den einen entgegenhielt.
»Nein, ich würde Ihnen nur lästig fallen«, war Jungs Antwort, und im ersten Augenblick erschien ihm das wie ein höhnischer Triumph. Er hatte ihnen gezeigt, daß er alles durchschaute.

Später saß er allein in einem abgelegenen Teil des Gartens und hörte beim Haus das leise Klacken der Ping-Pong-Bälle, das sich allmählich aus seinem Bewußtsein verlor und manchmal wieder darin auftauchte wie das Ticken einer Uhr. Er saß an einem Steintisch über ein Brettspiel gebeugt, das er sofort, wenn es zu Ende war, wie unter Zwang von neuem begann. 32 Stahlkugeln lagen in einem Feld mit 33 Löchern und mußten sich gegenseitig überspringen, wenn sie die Position wechselten, die übersprungenen Kugeln wurden aus dem Spiel genommen. Es kam darauf an, daß zum Schluß möglichst wenig Kugeln übrig blieben, am besten nur eine einzige, und die sollte in der Mitte des Feldes liegen.
Er schaffte das nie. Während das Feld mit jedem Zug leerer wurde, lockerte sich die Verbindung der Kugeln, bis plötzlich einige von den anderen abge-

sprengt waren und nicht mehr übersprungen werden konnten. Es gelang ihm nicht, ein System zu entwikkeln, bei dem alle Kugeln in einem beweglichen Kontakt blieben, immer lagen zum Schluß drei, vier oder fünf unbewegbar in weit voneinander entfernten Positionen.

Solange er spielte, fühlte er sich ruhig, und dieses Spiel konnte man gleich, nachdem es sich totgelaufen hatte, neu beginnen. Er verteilte die Stahlkugeln auf dem Feld und strich manchmal mit der flachen Hand über sie hinweg, so daß sie sich in ihren Löchern drehten. Ihr matter Glanz gefiel ihm, ihre Glätte, ihre Härte. Einmal fühlte er sich versucht, eine Kugel in den Mund zu nehmen, aber er hatte Angst, sich an ihr zu verschlucken. Vielleicht geriet sie ihm in die Luftröhre, dann mußte er ersticken, hier im Garten, allein und lautlos in einem schnellen Krampf. Ellen und Veltli würden ihn hier auf dem Boden finden, ohne zunächst begreifen zu können, daß ihm ein stählerner Verschluß die Luft absperrte, eine glatte kleine Kugel, übriggeblieben auf der Mitte des Feldes in seinem einzigen gewonnenen Spiel.

Ja, dachte er, wenn es ihm gelingen würde, das Spiel mit nur einer Kugel in der Mitte des Feldes zu beenden, würde er sie sich auf die Zunge legen und den Kopf ruckartig nach hinten werfen. Er schauderte bei diesem Gedanken, als müsse er ihn unbedingt ausführen, wenn das Spiel diesen Ausgang nahm.

Anscheinend vermißte sie ihn nicht oder gab es nicht zu erkennen. Er hatte sich zurückgezogen, und sie ließ ihn merken, daß ihr das nichts ausmachte, auch nicht vor Veltli, der es sicher seltsam fand. Doch an den nächsten Nachmittagen, als auch andere Leute zu Besuch kamen, badeten, Tischtennis spielten und in den Liegestühlen lagen, vergaß sie ihn wohl wirklich. Sie war mitten unter den anderen und schien nicht zu bemerken, wenn er verschwand. Auch die anderen ließen ihn gehen, hatten schon über ihn hinweggeredet, während er noch zwischen ihnen herumstand, ein Glas in der Hand oder rauchend, mit einem, wie er fühlte, steifen, ausgelöschten Gesicht.

Nein, er erwartete nicht mehr, daß sie ihn holen würde. Er hätte sich auch gewehrt, oder sie hätte mit ihm fortgehen müssen. Doch auch dazu hätte er nein gesagt.

Er zog es vor, allein zu sein.

Wenn er Stimmen und Schritte hörte, stand er auf, kletterte über die hintere Begrenzungsmauer des Grundstücks und stieg ein Stück den steinigen Hang hinauf, der in einem dichten, undurchdringlichen Gebüsch endete. Er machte einen Versuch, es zu umgehen, blieb aber schließlich auf einem Felsbrokken sitzen. Mit einer lässigen Armbewegung schleuderte er kleine Steine den Hang hinunter, bis ihm einfiel, daß er Ellen und Veltli in den Cañadas damit erschreckt hatte. Dort unten war das Anwesen mit seinen roten Ziegeldächern und seinen Baumkronen, und er konnte auch Menschen sehen, die sich dort bewegten. Er stand auf in dem plötzlichen Wunsch, sie riesenhoch zu überragen, aber er kam sich zugleich abwesend vor, und begann auf dem klirrenden Geröll in großen Sätzen bergabwärts zu springen, um möglichst schnell wieder dort unten zu sein.

Als Jung wieder über die Mauer gestiegen war und an der Nische mit dem Steintisch vorbeikam, auf dem noch das Spiel mit den Stahlkugeln stand, wurde er von einem der Zwillinge abgefangen, die jetzt zu Franks Begleitung gehörten. Er blickte in ein ebenmäßiges Gesicht mit einer hohen, glatten, ein wenig kindlichen Stirn, aber sehr selbstbewußten Augen. Ihre Stimme hatte die ausdrucksvolle künstliche Natürlichkeit, die man nur durch viel Übung bekommt, und vor allem wirkte sie entschlossen und zielbewußt.

»Ich habe Sie gesucht«, sagte sie, »wo steckten Sie denn?«

Er erklärte, daß er einen Spaziergang gemacht habe.

»Da den Berghang hoch?«

»Ja«, sagte er, »ein kleines Stück, bis oben zu den Büschen.«

»Sie sind ein Mystiker«, sagte sie, »das habe ich gleich an Ihren Augen gesehen, damals auf der Promenade, als wir uns zum ersten Mal getroffen haben. Ich habe gehört, daß Sie hier sind und habe Sie gesucht.«

»Weshalb?« fragte er.

»Kommen Sie, ich heiße Angela, damit Sie wissen, mit wem Sie reden. Ich habe gleich gewußt, daß ich mit Ihnen reden kann. Kommen Sie, setzen Sie sich.«

Sie zog ihn in die Nische, setzte sich selbst auf die kleine Umfassungsmauer aus Bruchsteinen und pflückte ein Blatt von einem Strauch, das sie unter ihren Augen drehte.

»Ja, Sie sind ein Mystiker«, sagte sie, »aber ich liebe das, ich habe selber Geheimnisse. Manchmal glaube ich, mein Körper sei nur eine leblose Hülle auf der Erde und meine Seele strebe dem Unendlichen zu. Ich beobachte die Menschen viel lieber, als mich an ihren Erlebnissen zu beteiligen, und wenn ich es tue, fühle ich mich unglücklicher als vorher.

Können Sie mich verstehen? Ich kann es oft selber nicht.

Ich verliebe mich immer in Menschen, die nicht für mich da sein können. Vielleicht fürchte ich die Enttäuschung und suche immer gleich das Unmögliche, es ist vielleicht ein Schutz. Meine Schwester weiß gar nicht, was ich manchmal mache. Ich brauche meine Geheimnisse, meine eigenen Geschichten. Mit Ihnen möchte ich einige Zeit zusammenleben, bis wir uns besser kennen als jetzt. Und ich würde Sie wieder verlassen, wenn andere mich mehr brauchen. Auch Sie würde ich freigeben, wenn Sie wieder fort wollten. Ich glaube, das ginge alles ganz leicht.

Eigentlich ist es mir manchmal unheimlich, daß ich

einen Menschen nicht immer für mich haben will. Ich empfinde die Eifersucht nicht mehr wie früher. So als wäre ich eine alte Frau, die schon abgeklärt ist und nicht mehr viel vom Leben erwartet.«
Sie sah ihn an.
»Sie sind eifersüchtig«, sagte sie, »das sollten Sie nicht.«
Sie nahm seinen Arm und ging mit ihm auf das Haus zu. Ellen war nicht da, Veltli auch nicht, nur Frank und viele andere. Nach einer Weile sah er Ellen aus dem Haus kommen. Veltli kam ein wenig später, schlendernd, lächelnd, ohne zu ihr hinzublicken.

Abends im Hotelzimmer, kurz vor dem Einschlafen, sagte sie ihm, daß Veltli ihr vorgeschlagen habe, auf Teneriffa zu bleiben. Er habe eine Arbeit für sie in einem seiner Nachtbetriebe, und natürlich könne er dann auch bleiben, auch für ihn werde Veltli etwas finden. Das würde sich alles bestens regeln lassen.
Jung sagte nichts, und sie fragte ein wenig ängstlich, was er denn dazu meine. Es sei doch herrlich hier, ein ganz anderes Leben, ob er das nicht auch fände. Er sagte, er müsse darüber nachdenken.
Wie wunderbar befreit er sich fühlte und unverletzbar. Er hatte nichts gegen Veltli, fühlte sogar eine seltsame Dankbarkeit.
»Morgen reden wir weiter«, sagte er.
Er drehte sich auf die Seite und lag eine Weile still ohne einzuschlafen. Irgend etwas fehlt mir, dachte er, irgend etwas, das auf dem Sprung liegt. Aber der

Schlaf fiel wie eine lautlose Klappe herunter und trennte ihn von der Welt.

In der Nacht wurde er wach und rollte sich auf den Rücken, wie ein an Land geworfener Schwimmer, der nach Luft ringt. Er hatte seine eigene Stimme gehört, die mit der unwidersprechbaren Autorität einer Traumstimme gesagt hatte: Du hast schon zu viel von diesem Wasser getrunken. Das war ganz nah an seinem Ohr gewesen oder schon in ihm, nah am Zentrum seines Lebens, und er hatte sich aufgebäumt in einem wilden Schrecken.

Doch der Satz hatte einen zweiten Sinn gehabt, den er nur nicht gefunden hatte, der sich aber jetzt, da er wach war und sie neben sich schlafen sah, deutlich hervorkehrte, als das, was er denken wollte: Ich will sie verlassen.

Ja, dachte er, das will ich in mir befestigen, bevor sie wach wird, vor dem kommenden Tag.

Er konnte jetzt still auf dem Rücken liegen und warten, daß die Erregung sich allmählich legte, wie eine Wolke von schwirrenden Schwebeteilchen. Er würde verschwinden ohne jede Aussprache. Sie sollte alles erst begreifen, wenn er schon fort war. Trost und Trostlosigkeit waren in dem Gedanken eins und hüllten ihn allmählich wieder in Schlaf.

Ein Gefühl, sich beeilen zu müssen, hatte ihn aufgeweckt, bevor sie wach wurde. Es hatte lange gedauert, wie ihm schien, und es war ein Wettlauf gewesen

mit einem Gegner, der sich durch parallele Gräben und Gänge dem gleichen Ziel entgegenarbeitete und von dem er, ohne ihn hören und sehen zu können, immer ahnte, wie weit er inzwischen gekommen war. Er wollte zuerst da sein, es war ein Vorteil, den anderen kommen zu sehen, er wollte unbedingt diesen Vorteil haben und wurde ruckartig wach.
Neben ihm lag sie, schon auf den Rücken gedreht, doch noch gelöst und preisgegeben, mit feuchter, matt schimmernder Haut, als ob sie ein wenig geschwitzt hätte, ein unbewußtes Schlucken, ein leises Beben ihrer Augenlider kündigte an, daß sie gleich erwachen würde. Ihr Gesicht brachte eine flüchtige Grimasse der Anspannung hervor, sie machte einen tiefen seufzenden Atemzug, und nach einem Moment der Reglosigkeit schlug sie die Augen auf.
Er wußte, das war der Moment, in dem sich die Welt wieder vor ihr aufbaute und alles zusammenwuchs, die Absichten, die Pläne, die Wünsche, die Lügen. Gleich würde sie ihn ansehen mit einem prüfenden Blick, und um sie zu täuschen, schloß er die Augen und wartete, bis sie sich wieder neben ihm bewegte.
Durch seine halbgeschlossenen Lider beobachtete er ihr Aufstehen. Sie hatte die Decke weggetreten und lag nackt da, mit flachen Brüsten und eingezogenem Bauch. Sie dehnte und streckte sich, danach schwang sie sich mit einer geschmeidigen Gegenbewegung auf die Bettkante. Vorgebeugt, mit vornüberhängenden Haaren blieb sie einen Augenblick sitzen, und er sah

die biegsame Spur der Rückenwirbel unter der glatten Haut, fremd und erschreckend, als verriete dort das Leben seine Verletzbarkeit. Dann war sie aufgestanden, hatte ihr Haar mit einer trägen Handbewegung über die Schulter zurückgestrichen und war auf nackten Füßen zum Fenster getapst. Sie zog den Vorhang ein Stück zur Seite, reckte sich wieder und stieß einen Laut des Wohlbehagens aus. Dann drehte sie sich um und sah ihm in die Augen.
»Hast du gut geschlafen?« fragte sie.
»Ja«, sagte er.
Sie stand da, im Rücken das Sonnenlicht, ihre Augen waren dunkel. Sie wollte ihn verraten, sie war also seine Feindin. Es war schwer, das immer zu begreifen. Er mußte auf der Hut sein.

Nach dem Frühstück gab Jung vor, Kopfschmerzen zu haben und nicht mit ihr ins Schwimmbad gehen zu können. Sie schien ihm nicht zu glauben, sagte aber nichts, nahm nur mit einer ärgerlichen Geste die Badetasche und verschwand. Er wartete einen Augenblick, dann schloß er die Zimmertür ab und durchsuchte ihren Nachttisch. Die Flugkarten steckten in einer Papphülle, beide schon einmal umgebucht und jetzt datiert auf das Ende der Woche. Auf dem Flugplan der Reisegesellschaft, der bei den Tickets lag, gab es keinen früheren Termin.
Jung legte alles an seinen Platz zurück und versuchte nachzudenken. Heute morgen hatte sie gesagt, es müsse schön sein, immer hier leben zu können, als ob

das kein Vorhaben, sondern nur ein Traum sei. Gestern hatte es anders geklungen. Veltli hatte ihr eine Arbeit angeboten und vorgeschlagen, zu bleiben. Sollte er Veltli in seinem Büro aufsuchen und ihm sagen, er könne Ellen behalten, wenn er ihm eine Flugkarte bezahlte? Das war eine Möglichkeit, ihm und ihr zu zeigen, wie er über sie dachte. Aber vielleicht würde er nur ausgelacht. Oder Veltli würde ihn hinausschmeißen. Nein, er würde ihm begütigend zureden und ihn vor die Tür setzen.
Er konnte nichts tun, er war ein Gefangener. Vielleicht irrte er sich in allem.
Er starrte auf das ungemachte Bett, in dem sie gelegen hatte, und hörte in einem inneren Widerhall ihr hemmungsloses Lachen. Aber die Szene auf dem Balkon stellte sich nicht mehr ein, ihr Lachen war körperlos geworden und schien ihm aus dem leeren Bett oder von dem zerwühlten Laken entgegenzuschallen, und einen Augenblick lang fixierte dieses Bild seinen Verstand wie eine plötzliche Lähmung. Nur sein Herz pochte laut weiter, als mache es eine Anstrengung, den Bann zu brechen, und nach zwei oder drei heftigen Schlägen verlor sich die Bedeutung, und sein Verstand wurde wieder klar.
Ich muß sie noch einmal erwischen, dachte er.

Sofort war er losgegangen, um zu prüfen, ob sie wirklich im Schwimmbad war. Wenn sie nicht da war, wollte er sie suchen, in Veltlis Büro, in den Cafés an der Promenade oder der Plaza, überall. Er

wollte dann nicht auf sie zugehen, sondern sie unerkannt beobachten, denn nur dann konnte er erkennen, woran er mit ihr war. Er war sicher, daß alles sie verraten würde. Und was auch immer er erkennen würde, es würde ihn befreien.
Er war fast beschwingt bei diesem Gedanken und machte ein paar heftige Armbewegungen. Zwei Passanten wichen ihm aus, als ob er sie verscheucht hätte. Ich darf nicht auffallen, sagte er sich, und ging dichter an den Häusern entlang, suchte das Gedränge, den Blickschutz von Menschen, die vor ihm hergingen. Trotzdem wäre er fast auf sie aufgelaufen.
Ellen stand bei den Verkaufsständen am Lido San Telmo, betrachtete ein paar Ansichtskarten, ohne zu kaufen, probierte eine Sonnenbrille und legte sie wieder fort, kaufte schließlich eine Flasche Sonnenöl. Er stand sehr nahe bei ihr, verdeckt durch die Fahne einer Eiscremereklame, und konnte sehen, wie versunken sie war, so sehr, daß es sie völlig unauffällig zu machen schien, denn niemand beachtete sie außer ihm.
Er fand sie nicht schön, es war jedenfalls nicht das, was er dachte, aber das einzige, was es für ihn zu sehen gab, war sie in dem weißen ärmellosen Kleid, waren ihre nackten braungebrannten Arme und ihr offenes, weit über den Rücken fallendes schwarzes Haar, das lebendig schimmerte, wenn sie sich in dem farbigen Licht der durchleuchteten Markisen bewegte. Sie schlenderte ein paar Schritte weiter, blieb wieder stehen, ein Händler bot Stickereien an, ein ande-

rer Flechtarbeiten, ein dritter kleine schwarze Figuren, von denen sie eine in die Hand nahm und betrachtete. Sie fragte etwas, und der Händler antwortete und machte eine Geste, die zu sagen schien, daß sie die Figur kaufen solle, aber sie schüttelte den Kopf und stellte sie mit einer entschiedenen Bewegung wieder an ihren Platz zurück. Dann schien sie genug gesehen zu haben und ging auf den Eingang des Schwimmbades zu.

Jung wußte nicht, was er jetzt tun sollte. Er konnte ins Hotel zurückgehen oder sie weiter verfolgen, aber dann mußte er noch warten, bis sie sich umgezogen hatte und an ihrem gewohnten Platz im Liegestuhl lag. Er wußte nicht mehr, was er sich davon versprechen sollte, und ging mißmutig in Richtung der Altstadt weiter, um irgendwo an der Calle San Telmo einen Kaffee zu trinken. Die Welt stand stumm und unfaßbar hinter einer Schicht aus unsichtbarem Glas, er konnte nicht daran rühren, nicht hineingelangen, konnte nicht hinüber auf die andere Seite, wo sie alle zu leben schienen.

Gehen war jetzt das einzige, was er tun konnte, es bedeutete Abwesenheit, Unerreichbarkeit, vorübergehendes Entkommen. Wenn er ging, sich einfach dem Gehen überließ, verdünnte sich die Welt, und er konnte allmählich hinübergleiten in einen Zustand trüber Gedankenleere. So war er eine Weile geradeaus gegangen und dann wie ein auslaufendes Uhrwerk stehengeblieben und umgekehrt. Wieder sah er dort den Eingang der Schwimmbäder, Menschen gingen an den Verkaufsständen entlang, blieben stehen, um etwas zu betrachten, einen Gegenstand prüfend in die Hand zu nehmen, ihn zurückzustellen oder zu kaufen, es war dasselbe Bild wie vorhin, nur sie fehlte. Er nahm das wahr, als gäbe es sie nicht mehr, als habe eine fremde Macht sie weggehext, und alles war eine Täuschung geworden, die Erinnerung an ihre Anwesenheit, die Bewegungen ihres langsamen Weiterschlenderns und auch diese Gegenwart, die die Erinnerung immer mehr überdeckte, indem ununterbrochen andere Menschen die Bewegungen vollführten, die er an ihr beobachtet hatte, es hörte nie auf, es stand nie still, und die Undurchdringlichkeit wuchs lautlos wie eine Ablagerung, während der Strom sich träge weiterwälzte.

Unschlüssig, was er tun sollte, war Jung bei dem Verkaufsstand mit den kleinen Figuren stehengeblieben. Sie waren in Gruppen geordnet, nach Farben und nach Größen, und er erkannte sofort die schwarze Figur, die Ellen betrachtet und so heftig wieder weggestellt hatte. Es war ein aus Holz geschnitzter, kauernder Schimpanse, der in seinen großen unbewußten Händen einen Totenkopf hielt, auf den er wie gebannt hinunterstarrte. Natürlich begriff der Affe nicht, was er in den Händen hatte, aber in der greisenhaften Kindlichkeit seines Gesichtes zeigte sich ein dumpfes Nachdenken, als dämmere in seinem Kopf eine Ahnung seiner Ähnlichkeit mit diesem knöchernen Gegenstand.

Jung kaufte die Figur und ging weiter. Nach ein paar Schritten blieb er stehen, um sie noch einmal zu betrachten. Der Schimpanse hielt den Totenschädel vor sich wie einen Spiegel, aus dem er sich mit leeren Augenhöhlen und grinsendem Gebiß bis zur Unkenntlichkeit vereinfacht entgegensah.
Nein, er erkennt sich nicht, dachte Jung.

Wieder ging er weiter, die kleine Plastik mit den Fingerspitzen betastend, als ihm einfiel, daß er Ellen damit erschrecken könnte. Er dachte daran, sie ihr stumm zu überreichen, wenn er sie bei einer Lüge erwischte. Sie würde dann wissen, daß er sie beobachtete, und ihr Erschrecken würde ihre Schuld beweisen. Er konnte sich viele Situationen vorstellen, in denen das geschehen konnte: in einem Gespräch zu zweit, oder mitten in einer Gesellschaft, oder danach, wenn sie wieder zu Hause waren, er konnte den Affen auf ihren Nachttisch stellen und sie beobachten, wenn sie aus dem Badezimmer kam und ihn plötzlich bemerkte.
Sie würde erschrecken, sie würde zu Tode erschrokken sein.
Es gab auch noch eine andere Möglichkeit: Er konnte das Tier an einen Ort stellen, wo sie es unbedingt finden mußte, und selber verschwinden. Er konnte sie mit ihrem Schrecken allein lassen und ihrem plötzlichen Begreifen.
Weshalb ihm das als das Beste erschien, konnte sich Jung nicht erklären. Vielleicht glaubte er, daß Men-

schen nur dann fähig waren zu erschrecken, wenn sie allein waren. Vielleicht war ihm die Vorstellung ihres einsamen Erstarrens lieber, als wieder ihre rasche Verstellung zu sehen. Aber er war ganz davon abgekommen, weil sie an diesem Tag früher als erwartet vom Schwimmbad zurückgekehrt war mit dem Vorschlag, sie sollten abreisen, möglichst bald.

3

Kreischendes schrilles Möwengeschrei, wildes, weiß-graues Flügelschlagen und gepeitschtes Wasser. Der Mann, der mit einem Eimer voller Fischreste aus dem Hintergebäude der Fischräucherei zum Seeufer gekommen war, hatte schon mit dem Klappern seines Eimers auf dem Bootssteg dieses schnell anschwellende Geschrei hervorgerufen. Wie Ausgeburten der grauen Luft schossen die Möwen von überall heran, bremsten ihren Flug mit gespreizten Flügeln und flatterten dicht über der Stelle, wo die trüben, blutigen Eingeweide der Fische langsam versanken, aber immer wieder von ihren zustoßenden Schnäbeln hochgezerrt und sofort verschlungen wurden, wenn nicht andere sie wieder wegrissen. Sie jagten sich, sie kämpften um die Fischbrocken, verfolgten sich dicht über dem Wasser, andere stießen im Sturzflug in das Getümmel herab und schnellten mit einer unerwartet raschen Wendung wieder hoch, umflogen den Schwarm schreiend in einem weiten Bogen und stürzten wieder von oben hinein.
Doch allmählich waren die Überreste der Fische tiefer gesunken und aus der Reichweite ihrer Schnäbel verschwunden, und die Vögel umkreisten die Stelle mit heiseren, rauhen Rufen in immer weiteren Bögen. Sie kamen einige Male zurück und stießen nur

noch wie zum Schein herab, und ohne die Wasserfläche noch gestreift zu haben, flogen die ersten davon, zogen andere nach, einige jagten im Tiefflug am Ufer entlang und ließen sich irgendwo auf einem Bootssteg, einem angeketteten Kahn nieder, saßen dort still oder wechselten noch einmal mit ein paar Flügelschlägen ihren Platz, oder flogen plötzlich zu zweit oder zu dritt dem größeren Teil des Schwarms nach, der sich schon weit über die graue, unbewegte Fläche des Sees entfernt hatte und nun nicht mehr war, als ein flüchtiges Schwingenzucken hier und dort, ein kaum noch sichtbares weißes Aufblitzen in der diesigen Luft. Zwei größere Vögel, weit entfernt, kreuzten mit langsameren Flügelschlägen die Flugbahn des Schwarms und löschten ihn aus. Es war, als zögen sie wie einen Vorhang die Stille hinter sich her. Auch sie verschwanden. Es waren wohl Reiher gewesen. Grenzenlos und unbestimmt wirkte dieser frühe Morgen in seiner schwadigen Lautlosigkeit und dem dünnen Nebeldunst, der noch das andere Ufer verbarg. Plötzlich, in weitem fallendem Bogen schwang wieder eine Möwe heran, schoß dicht an Jungs Kopf vorbei und stieß über dem Bootssteg ihren kurzen Schrei aus.

Jung drehte sich um und ging langsam über die schwarzen Bohlen der Anlegebrücke zum Ufer zurück. Die Verkaufsstände der Fischräuchereien hatten ihre Rolläden noch geschlossen, und auf dem kleinen Platz in der Mitte stand nur der graue Ford-

Kombi, Jungs Firmenwagen, und Bäumler, sein Compagnon, schien sein Telefongespräch mit einer seiner vielen Frauen beendet zu haben, denn er saß schon hinter dem Lenkrad.
»In Ordnung?« fragte Jung, als er eingestiegen war, und Bäumler neben ihm nickte selbstzufrieden.
Dann sagte er: »Bin froh, daß ich hier wegkomme, aus diesem Kaff.«
Sie hatten auf Jungs Vorschlag hier am Steinhuder Meer übernachtet und wollten heute in Hannover Kunden besuchen, morgen dann nach Wunstorf und Langenhagen. Das Wochenende war frei, und Jung hatte daran gedacht, es hier am Wasser zu verbringen, um Vögel zu beobachten. Aber vielleicht würde er auch in die Heide fahren.
Bäumlers nächste Freundin wohnte in Celle, eine verwitwete Ärztin, noch ziemlich brauchbar, wie er sagte, dort wollte er sich verhätscheln lassen am Wochenende.

Nichts ist gieriger als das schrille Kreischen der Möwen, nichts lautloser als die Wasserfläche, über die sie verschwunden sind.

Jung hatte immer noch Kopfschmerzen, obwohl er, anstatt zu frühstücken, gleich zum Seeufer gegangen war, um frische Luft zu atmen. Er fröstelte auch ein wenig. Nur einen Schluck Kaffee hatte er getrunken. Es war ihm auf einmal unmöglich erschienen, mit Bäumler am Tisch zu sitzen und dessen roten Rollkragenpullover und sein sorgfältig geföntes Haar zu sehen. Wenn Bäumler nach einem Lächeln die Lippen schloß, zeichneten sich seine spitzen, feingekerbten Mundwinkel ab, die seinem Gesicht etwas Genießerisches und Verwöhntes gaben und auch manchmal, in Zusammenhang mit dem Lächeln, das unverschämte Bescheidwissen selbstgewisser Eitelkeit.

Jung wußte genau, wie er selbst aussah, mit der Selbstgewißheit eines Kranken. Vorhin im Spiegel hatte er wieder sein Gesicht gesehen, schwer gezeichnet von Schlaflosigkeit, mit dunklen Schatten unter den Augen und talgiger stumpfer Haut. Immer hatte er Schuppen auf den Schultern, die, ohne daß er sich kratzte oder kämmte, aus seinem strähnigen, formlosen Haar fielen. Er war dick geworden in den letzten Jahren, eine große wuchtige, schwerfällige Gestalt, die sich mit einer düsteren Würde bewegte. Abwechselnd im Wochenrhythmus trug er einen grauen oder einen dunkelbraunen Anzug, und dazu dunkle Kunststoffkrawatten mit barbarischen Mustern, wie Bäumler sagte. Er selbst sah das nicht, wußte nicht, was Bäumler meinte. Er stand unsicher vor dem sich drehenden Krawattenständer eines Kaufhauses und griff schließlich zwei heraus, die einander ähnlich sahen. Nein, er sah nicht das, was andere sahen, sah vielleicht weniger, von Jahr zu Jahr weniger, obwohl es ihm so vorkam, als seien seine Augen größer geworden, im gleichen Maße wie ihr wolkiges Grau sich eintrübte, oder im gleichen Maße wie er weniger von der Außenwelt wahrnahm, die er bis zum Überdruß kannte.

Nein, es stimmte nicht, daß er sie kannte, es war nicht das Wichtigste, was es darüber zu sagen gab. Das Alltägliche umgab ihn, Landstraßen, Gasthöfe und das immer gleiche Gasthausessen, billige Hotelzimmer, in deren leeren Schränken die dünnen Drahtbügel einer Reinigung hingen, die Spielhallen und Bowlingbahnen, Kneipen und Werkskantinen, in denen sie jeden Monat die Einkünfte der Automaten kassierten und mit den Pächtern abrechneten, die Geldzählbretter mit dem schmutzigen Kleingeld, das sie in Leinensäcke füllten und zur nächsten Bank brachten, wo es in einem Nebenraum gezählt wurde, dann wieder die Fahrten von Ort zu Ort und Bäumlers ein wenig näselnde, arrogante Stimme, mit der er seine Weibergeschichten erzählte – er kannte das, aber es war ihm nicht vertrauter geworden, sondern fremder, man konnte auch sagen, farbloser, geschmackloser, er hatte es das Nicht-Leben genannt.

Im Zustand des Nicht-Lebens überleben, bis irgendwann die Veränderung kam, die wunderbare Wendung, die ihn rechtfertigen würde, bis überall seine eigenen Automaten standen, ein Heer rasselnder Geldbringer, das Tag und Nacht für ihn arbeitete, überall.

Der Teleautomat hat einen kurzen dünnen Signalton, der immer dann ertönt, wenn der kleine wandernde Lichtpunkt auf die Grenze des Spielfeldes trifft und wieder davon abprallt, um mit immer gleicher Geschwindigkeit und Stetigkeit in die Gegenrichtung zu wandern, an der Grenze abzuprallen und wieder seine Richtung zu ändern. Dieser kleine helle Lichtpunkt und sein kurzer synthetischer Ton verfolgten Jung manchmal in seinen schlaflosen Nächten und waren der Inbegriff der Angst. Es war die Angst beim Anblick eines Pendels, beim Ticken eines Metronoms und aller Uhren der Welt, die grundlose Angst, die sich nicht selber kennt.
Der wandernde Lichtpunkt löschte alle Bilder in Jungs Kopf, die tröstenden und die erschreckenden, und ließ nur die Angst zurück.

Manchmal glaubte er, daß man es riechen konnte, daß er etwas ausströmte, einen faden, durchdringenden Geruch. Dann ging er sobald wie möglich in sein Zimmer, riß sich die Sachen vom Leib, wusch sich kalt ab und zog ein frisches Hemd an. Die Oberfläche war wieder intakt, er empfand es so für eine Weile und wurde ruhiger. Unbedingt brauchte er eine intakte Oberfläche, gegenüber Bäumler, gegenüber allen anderen. Er wußte, er war für sie ein stiller, ruhiger, gefaßter Mann, der mehr dachte als er sagte, und dieser Respekt, den er täglich spürte, ließ ihn überleben. Ein wenig war er stolz auf seine Tarnung, es war das, was ihm von sich selbst geblieben war. Er war dieser wortkarge, langsam gehende, gravitätische Mann, den er darstellte. Was sich darunter oder dahinter rührte und ihn beunruhigte, schien nicht mehr er selbst zu sein.

Ich stecke seit langem in einer Sackgasse, dachte Jung. Er sagte sich das oft, ohne daß es irgendeine Bedeutung für ihn gewann. Der Gedanke kam schnell, wie gerufen, als müsse er einem anderen Gedanken zuvorkommen, den er nachahmte und der hinter ihm versteckt war.
Ich stecke in einer Sackgasse.
Denken war auch nur eine Form des Nicht-Denkens, des Nicht-Wissenwollens, dahinter spürte er die Unruhe, vor allem, wenn er sich still verhielt, eine vielförmige, blinde Bewegung, als stecke etwas in ihm, das nach allen Seiten aus ihm herausfloh.

Es gab aber auch gleichgültige Tage, ohne jede Erregung, es waren sogar die meisten. Er ging durch sie hindurch, mit einem farblosen Nebel im Kopf, und er versuchte alles zu vermeiden, was diesen Nebel vertreiben konnte. Er kannte Schutzorte, die er aufsuchte, vor allem kleine schäbige Cafés, in denen eine häßliche ältere Kellnerin bediente und Hausfrauen mit großen Einkaufstüten die Tische besetzten. Dort saß er zurückgezogen in einem Winkel und verzehrte langsam, mit wählerischen Bissen ein großes Stück Torte, gefüllt mit irgendeiner geschmeidigen süßen Creme, und allmählich rückte alles von ihm ab, und er sagte sich, daß er jetzt in Ruhe nachdenken könne, obwohl er gerade das nicht tat, weil es nichts mehr zum Nachdenken gab, nichts mehr, was ihn verband mit den Menschen und ihren Geschäftigkeiten, auch keine Erinnerungen, keine Unruhe, nur noch der verschwindende Geschmacksrest an seiner Gabel, die er lange und träumerisch im Mund behielt, bis er nur noch die metallische Spitze an seiner Zunge spürte.

Doch plötzlich, wie wenn man aus dem Schlaf hochfährt, konnte es geschehen, daß die Unruhe wieder da war und ihn aufstöberte und drängte, er wußte nicht wohin. Das war vor allem an den Abenden solcher Tage so, Tagen ohne Geschehnisse, ganz eingefangen in Routine, wie sie immer mehr sein Leben ausmachten – sie offenbar zogen deprimierte Abende und unruhige, angstvolle Nächte nach, als seien Unruhe und Angst in ihnen zu kurz gekommen. Und manchmal schien ihm, daß eine langgehegte Blindheit zu Ende ging, in deren Schutz er gelebt hatte, und die er nun dabei war aufzugeben, weil ihm die Kraft ausging, sie sich länger zu erhalten.

Auch an diesem Morgen war er viel zu früh aufgewacht und hatte in dem dämmrigen Morgenlicht seines Hotelzimmers auf die Wand zwischen Waschtisch und Schrank gestarrt, wo sich unmittelbar unter der Decke ein großer brauner Feuchtigkeitsfleck befand, der die Form einer Felsenküste hatte, die eine weiträumige Bucht umschloß. In dem Gebirgsmassiv war ein Gesicht erkennbar, aber nur undeutlich und so zwischen Mensch und Tier schwebend, daß es ihm wieder zerrann.

Es war ein altmodisches Zimmer in einem verrotteten Hotel, das er sich ausgesucht hatte, um Geld zu sparen. Und er hatte zur Strafe, wie er dachte, ein Zimmer mit einem Bett bekommen, dessen Matratze in der Mitte durchgelegen war und ihn in eine etwas verbogene Haltung zwang. Außerdem hatte er ganz gegen seine Gewohnheit versäumt, den Kopfkeil unter der Matratze herauszunehmen. Vielleicht waren das die Ursachen für seinen unruhigen, von vielen verworrenen Träumen durchzuckten Schlaf.

Er konnte sich an keinen dieser Träume erinnern, wohl aber an den wilden klagenden Gesang einer Amsel im Innenhof des Hotels dicht unter seinem Fenster, dem er mit Verzückung gelauscht hatte, bis er aufwachend begriff, daß auch das ein Traum gewesen sein mußte, denn er hatte sich, um schlafen zu können, die Ohren mit kleinen rosa Wachskugeln verstopft, die er immer bei sich trug, und wenn er lauschte, hörte er nur ein leises regelmäßiges Geräusch, fast wie das Fauchen eines fernen, unermüdlichen Blasebalgs, der ein erlöschendes Feuer am Leben erhielt, das war sein eigener Pulsschlag, der das Blut durch die Adern seines Kopfes preßte.

Jung horchte auf diese leise stetige Arbeit in seinem Inneren, und auf einmal kam ihm alles so weit auseinandergezogen vor, sein Herzschlag, sein Leben, er selbst, das Zimmer und seine Gegenstände, alles

schien für sich da zu sein, ohne jeden erkennbaren Sinn, und solange es nicht zusammenfand, konnte er nichts tun als liegenbleiben und warten.
Der braune Wasserfleck unterhalb der Decke schien allmählich von der Wand eingesogen zu werden, als trockne er vor seinen Augen, aber wenn er sich sagte, daß das nicht sein könne, hörte es einen Augenblick auf, und er konnte sehen, daß der Fleck seine alte Form und Ausdehnung hatte. Wenn er woanders hinblickte, schien das Schwinden auch dort zu beginnen. Neben ihm auf dem Nachttisch lief der Sekundenzeiger mit ungewohnter Geschwindigkeit über das Zifferblatt seines Weckers. Kaum hatte Jung einen Punkt fixiert, glitt der Zeiger als ein dünner gespenstischer Schatten schon darüber hinweg. Er räumt die Zeit ab, dachte Jung, und ich kann nicht hineinkommen. Lange blickte er auf das Vorbeiwandern der Nadel. Sie riß sich dauernd aus seinem Blick und kam wieder, und es erschien ihm unmöglich, aufzustehen und den Tag zu beginnen.

Irgendwann, kaum später als beabsichtigt, hatte er es doch geschafft aufzustehen. Die Lähmung war nicht verschwunden, sondern hatte sich nur in die gewohnten Bewegungen des Waschens und Ankleidens verwandeln lassen. Dabei hatte er allerdings wieder Zeit verloren, so daß Bäumler schon fast mit dem Frühstück fertig war, als er in den Speiseraum kam. Bäumler saß an einem kleinen Tisch vor dem Fenster, das ihn einrahmte wie eine Figur auf einem Bild, eine kleine geordnete Figur, die jetzt den Kopf bewegte und ihm entgegensah. Jung konnte der Bewegung ansehen, daß sie etwas bedeutete, es war ein ausdrückliches Kopfheben, das sagte: Aha, da kommst du endlich, ich warte hier.

Jung murmelte einen kurzen Gruß, und als er sich setzte, griff er sofort nach der Zeitung, überflog die erste Seite, schlug sie um, und während seine Augen über die Zeilen glitten, bildete er sich eine Weile ein, daß er lese. Dann merkte er, daß er nichts festhalten konnte, unterbrach sich und gab Bäumler einen Zettel mit den Adressen der Gaststätten, die Bäumler heute in Hannover aufsuchen mußte, weil ihre Spielautomaten defekt waren. Er selbst hatte eine andere Liste, es war nicht allzu viel.

Wieder machte er einen Versuch zu lesen, blätterte aber gleich weiter, das Rascheln der Zeitung kam ihm zu laut vor, wie gemacht.

»Nervös?« fragte Bäumler, »hast du schlecht geschlafen?«

»Das Bett war saumäßig«, sagte Jung.

Er ärgerte sich, daß er überhaupt zugegeben hatte, schlecht geschlafen zu haben. Er hatte schon zu viel von seiner Schlaflosigkeit gesprochen in der letzten Zeit. Allmählich mußte Bäumler mißtrauisch werden und glauben, daß er sich Sorgen machte, die er ihm nicht eingestand.

Aber es waren nicht die Sorgen. Obwohl die Geschäfte schlecht standen, konnte er sich manchmal keine Sorgen mehr machen. Er tat nur noch so, als lebe er auf die Zukunft hin.

»Bald ist ja Wochenende, dann kannst du ausspannen«, sagte Bäumler in einem seltsam fürsorglichen Ton, und Jung fühlte, wie die Vorstellung des Wochenendes, das er allein irgendwo verbringen mußte, eine Welle der Depression in ihm hochspülte. Er nickte kurz und senkte die Augen.

Und dann hatte Bäumler, vielleicht um ihn aufzumuntern oder auch, weil seine Gedanken nie mit etwas anderem beschäftigt waren, ein kleines Foto einer seiner Freundinnen vor ihn hingelegt. Es war eine Farbaufnahme im Querformat, und sie zeigte eine schwarzhaarige Frau in einem seidig glänzenden, weißen Hausanzug, die, dem Betrachter zugewandt, auf einer Couch lag und den Kopf auf ihren aufgestellten Arm stützte. Sie lächelte, nicht eigentlich herausfordernd, aber im vollen Bewußtsein ihrer Darbietung, einig mit sich selbst. Ein Bein hatte sie ausgestreckt, das andere, oben liegende, angezogen, so daß man durch den gespannten Stoff das Knie, den Schenkel und den Übergang in die Hüfte sah. Dort lag die andere Hand, als sei sie vergessen worden, in unbewußtem Einverständnis mit dem Körper, auf dem sie aufruhte und den sie mit ihren leicht gespreizten Fingern berührte.
Das alles sah Jung erst, als er das Foto genauer betrachtete. Denn auf den ersten Blick hatte er mit einem siedenden Schrecken Ellen darin wahrgenommen, freilich eine fremde, veränderte und dadurch verdeutlichte Ellen, die in dieser unerwarteten Auf-

machung und Pose ihm ihre wahre Natur offenbarte. Das war sie, ihr verborgenes Leben, das ihm plötzlich enthüllt wurde, so machte sie sich für andere zurecht! Es flog wie ein helles Gleißen durch seine Augen, als sei er geblendet worden, und erst, als er zum zweiten Mal hinsah, erkannte er, daß sie es nicht war.

Die Frau sah völlig anders aus, sie hatte zu seiner großen Verwunderung überhaupt keine Ähnlichkeit mit Ellen außer dem schwarzen Haar, das sie ähnlich kurz geschnitten trug wie Ellen in den letzten Jahren, seit sie verheiratet waren. Es war eine fremde, offenbar größere und üppigere Frau, durch deren Lächeln er sich verhöhnt fühlte, aber nicht wegen seines widerlegten und lächerlich gemachten Verdachts, sondern weil sie ihm das Geheimnis wieder vorenthielt, das sie ihm kurz enthüllt und wieder verborgen hatte, obwohl sie sich ihm immer noch zeigte.

»Sie ist doch ungeheuer«, sagte Bäumler, der Jungs irritiertes Starren beobachtet hatte und das Bild selbst noch einmal betrachtete, bevor er es wieder in seine Brieftasche steckte. Zurückgelehnt und genießerisch rauchend erzählte er ihm, daß es sich um die Witwe handelte, die er am Wochenende besuchen wollte. Es war eine Frau mit Geld und allem, was man sich wünschen konnte. Wahrscheinlich war er nicht der einzige, der sie besuchte, aber wenn er da war, gab es für sie nichts anderes als ihn. Er mußte sie nur gleich noch einmal anrufen, damit auch alles klappte, und damit sie schon auf Touren kam.

»Tu das«, sagte Jung, »ich geh noch mal zum Seeufer.«
Als ob er einem Einspruch zuvorkommen wollte, hatte er den Stuhl zurückgeschoben und war aufgestanden. Bäumler wunderte sich, daß er das Frühstück stehenließ, doch Jung sagte, er habe Kopfschmerzen und brauche vor allem frische Luft. Noch auf dem Weg zur Tür merkte er, daß er nicht gelogen hatte, denn die Kopfschmerzen hatten sich eingestellt, im selben Augenblick.

Sollte er hierher zurückkehren am Wochenende? Er wußte es nicht recht. Es gab Orte, die man sich verdorben hatte, und die dann keine Zuflucht mehr boten, und vielleicht würde es auch hier so sein nach diesem Morgen. Er hatte es sich schön vorgestellt, auf den weichen Sandwegen am Seeufer entlangzuwandern und die Wasservögel zu beobachten. Vielleicht konnte er eine Rohrdommel entdecken, die Reiher oder ein paar Wildgänse. Vor allem wollte er stundenlang gehen, um müde zu werden, dann am Abend eine Flasche Rotwein trinken und ins Bett sinken, um einmal tief zu schlafen.
Alles würde anders aussehen nach einem tiefen traumlosen Schlaf. Einem Schlaf, wie er ihn früher oft gehabt hatte, vor allem, wenn er erregt gewesen war. Er konnte sich dann fallen lassen und wegsinken in dem Bewußtsein, unerreichbar zu sein für alle, und wenn er aufwachte, hatte er sich manchmal gefühlt, als wäre er reingewaschen von dem Unglück,

das an ihm haftete. Jetzt, wenn er nachts wachlag und mit brennenden Augen in das Dunkel starrte, dachte er an diese Augenblicke der Wiedergeburt und sehnte sich nur noch verzweifelter nach dem Schlaf, der ihm nicht mehr geschenkt wurde. Das Einschlafen war eine Aufgabe geworden, die sich ihm jede Nacht stellte, ohne daß er wußte, wie er sie lösen konnte - wie, wie einschlafen, wie machte man es?
Ein feuchtes Tuch über die Augen, die Ohren mit Wachskugeln verstopft, das Fenster offen, aber wenn möglich verdeckt durch eine geöffnete Schranktür, damit kein Lichtschimmer stören kann, gleichmäßiges Atmen, entspanntes Liegen, denken, daß man nicht denken darf, und auch das nicht denken, auch das vergessen, da liegen, warten.
Nein, er mußte sich schon am Abend darauf einstellen, besser noch den ganzen Tag über. Der Tag war die Vorbereitung auf den Schlaf. Er hatte gehofft, das Wasser, der See, die einsame Wanderung würden ihm helfen. Aber er hatte kein gutes Gefühl mehr seit diesem Morgen. Bäumler hatte ihm diesen Ort verdorben. Er hatte sich hier eingemischt mit seinen Geschichten und dem Bild der fremden Frau. Anstatt einfach zu verschwinden, hatte er ein Bild hinterlassen, an das Jung vielleicht denken mußte, wenn er allein war, und das ihn zwingen würde, weiterzudenken, während er spazierenging oder irgendwo saß, und natürlich in der Nacht.

Er mußte ruhig werden und sich abgrenzen. Schlafen konnte man nur, wenn man ruhige, unzerstörbare, innere Zufluchtsorte hatte, denen sich die Gedanken zuwandten, sobald man die Augen schloß. Doch bei ihm begann mit der Dunkelheit und dem Schließen der Augen der Alarm. Der Feind zeigte sich nicht, doch überall, wo er sich verkriechen wollte, ging das Licht an und schrillten die Alarmklingeln, und er war es wohl selbst, der die Kontakte berührte, ohne zu wissen, wo sie sich befanden.

Ja, er mußte ruhig werden. Das war eine schwierige, langwierige Übung, in der er sich täglich bemühte, mit wechselndem Erfolg. Nach außen hin war er ruhig. Bäumler hielt ihn sogar für einen Menschen, den überhaupt nichts erschüttern konnte, er hatte ihn voll Bewunderung einen Eisschrank, einen Panzer genannt. Und Ellen hatte ihn früher manchmal gepeinigt, um ihn zu reizen, aber er war nie darauf eingegangen.

Es war nicht Beherrschung gewesen, nur eine völlige Lähmung, die ihn ergriff, wenn sie ihn anschrie, er solle antworten, solle sich verteidigen, solle sich rechtfertigen, solle sagen, was er denke, oder wenn sie so weit ging zu sagen, daß er ein Fälscher sei, ohne Charakter, ohne Willen, ohne Persönlichkeit, der es nie zu etwas bringen würde, und dem niemand etwas glaubte, außer vielleicht ein Idiot wie Bäumler, der aber auch noch aufwachen würde wie alle anderen.

Immer, wenn sie es auf die Spitze trieb, verdunkelte

sich sein Kopf, und er konnte nicht mehr nachdenken, gelähmt von einer schweren Benommenheit, die auch sein Gefühl von Vergeblichkeit einhüllte und stumm machte, er konnte nicht einmal mehr sagen, daß es keinen Zweck hatte, sondern nur den Kopf schütteln und hinausgehen.
Kurz danach, wenn er seine Fassung wiedergewonnen hatte, war es dann zu spät. Sie wollte nicht mehr mit ihm sprechen, hatte sich eingeschlossen oder war gegangen, er wußte nicht wohin.
Vielleicht wollte jeder von dem anderen eine Antwort haben, weshalb sie miteinander lebten, und manchmal schien ihm, daß das Spiel, das sie stattdessen miteinander trieben, schon die Antwort war, jedenfalls die einzige, die sie sich noch geben konnten. Sie waren zusammen, um es weiter zu spielen, sie griff ihn an, und er igelte sich ein, sie schrie, und er versank in Schweigen, und wenn er sprechen wollte, war sie nicht da.

Inzwischen war auch das anders geworden, sie hatte sich ganz abgewandt, und er hatte das eine Zeitlang für einen neuen Frieden gehalten, bis die Zeichen ihres Rückzuges deutlicher wurden, auch für ihn, der alles tat, um sie zu übersehen. Das hatte vor anderthalb Jahren begonnen, auf ihrer letzten gemeinsamen Reise. Damals hatte er den Ford-Kombi gekauft, und sie hatte ihm vorgeschlagen, eine Woche nach Nordfrankreich ans Meer zu fahren. Es war erst Vorfrühling, Anfang März, auch deshalb wunderte er sich

über ihren Vorschlag, denn sie machte sich nichts aus der Natur, und sie haßte die Einsamkeit, aber sie hatte gesagt, sie wolle sich die Küste einmal ansehen wegen eines Ferienplatzes im Sommer.
Er wußte nicht mehr genau, was vorausgegangen war: vielleicht Streit und Gereiztheiten wegen seiner Pläne im Automatengeschäft, die sie von vornherein für aussichtslos erklärte, und auch ein Besuch ihrer kleinen Tochter und Ellens strenger, herrischer Mutter, die das Kind kaum hergab und nach einer halben Stunde wieder an sich riß. Alle viertel Jahre fand dieser Besuch statt. Ellens Mutter fuhr mit dem Taxi vor, ließ es unten vor dem Haus warten und führte das Kind, als wolle sie es festhalten, an der Hand herein. Feindseligkeit und Zärtlichkeit wechselten in bestürzender Schnelligkeit auf dem Gesicht der alten Frau, je nachdem, ob sie mit Ellen oder mit dem Kind sprach. Das Kind sagte Mama zu ihr und war scheu gegenüber Ellen, gab ihr eingelernte Antworten und wollte sich nicht von ihr berühren lassen. Es war zurechtgemacht wie eine große Puppe und bewegte sich auch so geziert. Es sprach mit einer auffallend hellen kleinkindhaften Stimme und schielte. Nur zu Jung faßte es Vertrauen, ließ sich von ihm anfassen und über den Kopf streicheln, ging aber dann gleich zu seiner Großmutter zurück, die steif auf ihrem Stuhl saß und es nicht aus den Augen ließ.
»Komm«, sagte sie, »sag Auf Wiedersehn.«
Und das Kind ging noch einmal auf Ellen zu, deutete einen Knicks an und sagte mit gesenktem Kopf »Auf

Wiedersehn«, während Ellen nichts sagte, nur geistesabwesend die kleine Hand faßte und wieder losließ.

»Ich glaube, ich will sie gar nicht mehr sehen«, hatte sie danach gesagt.
Sie war gereizt ein paar Schritte hin und her gegangen und hatte an ihren Fingerknöcheln genagt. Dann war sie stehengeblieben und hatte es hervorgestoßen: »Ich will sie gar nicht mehr sehen!«
Jung hatte gespürt, daß das ein möglicher Augenblick der Verständigung war und rasch eine Frage angebracht, die er immer noch stumm mit sich herumtrug: »Wer war eigentlich der Vater?«
»Ein Bekannter meiner Mutter«, hatte sie geantwortet mit einem kurzen schroffen Schulterzucken, als wollte sie etwas abschütteln, nichts Quälendes, eher eine lästige, bedeutungslose Erinnerung. Dann hatte sie wohl seine Verblüffung bemerkt, und ein verächtliches, verzerrtes Lächeln war in ihrem Gesicht erschienen: »Nein, sie hatte nichts mehr mit ihm. Dazu war sie schon zu alt, und er war auch jünger als sie. Er hat sich nur von ihr pflegen lassen. Aber bei mir hatte der Herr andere Interessen.«

»Bei mir hatte er andere Interessen.«
Dieser Satz hatte sich eingefressen in sein Gedächtnis, und um ihn herum baute sich seine Deutung von Ellens Vergangenheit auf. Seine erste Version lautete, daß sie in ihrer Jugend von einem älteren Mann ver-

führt worden war und von ihrer Mutter aus Eifersucht auch noch dafür bestraft wurde. Es war sehr erleichternd, das zu denken, und in einem heftigen Aufwallen von Verständnis und Rührung glaubte er, sie beschützen zu müssen. Aber dann erinnerte er sich, daß das Kind erst sieben Jahre alt war, und mit einer überstürzten Rechnung, die sich wie ein kurzes, grelles, mechanisches Zahlenspiel vor seinen Augen zu vollziehen schien, hatte er sich klargemacht, daß Ellen zweiundzwanzig Jahre gewesen sein mußte, als sie schwanger wurde.

Das veränderte alles. Ellen war damals kein Opfer mehr, sondern längst ein haltloses Luder, das mit allen Männern ins Bett ging. Sie hatte diesen Mann verführt oder hatte sich ihm an den Hals geworfen, vielleicht aus Rachsucht gegen ihre Mutter, aus Geilheit, aus Gleichgültigkeit oder aus einem undurchschaubaren, ihr selbst nicht bewußten Gemisch von allen möglichen Gründen, die fast alles, was sie tat, unverständlich und unvorhersehbar machten.

Die alte Frau, die schließlich Ellens Mutter war, schien zu wissen, weshalb sie das Kind so streng von Ellen fernhielt. Sie mußte Gründe haben, die gewichtiger waren als die Kränkung, die Ellen ihr angetan hatte. Sie wußte mehr über sie, wußte auch, weshalb Ellen ihr das Kind überlassen hatte und immer noch nicht aufmuckte gegen ihre Strenge. Vielleicht war Ellen damals schon auf dem Weg gewesen, das zu tun, was Lüders von ihr behauptet hatte. Vielleicht hatte sie auch etwas später, bald nach der Geburt des

Kindes, damit angefangen, mit Göke und Busch oder anderen, ähnlichen Männern herumzuziehen.

Langsam und mit der Unwidersprechbarkeit offenbarer Wahrheit hatte sich dieses Bild in Jungs Kopf hergestellt, doch obwohl er immer daran denken mußte, hatte er es fertig gebracht, nicht damit herauszurücken und freundlich zu erscheinen. Er wollte sie für sich haben, in einer günstigen Situation, aus der sie nicht mehr so leicht entkommen konnte, bevor er mit seinem Verhör begann. Die bevorstehende Reise war die Gelegenheit, auf die er wartete. Dann endlich würde sie in seiner Gewalt sein, und er hatte die Chance, auf den Grund zu gehen.
Die sichere Gewißheit hatte ihn ruhig gemacht, und er hatte den ersten Reisetag verstreichen lassen, ohne etwas zu sagen. Sie waren in Belgien geblieben, hatten Gent und Brügge besichtigt, und am Abend nach längerem Suchen im Strandhotel in De Haan, dem einzigen Hotel, das offen war, ein Zimmer bekommen. Sie waren die einzigen Gäste im Haus, und Ellen nörgelte ein wenig über die Einsamkeit, so daß sie zum Abendessen noch nach Knokke fuhren. Sie fanden ein kleines verwinkeltes Fischrestaurant, und als sie sich dort an einem kleinen Zweiertisch gegenübersaßen, vergaß er seine Absichten und war zerstreut und schweigsam. Erst auf der Heimfahrt ins Hotel fielen sie ihm wieder ein, und er dachte jetzt mit einem Gefühl der Zuversicht daran, wie an eine notwendige, nicht länger aufschiebbare, heilsame Kur.

In der Nacht schlug das Wetter um, und am nächsten Tag regnete es. Sie fuhren durch die grauverhangene nordfranzösische Küstenregion mit ihren ausgestorbenen Badeorten, geschlossenen Hotels, verlassenen Campingplätzen und leeren Viehweiden, und je weiter sie kamen, um so sicherer fühlte er sich.
Schließlich fing er an, freundlich und beiläufig, während er den Wagen auf einer engen nassen Straße durch ein krüppeliges Kiefernwäldchen steuerte und geradeaus sah.
»Wer war der Mann, der dir das Kind gemacht hat? Erzähl mir von ihm.«
»Warum das?« sagte sie. »Ich will nicht darüber reden.«
»Wieso? Gibt's da ein Geheimnis?«
Sie antwortete nicht und schien sich auf ihrem Sitz zusammenzuziehen.
»Es ist nur natürlich, daß ich danach frage«, fing er wieder an, und da sie immer noch hartnäckig schwieg, sagte er so leichthin, wie es ihm möglich war: »Findest du nicht?«
»Nein, das finde ich nicht«, sagte sie.
»Warum?«
Er war ein wenig verblüfft von ihrer Antwort und dem Ausdruck von Verbitterung oder Enttäuschung, den er mit einem kurzen Seitenblick in ihrem Gesicht sah. Ihre Stimme aber klang müde, als sie nach einer Pause sagte: »Ich hab keine Lust, nicht jetzt auf dieser Reise.«
»Hast du ein wichtigeres Thema?« fragte er.

Sie schwieg, sie schien sich ganz in sich selber verkrochen zu haben, und er dachte, ich laß sie nachdenken eine Weile, sie soll ruhig begreifen, was vor sich geht.
»Du machst mich wirklich neugierig«, sagte er, »einfach weil du so merkwürdig bist. War es besonders traurig oder ekelhaft?«
»Ekelhaft«, sagte sie, »wie kommst du darauf?«
»Ich habe gar keine Vorstellung. Aber du sagst ja nichts. Das macht alles so seltsam für mich. Es war der Freund deiner Mutter, sagst du, aber du hast ein Kind von ihm. Deine Mutter hat das Kind zu sich genommen, sie ist mit dir verfeindet. Wie soll ich das alles verstehen? Ist sie noch mit dem Mann zusammen?«
»Ich glaub nicht«, sagte sie.
»Wer war es?«
»Ein verheirateter Mann aus der Nachbarschaft. Seine Ehe war kaputt. Er hat sich von meiner Mutter trösten lassen.«
»Was hattest du damit zu tun?«
»Er war scharf auf mich. Eines Tages, als wir allein waren, hat er mir unter den Rock gefaßt.«
Jung spürte, wie sein Herz wild zu schlagen begann und seine Kehle sich zusammenkrampfte, so daß er nur noch mit gepreßter Stimme herausbrachte: »Und du?«
»Und ich?«
Sie lachte kurz und höhnisch auf. Dann sagte sie in einem plötzlichen Wutausbruch: »Ich hab mich von

ihm ficken lassen, von vorne und von hinten, sobald wir allein waren.«
Jung schluckte. Das war mehr als er ertragen konnte, er konnte unmöglich so weitersprechen.
»Ich will keine Einzelheiten«, sagte er leise.
Sie schien nicht zugehört zu haben und lachte fast lautlos vor sich hin.
»Was hast du?« fragte er verwirrt.
»Nichts«, sagte sie. »Ich mußte an was denken. Es hat nichts damit zu tun.«
Wieder wurde sie geschüttelt von diesem unbeherrschten Glucksen, aber dann bekam sie sich in die Hand, setzte sich zurecht und zündete sich eine Zigarette an. Er hörte ihre Hantierungen neben sich, das Herumkramen in der Tasche, das Knistern einer fast leeren Zigarettenpackung, das mehrfache Anreißen des Streichholzes und ihren ersten tiefen Zug, und nur mit Mühe überstand er den Aufruhr seiner Nerven. Sie schwiegen jetzt beide. Auch als er den Wagen von der Straße ablenkte und in Richtung des Meeres fuhr, das hier unsichtbar unterhalb einer Steilküste lag, sagte sie nichts, bis er anhielt.
»Was hast du vor?« fragte sie ruhig und blickte durch die Frontscheibe auf das dunkle Heidekraut, das die Anhöhe bewuchs, an deren Fuß sie standen.
»Ein Stück spazierengehen«, sagte er.

Wortlos war sie ausgestiegen und mit ihm auf einem kleinen Trampelpfad durch das nasse Heidekraut gegangen. Der Sprühregen wehte ihnen ins Gesicht,

und tiefhängende graue Wolken wurden landeinwärts getrieben. Sie waren atemlos, als sie oben auf der Anhöhe ankamen und dreißig oder vierzig Meter unter sich den von zahlreichen Prielen durchzogenen und mit dunklen Tangresten übersäten Strand sahen. Das Meer wirkte schiefergrau bis auf die weiß aufschäumende Brandungslinie, deren gleichmäßiges Rauschen sie hörten, aufgerissen von dem Geschrei der Möwen.
»Ich will dort runter«, sagte sie.

Er hatte sie davon abhalten wollen, aber sie hatte einen Abstieg gefunden, und er war ihr gefolgt. Während sie nah am Wasser durch den weichen, nassen Sand stapften, hatte er wieder angefangen zu reden.
»Ich hab ein Recht zu verstehen«, hatte er gesagt. Ob sie das bestreiten wolle. Das könne er sich nicht denken. Denn sonst wisse er nicht mehr, weshalb sie verheiratet seien. Also, er hoffe, daß sie ihm helfe.
Was war mit Göke, was hatte sie mit Göke gehabt?
»Mein Gott, das weißt du doch!« schrie sie. »Das weißt du doch!« In dem Rauschen der Brandung, dem Zischen der auslaufenden Wellen, dem Vogelgekreisch und den Windgeräuschen war ihre Stimme nur schwach zu hören, aber er sah ihrem Gesicht an, daß sie laut geschrien hatte. Er ging dicht hinter ihr her, damit sie ihn verstand.

»Nein, ich weiß nichts«, sagte er, »ich weiß nicht, was du bei ihm gesucht hast.«

Sie antwortete nicht.

»Was war es?« schrie er, und fassungslos wegen ihres Schweigens, versuchte er sie am Ärmel zu pakken.

»Laß mich los, du!« fauchte sie ihn an und riß ihren Arm weg mit einem wütenden Ruck.

»Was war es?« fragte er wieder, in einer flehenden, kindischen Verzweiflung neben ihr herlaufend, nun schon ohne alle Scham und ohne denken zu können, gepeinigt von ihrem abgewandten Gesicht, das sich plötzlich mit einem grellen, verzerrten Ausdruck herumdrehte und ihn anschrie:

»Er war ein Mann, verstehst du! Ich bin auf meine Kosten gekommen!«

»Aber dann ist es dir zuviel geworden«, versuchte er aufzutrumpfen, doch er wußte, daß es sinnlos und ohne Aussicht war und hoffte nur auf Versöhnung.

Sie antwortete nicht. Das Brausen und das Zischen des Wassers und das Möwengeschrei über ihren Köpfen verwirrten ihn. Alles erstickte seine Stimme und verstärkte ihren Widerstand. Sie schien das zu wissen, sie rannte immer weiter, als versuche sie dauernd von ihm fortzukommen, und nur um sie festzuhalten und nicht ganz aufzugeben, blieb er dicht neben ihr und schrie sie weiter an: »Und Veltli, was war mit Veltli?! Erklär mir bitte, was es mit dem war! Geld? War es das Geld?!«

Sie antwortete nicht. Ihr Blick war geradeaus gerichtet auf irgendeinen Punkt in dieser grauen Einöde, die mit ihr gegen ihn verbündet war. Alles gehörte zu ihr, nichts zu ihm, das schien es zu bedeuten. Was er auch tat, war falsch, er konnte immer nur das Falsche tun, und er konnte nicht hoffen, daß ihm das Falsche verziehen wurde, nicht von ihr, nicht von den anderen und niemals von ihr. Sie tat, als gäbe es ihn nicht, sie ging hinweg über seine Fragen, sein Verlangen zu sprechen, sie versuchte ihn auszulöschen, und eine alte, schon oft gehörte Stimme in ihm begann ihr recht zu geben: er war nichts, er hatte keinen Wert, er war lächerlich und widerlich, und er haßte sich selbst.
Ich will sterben, dachte er.
Das flog durch seinen Kopf wie eine beruhigende Klarheit in einem wüsten Getöse und undurchschaubarer Finsternis, und es gab ihm die Kraft sich abzugrenzen mit einer letzten herausgebrüllten Frage: »Warum bist du nicht bei ihm geblieben?! Du hättest da bleiben sollen als seine Luxusnutte!«

Ruckartig war sie stehengeblieben und hatte sich umgedreht. Und dann, mit einer zweiten Bewegung, die aus einer Sekunde stummen Nachdenkens hervorzugehen schien, stieß sie ihn vor die Brust und begann zurückzulaufen. Jung starrte ihr nach mit der leeren Verwunderung, in der man einen fremden unerwarteten Vorgang betrachtet. Es war die Stetigkeit ihres Laufens, die ihn verblüffte, und daß sie auf

einmal so gründlich von ihm abgesprengt war. Der Wind war schon zwischen ihnen auf einer immer länger werdenden Strecke. Rufen war zwecklos geworden, und sie drehte sich auch nicht mehr um.
Das konnte er nicht zulassen! Er wollte sie einholen, um sprechen zu können, noch einmal in Ruhe und mit einem anderen Anfang. Sie lief immer weiter, als wisse sie, daß er hinter ihr herkam und wolle ihm nicht erlauben näherzukommen. Es war anstrengend, über den nassen Sand zu laufen, anstrengender für ihn mit seinem Gewicht, sie war im Vorteil, und er haßte das wie eine neue Tücke in einem falschen, zwecklosen, ihm aufgezwungenen Kampf, den er nicht gegen sie, sondern gegen ihre und seine Zerstörung führte, ihre und seine, sie begriff das nicht, sie wollte es sich nicht erklären lassen, jetzt wieder nicht, als sie sich umdrehte und ihn sah, sein schwerfälliges Laufen und Winken, und sofort auf den Steilabhang zulief und mit Händen und Füßen den Aufstieg begann. Sie war schon weit über die Hälfte hinaufgelangt, als er unten ankam, blind fast vor Anstrengung, aber ohne einen Augenblick zu zögern. Er sah immer nur das Seegras, die Steinkanten und Felsvorsprünge, an denen er sich festklammerte oder auf die er seine Füße setzte, er durfte sich nicht umblicken, denn dann würde er schwindelig werden, durfte auch nicht hochblicken zu dem Rand, zu dem er hochwollte, denn das würde so sein, als lehne er sich nach hinten, und die Tiefe konnte sich dann an ihn hängen mit einem riesigen Gewicht.

Schließlich war er oben über den Rand geklettert und kroch ein Stück von dem Abgrund fort, ehe er sich aufrichtete. Er sah sie nicht. Sie war nicht bei dem Auto unten, hatte auch keinen Schlüssel, vielleicht war sie von dort schon weitergelaufen und versteckte sich irgendwo. Keuchend ging er den Abhang hinab, in Gedanken mit ihr redend, daß sie Unrecht hatte, daß sie ihn so nicht behandeln durfte, doch nach einer Weile drehte er sich um und sah, daß sie zur anderen Seite weiter auf die Anhöhe hinaufgelaufen war, vielleicht um von dort zu sehen, wie er ins Leere ging. Er kehrte um und stieg die Anhöhe hinauf. Er machte Zeichen, daß sie kommen solle, stattdessen lief sie weiter, lief ganz bis oben und schien dort zu warten. Sein Herz schlug dumpf vor Anstrengung und Angst. Er hatte das Gefühl, sein Näherkommen konnte sie über den Rand hinausdrücken, an dem sie stand. Nur langsam kam er noch näher und versuchte ihren Blick zu finden, aber ihre Augen sprangen hin und her, als ob sie einen Ausweg suche.
»Stoß mich doch runter! Stoß mich doch runter!« schrie sie, und er dachte, daß sie gleich springen würde, aus Angst, aus Haß, oder wenn er eine Bewegung machte.
Er war stehengeblieben in gebührendem Abstand.
Sie will, daß ich es tue, dachte er, sie hat mich hierher gelockt.
Zu gelähmt um sprechen zu können, schüttelte er den Kopf und machte eine weite, weiche, ausgrei-

fende Bewegung mit den Armen, als wollte er sie wie ein leichtes Luftgebilde von dem Felsrand wegwedeln und an sich heranziehen.

»Komm«, hörte er sich endlich sagen, »komm da weg.«

Er ging ein paar Schritte rückwärts und wiederholte die Armbewegung. Da löste sie sich vom Rand der Klippe und kam auf ihn zu, mit gesenktem Kopf. Er trat zur Seite und ließ sie vorausgehen, und ohne zu sprechen gingen sie zum Wagen zurück. Als sie einsteigen wollte, mußte er plötzlich schluchzen, aber er fing es auf mit einem tiefen Atemzug.

Sie sah erschrocken zu ihm hin.

»Verzeih«, sagte sie.

Er schüttelte den Kopf. Er wollte sagen »laß mich«, doch er brachte es nicht heraus.

Eins der Bilder, die ihn in der Nacht verfolgten, war dies: Er wollte eine Vase von einem Wandbord nehmen, eine schlanke irisierende Vase aus farbigem Glas. Sie stand ganz am Rand, und er fürchtete sie hinunterzustoßen, sobald er die Hand ausstreckte. Schließlich versuchte er es, und sie fiel, ohne daß er sie berührt hatte.

Vielleicht verschwand sie auch nur, denn er hörte nicht, wie sie aufschlug und zerschellte. Stattdessen wurde er wach.

Es war nichts passiert. Er hatte keine falsche Bewegung gemacht.

Sie lebten jetzt ruhiger, in einem falschen Frieden. Auf jeden Fall hätte man ihn für den Mörder gehalten, wenn sie gesprungen wäre. Er sagte ihr das später. Sie wollte nichts mehr davon wissen. Daß er immer öfter mit Bäumler auf Reisen war, hatte die Veränderung unauffällig gemacht.

Es gab auch noch ein anderes Bild, das manchmal wieder auftauchte. Sie lag unten auf den grauen Felsbrocken, deren Spitzen aus dem nassen Sand hervorsahen, doch sie war fast ganz verdeckt durch einen flatternden Schwarm von Seevögeln, der über ihr in der Luft stand, wie über einer unerwarteten Beute.

Nichts ist gieriger als das Kreischen der Möwen.

Die Möwen senkten sich flatternd herab und rissen die blutigen Eingeweide der Fische aus dem Wasser. Es wurde gepeitscht von ihren Flügelschlägen. Mit einem neuen Schwung des Eimers klatschten die letzten Fischreste in den See.

Nein, er konnte nicht hierher zurück am Wochenende. Auch wenn jetzt alles still wurde und der Schwarm sich verflog. Es war eine Stille, die er kannte und die ihm den Atem verschlug. Langsam ging Jung über den Platz zu dem parkenden Wagen, an dessen Lenkrad schon Bäumler saß. »Alles in Ordnung?« fragte Jung.

»Ja«, sagte Bäumler, »ich hab sie ein bißchen angespitzt, damit sie schon heiß läuft.«

Jung ertrug Bäumler immer schlechter, je mehr er auf ihn angewiesen war. Die Gewohnheit half ihm nicht, eher erschöpfte sie seine Geduld. Vielleicht hing das mit seinen schwindenden Aussichten zusammen, unabhängig zu werden durch eine tiefgreifende Veränderung.
Seit drei Jahren reisten sie zusammen, hauptsächlich immer noch im Auftrag von Singer und Klier, die in Norddeutschland eine Kette von Spielhallen und Bowlingbahnen kontrollierten. Aber Jung hatte Bäumler dafür gewonnen, alles Geld, das sie erübrigen konnten, in eigene Automaten zu stecken. Er hatte prophezeit, sie würden in fünf Jahren so viele eigene Automaten aufgestellt haben, daß sie bequem von den Einkünften leben könnten. Inzwischen wußte er, wußte vielleicht auch Bäumler, daß er sich gründlich getäuscht hatte. Der Markt für Spielautomaten war besetzt. Für kleine Firmen wurde es immer schwieriger, gute Aufstellplätze zu finden, und die Bedingungen der Verträge wurden immer härter. Überall mußte man mindestens ein Drittel der Einkünfte als Platzmiete vorsehen, und es dauerte immer länger, bis ein Automat seine Anschaffungskosten eingespielt hatte, bis dahin konnte er schon verschlissen sein. Jung und Bäumler hatten dieses Problem nicht richtig eingeschätzt, und es wurde jetzt bedrohlich für sie. Denn als sie anfingen, hatten sie von

Singer und Klier gebrauchte Automaten gekauft, die Bäumler überprüft und überholt hatte. Sie gingen jetzt immer häufiger kaputt. Es nützte ihnen wenig, daß Bäumler ein hervorragender Mechaniker war, denn meistens mußten ganze Montagesätze ausgetauscht werden, und die bekamen sie nur zu den üblichen Preisen. Neuerdings waren sie auf Teleautomaten umgestiegen, weil Jung angenommen hatte, daß sie damit leichter in die Werkkantinen und Aufenthaltsräume der Industriefirmen hineinkommen könnten. Auch damit schienen sie nicht recht zu behalten.

Der Optimismus, den Bäumler ausstrahlte und vielleicht auch ein wenig zur Schau stellte, war für Jung schwerer zu ertragen als die wachsenden Schwierigkeiten. Er erschien ihm als lächerliche Dummheit und Anmaßung, und er hätte ihn am liebsten zerstört. Doch er wußte, daß er ihn nicht antasten durfte, weil er inzwischen davon lebte. Bäumlers Arbeitspensum war in der letzten Zeit größer als sein eigenes. Er kam besser mit den Leuten zurecht und obwohl er länger mit ihnen sprach, wurde er schneller fertig mit seinem Tagesprogramm. Jung kam es sogar so vor, als bewege sich Bäumler zusehends leichter, schneller, erfolgreicher, doch das war wohl nur der größer werdende Abstand zu seiner eigenen wachsenden Apathie. Manchmal nahm Bäumler ihm noch ein paar von seinen Kundenbesuchen ab oder korrigierte seine zunehmende Vergeßlichkeit. Jung brauchte Bäumler, das machte es ihm schwerer, ihn zu erdulden. Oft fühlte er, wie seine Reizbarkeit wuchs, und manchmal versank er schon durch die Anstrengung, Bäumlers Erzählungen zu überhören, in tranceartige Abwesenheiten und schleppte sich wie durch eine lange Übelkeit durch einen leeren gedehnten Tag.

Heute ist Donnerstag, morgen Freitag. Jung hatte den Vormittag mit Kundenbesuchen verbracht, war in zwei Spielhallen und einer Bowlingbahn gewesen, hatte die monatlichen Einspielergebnisse der Automaten kassiert, den Pächtern ihren Anteil ausgezahlt und den Rest auf ein Konto von Singer und Klier eingezahlt, um das Geld loszuwerden. Danach ging er ins Hotel und wusch Hände und Gesicht. Da er versäumt hatte, einen eingerissenen Fingernagel vorher glatt zu schneiden, blieb er beim Abtrocknen damit am Handtuch hängen und riß ihn sich noch tiefer ein. Fluchend suchte er im Koffer nach einer Nagelschere, fand sie schließlich zwischen der schmutzigen Wäsche und schnitt alle Nägel kurz. Er hatte Schwierigkeiten damit, weil die Schere stumpf war und sich verklemmte, und als er fertig war und seine Hände betrachtete, hatte er die Nägel sehr kurz geschnitten. Die Finger sahen plump aus, als ob er sie verstümmelt hätte.
Das war nicht schlimm, es würde nachwachsen. Haare und Nägel wuchsen Tag und Nacht weiter, sogar bei den Toten.

Sogar bei den Toten, hatte er gedacht.
Ein taubes Gefühl beschlich ihn, ähnlich wie das kalte Prickeln einer Betäubungsspritze, Leblosigkeit an den Nägeln bis ins Nagelbett, auch an den Zähnen und im Nacken.
Was war das jetzt? Eine alte Empfindlichkeit. Er mochte sich als Kind nie die Nägel schneiden. Noch schlimmer war es, sie zu feilen. Die Nackenhaare sträubten sich dabei, und an den Zähnen hatte er ein fremdartiges Gefühl, als würden sie von einer feinen sandigen Reibfläche stumpf geschliffen und verkürzt.
Jung hatte gegen diese Erinnerung nur ein Mittel: die Hände zu Fäusten zu ballen, damit die Nägel im dunklen, fleischigen Inneren seiner Hände geborgen waren.
Auch diesmal verflog das Gefühl wieder, oder wie er auch dachte – das Gefühl schloß die Augen.

Statt dessen blieb eine leichte Zerstreutheit zurück, ein fahriges Herumsuchen in den Taschen nach einem Zettel mit den Adressen des Nachmittags, den er gerade noch in der Hand gehabt hatte. Er fand ihn schließlich gut sichtbar auf der Bettdecke und steckte ihn ein. Ein anderer Zettel war ihm in die Hand gefallen, der in einem Fach seiner Brieftasche steckte. Er enthielt die Telefonnummer und die Adresse einer Frau. Ein kleiner Pfeil zeigte in die rechte untere Ecke auf die Notiz »bitte wenden!«, und auf der Rückseite stand in der gleichen steilen, um Lesbarkeit bemühten Schrift »Bitte besuch mich mal!« und der Vorname der Frau. Sie hieß Gerda. Gerda Brekamp.

Jung fiel ein, daß er sie etwa vor einem Jahr kennengelernt hatte, als ihn Bäumler eines Abends irgendwo im Ruhrgebiet in ein Lokal verschleppt hatte, das den auffallenden Namen »Ball der einsamen Herzen« trug. Bäumler hatte ihm erklärt, daß dort Frauen hingingen, die eine Bekanntschaft suchten, echte und grüne Witwen, Geschiedene und Ledige, alle schon etwas älter. Es gab in vielen Städten solche Lokale, und Bäumler ging oft dort hin, wenn er allein war. Sie hatten dort mit zwei Frauen in einer Nische gesessen und sich betrunken, und die eine Frau, eine blonde, grobknochige mit einem Pferdegesicht, hatte ihm beim Abschied den Zettel in die Hand gedrückt. »Nicht vergessen«, hatte sie gesagt.

Jung wunderte sich, daß er den Zettel aufbewahrt hatte, knüllte ihn zusammen und warf ihn in den Papierkorb. Über dem Waschtisch brannte noch das Licht. Er machte es aus, ging zur Tür und zog seinen Mantel an. Es gab nicht mehr viel zu tun heute, und zunächst wollte er irgendwo etwas essen. Er sagte sich das vor, stumm, doch mit innerem Nachdruck – jetzt geh ich erst einmal essen, als sei das ein Trost oder eine Ablenkung, eine Entschädigung, die er dringend brauchte.

Als er durch den leeren, schlecht beleuchteten Korridor ging, knackten die Dielen unter seinen Füßen.

Das kam ihm wie ein verbotenes Geräusch vor, und es hätte ihn nicht gewundert, wenn eine der vielen Zimmertüren aufgegangen wäre, und jemand nachgeschaut hätte, wer hier ging. Doch vielleicht war er allein auf dieser Etage, allein mit dem roten Feuerlöscher am Ende des Ganges. Auch auf der Treppe begegnete ihm niemand. In der kleinen Halle beim Portier fiel sein Blick auf eine Frau, die neben ihren Gepäckstücken in einem Sessel saß und, als er kam, die Beine übereinanderschlug. Er war sicher, daß sein Blick diese Bewegung hervorgerufen hatte, wußte aber nicht, was sie bedeutete. Er trat an die Loge des Portiers heran, gab den Schlüssel ab und kaufte eine Zeitung. Noch zusammengefaltet steckte er sie in seine Manteltasche.

Frigo, las er, als er aus dem Hotel trat. Frigo. Frigo. Ein Wort an dem Haus drüben, über den Köpfen der Fußgänger. Und ein anderes Wort in Blau. Kühltechnik. Frigo Kühltechnik konnte er jetzt lesen. Das war es – Frigo Kühltechnik – das kannte er. Und er setzte sich in Bewegung in Richtung der Innenstadt. Eine Zeitlang folgte er einer Frau in einem roten Mantel, die einen kleinen schwarzen Hund an der Leine führte. Es war ein Zwergspitz, der trippelnd neben ihr herlief und ab und zu an ihr hochblickte, aber nicht beachtet wurde. Wenn er zurückblieb, zog sie ihn mit einem kleinen Ruck an der Leine weiter, und er verfiel wieder in sein Trippeln.
Der schützt sie auch nicht, dachte Jung.

Im selben Augenblick kam ihm ein Mann entgegen, der eine feuerrote große Ausbuchtung auf der Backe hatte, er ging mit einem starren Blick an Jung vorbei. Die Geschwulst war fast so groß wie ein Hühnerei, und die Haut darüber glänzte, als sei sie bis aufs Äußerste gespannt. Ein Tumor, dachte Jung. Er wagte nicht sich umzusehen.

Er war weitergegangen, hatte auch die Frau mit dem Hund verloren und war in der nächsten Querstraße, als sei sein Impuls sich fortzubewegen erschöpft, vor dem Schaufenster eines Fotografen stehengeblieben, in dem Hochzeitsbilder ausgestellt waren: junge Frauen in weißen, milchigen Gewändern mit Blumensträußen im Arm, und daneben, ihnen zugeneigt, die Männer in Schwarz mit Krawatten oder Fliegen und einem weißen Taschentuch in der Brusttasche.
Jung betrachtete die zum Teil riesenhaften Formate, und auf einmal sah er Ellen vor sich, glaubte zu sehen, was sie jetzt im Augenblick tat. Sie saß im Wohnzimmer in einem der zerschlissenen großgeblümten Sessel, hatte ein Handtuch über den Schoß gebreitet und führte eine kleine Feile, als sei das eine delikate künstlerische Tätigkeit, mit leichten, schnellen Bewegungen an ihren Nägeln entlang, die sie sich wie kostbare Schmucksteine unter die Augen hielt und ab und zu drehte und versunken betrachtete. Manchmal legte sie die Feile auf das Handtuch, griff nach der Zigarette, die neben ihr auf einem Ascher

vor sich hinschwelte, machte einen kurzen gedankenlosen Zug und wandte sich wieder ihrer Arbeit zu, die offenbar ihre ganze Aufmerksamkeit beanspruchte.

Sie hatte ein Transistorgerät neben sich stehen, das sie immer mit sich herumtrug, wenn sie in der Wohnung war. Irgendeine Musik dudelte, sie war völlig unempfindlich dagegen und umgab sich damit wie mit einer Schutzglocke. Mit einem Rosenholzstäbchen schob sie die Haut von den Halbmonden ihrer Nägel zurück, die bei ihr immer wieder zuwuchsen. Wenn sie fertig war, polierte sie die Nägel mit einem kleinen Lederkissen oder bepinselte sie mit einem blutroten oder silbrigen Lack.

Das war sie. Sie pflegte sich, ganz zurückgezogen auf sich selbst, während die Wohnung um sie herum immer mehr verkam. Der Staub lagerte sich auf Regalen und Schränken ab, die Fenster erblindeten, die Wände waren verdreckt, die Stecker fielen heraus, die Wasserhähne tropften, und inmitten all der Schäbigkeit, die sie umgab, hatte sie angefangen, sich immer sorgfältiger, teurer und nuttenhafter zu kleiden. Nur ein Zimmer hielt sie in Ordnung, in das sie sich zurückgezogen hatte vor einem Jahr, seit sie nicht mehr miteinander schliefen.

Das war der Friede, auf den sie sich geeinigt hatten, ohne es auszusprechen, es hatte sich so hergestellt.

Langsam ging Jung weiter, gefesselt von seinem schwerfälligen Denken. Das alles war erträglicher als ihre früheren Kämpfe und Streitereien. Das mußte er sich immer wieder vor Augen halten. Es war erträglicher. Es war menschlicher. Es kostete weniger Nerven. Er war auch immer häufiger, immer länger unterwegs, und die Wohnung hatte für ihn an Bedeutung verloren. Es gab jetzt Zeiten, in denen er nur einen oder zwei Tage in der Woche zu Hause war, manchmal kam er erst abends und blieb nur über Nacht. Er übernachtete auf einer Couch im Wohnzimmer, die er sich selbst bezog, und manchmal konnte er auch einschlafen, nachdem sie die Tür zu ihrem Zimmer geschlossen hatte. Wenn er wach lag, knipste er die Stehlampe neben der Couch an, stopfte sich einige Kissen in den Rücken und blätterte in den Büchern, die über ihm auf einem Wandbord standen. Er besaß nicht mehr viele, nur eine kleine zusammengeschobene Reihe, das Taschenlexikon, ein paar Kriminalromane, zwei Vogelerkennungsbücher, einen Bildband über Flandern, einen anderen über die Lüneburger Heide, einen Sammelband mit alten Reisebeschreibungen, zwei Jahresbände der Zeitschrift »Automatenwelt« und das Tibetanische Totenbuch.

Er hatte in diesen Nächten wieder angefangen, in dem Totenbuch zu lesen, das lange für ihn ein unberührbares Buch gewesen war, und auch jetzt machte er keinen Versuch, systematisch darin einzudringen, las es nicht im Zusammenhang, sondern blätterte darin herum, streifte über die Seiten und ließ sich hier und da von einem Abschnitt festhalten. Er hatte sich ein kleines Notizbuch gekauft, in das er einzelne Sätze, die er sich merken wollte, hineinschrieb. Vor allem die Schrecken, die der Seele nach dem Tod begegnen, beschäftigten seine Phantasie, und er schrieb sie auf in seiner unruhigen, manchmal auch steifen und sperrigen Schrift:

»Sie kommen auf einen zu, als ob sie es um die Wette täten, welcher einen zuerst packen wird. Auch dämmern schemenhafte Trugbilder, daß man von verschiedenen schrecklichen Raubtieren verfolgt wird. Schnee, Regen, Dunkelheit, heftige Windstöße und Halluzinationen, daß man von vielen Leuten verfolgt werde: Getöse wie von Bergen, die zusammenbröckeln, und von zornig überschäumenden Meeren und Geheul von Feuer und von plötzlich auffahrenden wütenden Winden.«

»Darauf schlingt eine der ausführenden Furien des Todesgottes ein Seil um deinen Hals und zerrt dich weg; sie schneidet deinen Kopf ab, nimmt dein Herz heraus, reißt die Eingeweide heraus, leckt dein Gehirn aus, trinkt dein Blut, ißt dein Fleisch und nagt an deinen Knochen; du aber bist unfähig zu sterben.«

Wenn Jung nachts diese Sätze auf die kleinen Seiten seines Merkheftes schrieb, fühlte er eine unerklärliche Erleichterung. Die Welt war finster, doch es war eine Finsternis, die vom Ende her über die Welt fiel und alles verschlang, auch die, die vergaßen, daß sie zum Tode bestimmt waren und sich in Sicherheit wähnten, auch Ellen hinter ihrer verschlossenen Tür.

Jung wußte nicht, ob er das Buch richtig verstand. Es schien zu sagen, daß es keine wirklichen Schrecken und keine wirklichen Verlockungen gab, sondern nur die eigenen Ängste und Träume, mit denen man die Dinge belieh. Wenn man befreit werden wollte, mußte man sich zurückholen aus der Welt der Täuschungen, in die man sich verstrickt hatte, und das bedeutete zunächst, daß man sich in ihr erkennen mußte. Die kleine schwarze Affenstatuette aus Puerto, die jetzt auf seinem Bücherbord stand, drückte diesen Gedanken aus. Der Affe, der einen fremden Schädel betrachtete, sah in Wirklichkeit sich selbst, als ein Wesen, das sterben mußte, doch er war unfähig, das zu erkennen. Was würde er sehen, wenn er sich erkannte? Auch darauf schien das Buch eine Antwort zu geben. Nicht mehr das, was er in den Händen hielt, die zähnebleckende Fratze des Todes. Auch sie war nur eine furchterregende Maske, die einen zurücktreiben sollte in die Welt der Täuschungen. Doch wenn man ihr standhielt, würde sie zerfallen, und man würde das klare Licht des Nichts erblicken wie in einem leeren Spiegel.
Alles war häßlich: – die Totenschädel, die noch umhüllt waren vom lebenden Fleisch, und die nackten Schädel, die, schon geschält und gereinigt vom Leben, immer noch an das Leben erinnerten. Erstrebenswert war nur das Nichts, denn es war ohne Leiden.

Was bedeutete das: nichts, nichtsein? Daß die offene Nacht, die einen Morgen hatte, überging in eine endlose, geschlossene Nacht, aus der es keinen Rückweg gab? War es nicht wie die geschlossene Tür, hinter der sie lag, nur ein für allemal geschlossen? Und nun wurde das Licht gelöscht, die Geräusche verstummten, die Gerüche verloren sich, und alles Fühlbare, Tastbare löste sich auf. Nein, das war unmöglich, das konnte er nicht ertragen! Er mußte sich irgendwo festhalten, wollte schreien, war nahe daran, aufzuspringen und gegen Ellens Tür zu treten.
Die mattglänzende weiße Fläche wies ihn ab. Es gab keine Rettung bei ihr, es gab niemanden, der ihm half. Aber dieses Buch ertrug er nicht, und er mußte es weglegen. Schlafen würde er erst können, wenn es hell wurde. Erst das würde ihn beruhigen. Er nahm eines der beiden Vogelbücher vom Brett und begann darin zu blättern.

Wie ein Träumender ging Jung durch diesen Nachmittag. Er hatte in einer Pizzeria einen Teller Spaghetti gegessen, dann an einer Bude bei der Marktkirche ein Bier getrunken und zwei Kinder mit blutrot beschmierten Mündern gesehen, die Paradiesäpfel aßen, die an einer anderen Bude verkauft wurden, er hatte seine Kundenbesuche gemacht, Reklamationen entgegengenommen, ein paar Automaten abkassiert, vergeblich einen neuen Teleautomaten zu plazieren versucht und war dann langsam zu dem Treffpunkt gegangen, den er mit Bäumler vereinbart hat-

te, ein kleines Café, nicht weit entfernt von der Marktkirche.
Dort saß er in der Ecke hinter einem kleinen Kunststofftisch und kratzte mit der Gabel in den dunklen Cremespuren, die die Nougattorte auf dem weißen Porzellanteller hinterlassen hatte. Auf der Untertasse lag ein eingepacktes und durchnäßtes Stück Würfelzucker, das mit dem Signum und den Daten seines Sternzeichens bedruckt war, dem Skorpion. Auch in der Zeitung, die er mittags im Hotel gekauft hatte, stand ein Horoskop, das ihm Zurückhaltung in Liebesdingen und in Geschäften empfahl und vor allen voreiligen Entschlüssen warnte. Er hatte auch die Bekanntschaftsanzeigen überflogen und ihre professionellen Entsprechungen, die Anzeigen von Fotomodellen und Masseusen, von Privatsaunas und privaten Partykreisen, die neue Kunden oder neue Mitglieder suchten.
Auf der nächsten Seite standen die Kriminalberichte. Ein Foto zeigte einen gefesselten Mann in einer Zimmerecke auf einem Schemel. Man hatte ihm die Augen mit einem schwarzen Tuch verbunden und den Mund mit Leukoplaststreifen überklebt. Es war das Foto eines entführten Geschäftsmannes im Versteck. Die Entführer hatten es an seine Frau geschickt, um ein Lösegeld zu erpressen. Aber inzwischen waren sie schon gefaßt worden, denn einer von ihnen hatte sich seiner Freundin anvertraut, und die hatte ihn verraten. Die Polizeifotos der Entführer füllten die Spalte neben dem Artikel, starre, leere Ge-

sichter im Schein der Blitzlichtlampen. Das Schlußbild des Berichtes zeigte die befreite Geisel, einen Mann mittleren Alters, der ein kleines Mädchen auf dem Arm trug und mit dem anderen Arm seine lächelnde Frau umarmte, die ihrerseits eine Hand auf die Schulter eines kleinen Jungen gelegt hatte, der vor ihr stand und in die Kamera blickte. Beim Anblick dieser Familie empfand Jung einen heftigen Widerwillen, so als seien durch dieses Lächeln und dieses selbstgerechte Beieinanderstehen alle Wege versperrt, die sich zu gehen lohnten. Er klappte die Zeitung zu und legte sie fort.

Was sollte er tun am Wochenende? Wo sollte er hin, wo bleiben? Manchmal schien alles verschlossen zu sein, und er fühlte sich an der Welt abgleiten wie an einer seifigen, unüberwindbaren Wand. Schon das Einfachste war das Schwerste für ihn: – darauf zu vertrauen, daß er da sein würde wie alle anderen, solange er lebte. Er brauchte Pläne, Termine, er mußte immer etwas aufbieten, um sich noch sehen zu können, morgen und übermorgen.

Der morgige Tag war gesichert, sie hatten Termine in Langenhagen und in Wunstorf. Übermorgen, wenn Bäumler zu seiner Witwe nach Celle fuhr, würde er draußen in der Heide herumstapfen und mit dem Fernglas nach Vögeln Ausschau halten und sie zu bestimmen versuchen. Die Wintervögel und die ganzjährigen. Er würde die äußeren Merkmale und das

Verhalten der Vögel beobachten, ihre Bewegungen und ihre Warnrufe. Für ihn war das Federkleid geteilt in viele Zonen, die er alle benennen konnte und auch alle beachtete, wenn er einen Vogel sah. Die Schwinge war geteilt in Arm- und Handschwinge, er achtete auf den Bürzel, die oberen und unteren Schwanzdecken, die Schwanzfedern. Der Kopf hatte Stirn, Scheitel und Nacken, Kehle, Kinn und Schnabel, und vielleicht gab es einen Augenring, einen Mittelstreifen oder anders gefärbte Ohrdecken. Er unterschied das Gefieder von Schultern, Rücken, Brust, Bauch und Flanken, und er wußte, ob er einen Alt- oder einen Jungvogel, ein Männchen oder ein Weibchen sah. Aber immer häufiger hatte er in der letzten Zeit bemerkt, daß er nichts von alledem wahrnahm und in ein dösiges Glotzen verfallen war. Er sah einen hüpfenden Vogel, sah seine ruckenden Kopfbewegungen, sein kleines rundes, wachsames Auge und verlor ihn. Der Vogel war vielleicht weggeflogen oder saß noch da vor seinen Augen, aber Jung starrte in die kalten, farblosen Flammen eines Traumfeuers, das überall zwischen den sichtbaren Dingen zu flackern begann und sie verzehrte.

Manchmal kamen ihm die Vögel wie verkleidet vor. Sie trugen ein Federkleid mit Merkmalen, an die er sich halten wollte, es gehörte zu dem Schleier, der vor der Welt war.
Was wollte er sehen? Er wollte nichts sehen.
Das Beobachten der Vögel hatte ihn ruhig gemacht.

Es zog das Bewußtsein zusammen und hielt es fest in einem genau umschriebenen Kreis: – dies da, jetzt, die gespreizte Schwanzfeder, ihr Zucken, die weiche flaumige Brust, das Wippen. Es löschte ihn fast aus, so still und unbeweglich zu sein, nur Auge.
Er wollte nichts sehen.

Bei geschlossenen Augen war es ein Duft gewesen, und wenn er sich etwas vorneigte, ein weiches, langhaariges Fell, das sein Gesicht empfing. So stand er reglos im Flur an der Garderobe und hörte nebenan die Stimmen der Freundinnen seiner Mutter. Sie spielten Karten, Rommé oder Bridge, tranken Kaffee und aßen große Tortenstücke, und er sollte gleich hereinkommen und sich ein Stück Torte holen. Er stand dort, das Gesicht in einen der Pelzmäntel vergraben und atmete den Ledergeruch, in dem sich wie ein trübes Licht im Dunklen noch ein anderer schwüler oder süßlicher Duft verbarg, den er brauchte für seine Vorstellung, daß die Mutter und ihre Freundinnen nackt waren, wenn er gleich in ihr Zimmer trat.

War es das, was er sehen wollte? Oder noch einmal das, was er wirklich gesehen hatte: – seine Mutter in schwarzer Unterwäsche, die ihm einen langen, nach Alkohol duftenden Gutenachtkuß gibt. Sie hat gehört, daß er noch wach ist, und er soll schlafen, schlafen, sie hat noch Besuch. Und sie, die ihn plötzlich weckt und vor Angst bebend an sich zieht, weil sie zu hören glaubt, daß auf dem Balkon ein Einbrecher steht, der zu ihnen herein will. Warmer, rosiger, flaumiger Duft aus der Kerbe zwischen ihren Brüsten, durchzogen von einem Streifen Schweiß, in dem er die Augen schloß.

Es gab auch andere Eindringlinge, nachts. Er hörte nebenan ein unruhiges Rumoren und ein wildes schüttelndes Geräusch, dann ein unterdrücktes Stöhnen seiner Mutter und einmal einen langgezogenen heiseren Laut, der zu einem Wimmern zerschlagen wurde. Der Onkel war wieder da, immer unsichtbar, eine Gestalt im Dunkel. Aber er wußte, daß es der Bruder seines Vaters war. Er erkannte auch die Stimme, die sich senkte, wenn sie leise wurde, ein tiefes, dumpfes unverständliches Murmeln, auf das die Mutter leise und eifrig antwortete, manchmal auch mit einem erstickten Lachen.

So hatte sie nie mit dem Vater gesprochen. Ihre Stimme war zänkisch gewesen oder herrisch und kalt, und der Vater hatte kaum geantwortet, er war still und grau, eine graue erloschene Gestalt, die sich durch seine frühen nebelhaften Erinnerungen bewegte: der Vater am Tisch, stumm und mühsam essend, die schöne, weiße Hand des Vaters, die ihn flüchtig berührte, der Rücken des Vaters und sein Schweigen. Und nebenan spricht sie mit ihm, ihre erregte herrische Stimme drängt ihn in das Schweigen, und die aufgerissene braune Mundhöhle des toten

Vaters scheint, für immer vergeblich, um Hilfe zu schreien.
Auf einmal waren sie allein. Der Vater, eingeschlossen in den Sarg, wurde von einem leise rumpelnden Mechanismus in die Erde versenkt. Sie standen dort, er an der Hand seiner Mutter, traten vor und zurück. Der Onkel führte die schwarz gekleidete Mutter vom Grab weg und brachte sie beide wieder in die Wohnung. Gleich nach ihnen kamen viele Leute oder schienen schon auf sie gewartet zu haben, Verwandte, Nachbarn, mit besorgten Gesichtern. Die Mutter stand zwischen ihnen, und der Onkel. Jung war in sein Zimmer gegangen mit einem pochenden Gedanken im Kopf, den er nicht denken konnte.

Das Ungedachte durchdunkelte seinen Kopf wie eine Krankheit, und nicht lange danach war er tatsächlich krank geworden und hatte wochenlang auf Leben und Tod gelegen. Es begann im Hals mit Schluckbeschwerden und Schmerzen, die ihn drei Tage in der Wohnung hielten. Doch das war nur das Vorspiel oder ein Täuschungsmanöver, mit dem die Krankheit begann. Er glaubte, schon wieder gesund zu sein, er wollte am nächsten Tag in die Schule gehen, als er plötzlich am Abend wirr und unruhig wurde und ihn Schüttelfrost und wühlende, schädelsprengende Kopfschmerzen überfielen. Sein Nacken begann steif zu werden, die Krankheit bog ihm den Kopf nach hinten, verbog seinen schmerzenden Rücken wie einen Brückenbogen, ließ ihn die Beine anziehen, immer noch mehr, noch krampfiger, wenn man ihm unter den Kopf faßte, um ihn zurechtzurücken oder umzubetten. Nein, man durfte ihn nicht berühren, mußte leise sein, das Licht verdunkeln, denn er war angeschlossen an eine Schmerzmaschine, die überall ihre Tasten hatte. Schmerzhaft zuckende Lichtmuster und hämmernde Geräusche durchfuhren ihn, alles war eingehüllt von schwerer, dumpfer Benommenheit, und der Schmerz drehte sich dahinter um sich selbst, als wickle er alle Schmerzen zu einem riesigen Knäuel auf, der drehende Schmerzknoten bog Jungs Kopf weiter in den Nacken und bohrte ihn tiefer in das Kissen, als sei dort ein weicher Schoß, der ihn aufnahm auf einer langen, blinden Flucht. Plötzlich, mitten in der Nacht, mußte er sich aufsetzen, mußte hustend um Hilfe rufen, seine Nase hatte zu bluten begonnen, das Blut gerann hinten in seinem Hals, und als er es ausspuckte und es warm in das Handtuch strömte, das seine Mutter ihm in das Gesicht preßte, hatte er gespürt, daß es nicht lange mehr dauern würde, bis das Leben sich in ihm auflöste und wegschmolz, und er hatte sich ergeben ohne Angst, mit dem Gefühl, er bringe mit dem wachsenden dunklen Fleck etwas hervor, das alles aufwog, alles wieder gutmachte. Dann war ein Arzt gekommen und hatte ihm Tampons in die Nase gebohrt und ihm eingeschärft, daß er sie nicht berühren dürfe. Er lag auf dem Rücken, Tag und Nacht, die Tampons sogen sich voll mit Eiter, seine Lippen waren übersät mit kleinen platzenden Blasen, die Schmerzen wanderten aus dem Kopf in seine Schultern und die geschwollenen, kaum noch bewegbaren Handgelenke. Er war gefesselt worden von seiner Krankheit, preisgegeben der Widernis und dem Schmutz qualvoller Träume und dem Lärm der Vögel frühmorgens vor dem Fenster und der Eintönigkeit der Tage.

Er überlebte, man konnte sogar sagen, daß er gesund wurde. In der Schule hatte er Schwierigkeiten mit dem Schreiben. Die Worte zeigten sich nicht deutlich genug, sie hatten wechselnde Buchstaben, in immer ähnlicher, kaum unterscheidbarer Anordnung, die er wieder vergaß. Auch seine Schrift entgleiste, er befleckte seine Hefte, verschmierte sie. Dennoch gelang es ihm zu beweisen, daß er einer der intelligenteren Schüler war. Er war nur zu verschlossen, er mußte reger werden, stand auf seinem Zeugnis. Unter seinem Bett wuchs ein geheimer Pilzgarten, unsichtbar für alle, und die Pilze halfen ihm, wenn er sie darum bat. Doch er wußte, er konnte sich nicht oft an sie wenden, sonst würde sich ihre Kraft verbrauchen oder ihm wieder entzogen werden.

Auch seine Mutter war jetzt tot. Vor zwei Jahren war sie verraucht in den fauchenden Gasflammen des Krematoriums, und er hatte gehofft, nicht mehr an sie zu denken. Nicht mehr an die bedrohliche, verführerische Mutter seiner Kindheit, nicht mehr an die alt gewordene, einsame, kranke Frau, die ihn verfolgt hatte mit ihren Vorstellungen von seinem Aufstieg und Erfolg. Er hatte niemals mehr an sie denken wollen, niemals.

Als er hinter dem Friedhofsdiener hergeschritten war, der die Urne mit dem Aschenrest vor ihm hertrug, hatte er sich vorzustellen versucht, wie der Körper der Mutter in den Glutströmen der Verbrennungskammer schwarz wurde und sich durch seine plötzliche Austrocknung und Schrumpfung noch einmal aufbäumte, bevor er zerfiel. Er hatte dabei das Gefühl gehabt, auch seine Kopfhaut zöge sich zusammen und umschlösse seinen Schädel wie eine feste Kappe. Das war durchaus nicht unangenehm, denn es erinnerte ihn an das prickelnde Wohlgefühl, das er als Kind empfunden hatte, wenn die Hand seiner Mutter durch sein Haar gefahren war, um es zurechtzustreichen. Es war ihm immer so vorgekommen, als dächte sie dabei an etwas anderes und führe nur so über ihn hin.
»Dein Haar ist ja elektrisch«, hatte sie gesagt.
Es war genau der Tonfall gewesen, in dem sie einmal zu seinem Vater gesagt hatte: »Deine Haare stehn ja zu Berge.«
Der Vater hatte im Sessel gesessen, und sie war von hinten an ihn herangetreten und hatte zwei, drei Finger durch seine Nackenhaare bewegt. Dann sagte sie es: »Deine Haare stehen ja zu Berge. Das ist auch alles, was bei dir zu Berge steht.«
Jung hatte nichts verstanden, nur das versteinerte Gesicht des Vaters gesehen. Er hatte geglaubt, daß sie

ihn verhext habe durch einen geheimen Zauberspruch, den sie ihm in den Nacken zeichnete mit einer wohlklingenden, trägen und nachdenklichen Stimme.
Sie hatte Macht über den Vater, auch die Macht, ihn zu lähmen oder umzubringen, erst das eine, dann das andere.

Auch er hatte diesen Zauber gespürt, das betäubende Prickeln seiner Kopfhaut unter ihren Fingerspitzen. Er hatte immer den Kopf gesenkt.

Jung hatte den Kopf über den weißen Porzellanteller gesenkt und mit der Gabelzinke die Cremespuren zerkratzt, erst in der einen Richtung, dann in einer anderen, die die erste kreuzte. Er mußte Schluß machen. Schluß. Um etwas Neues anzufangen und nicht dieser Verminderung ausgesetzt zu sein, die er spürte.
Es war Donnerstag, Donnerstagnachmittag, morgen war Freitag. Als ob er aufgetaucht sei aus einem dünnen Schlaf, sah er Bäumler auf sich zukommen.

Es war ein gedämpftes, schläfriges Licht in dem Café, ein Fußboden in der Farbe einer verblaßten Fleischpastete, die Menschen an den kleinen Tischen fast reglos, wie eingebacken in die Stille. Ein Löffel mit Sahne verschwand in einem Mund, wurde blank herausgezogen. Die geschwollenen Füße einer älteren Frau standen unter dem Tisch, dicht daneben lag ein kleiner, kurzbeiniger Hund mit einem eckigen, hammerartigen Kopf, angebunden an ein Stuhlbein. Seine dunklen glänzenden Augen sahen zu Jung herüber. Der Hund verfiel in ein kurzes Hecheln, legte den Kopf wieder auf die Pfoten. Hinter den Schaufensterscheiben des Verkaufsraums gingen Menschen vorbei, lauter graue Halbfiguren. Schattenhaft und flach wie sie tauchte Bäumler hinter der Glastür auf, wurde einen Augenblick verdeckt durch zwei Frauen mit Kuchenpaketen, die nach draußen wollten, ließ sie vorbei und trat ein. Seine Augen suchten Jung, während er näherkam.

Bäumler kam zwischen den Tischen mit seinem unternehmerischen Schritt auf ihn zu, ein Mann in einem braunen Ledermantel mit hochgeschlagenem Kragen, doch er war der Bote des Unglücks, dem die Vorahnung entgegenläuft. Irgend etwas stimmte nicht, er trug das auf dem Gesicht. Es war nicht faßbar, nicht festzustellen. Wenn sein nichtssagend hübsches Gesicht überhaupt etwas ausdrückte, war es Verärgerung.

Bäumler zog den Mantel aus und hängte ihn an einen Garderobenhaken. Er hatte sich umgezogen, trug den dunkelblauen Blazer mit den silbernen Initialen im Knopfloch A B wie Achim Bäumler, ein Geschenk einer seiner Freundinnen. Er rieb sich die Hände, als seien sie kalt, und setzte sich.

»Es hat nicht geklappt«, sagte er, »beide Termine sind geplatzt.«

Das war nichts Besonderes. Es war nichts Besonderes geschehen.

Jung sagte sich das schnell, als müsse er gleich festlegen, wie alles, was Bäumler berichten würde, zu bewerten sei. Es war nichts Besonderes. Nur vielleicht, daß an einem Tag zwei Termine ausfielen. Das sah wie eine Verabredung aus, obwohl das ganz undenkbar war. Der Mann in Langenhagen und der in Wunstorf kannten sich nicht. Sie hatten nur beide darüber zu bestimmen, ob in den Aufenthaltsräumen ihrer Firmen Spielautomaten aufgestellt werden durften oder nicht. Der eine war Kantinenpächter, der andere Personalchef, und der eine war plötzlich krank geworden, der andere mußte plötzlich verreisen. Ein dummer Zufall, von dem er sich genarrt fühlte, wie durch den billigen Trick eines Taschenspielers, der allerdings nicht wußte, daß er an jemanden geraten war, der das nicht gut vertrug.
Bäumler hatte sich schon umgezogen. Er wollte wahrscheinlich gleich losfahren und war nur noch gekommen, um ihm Bescheid zu sagen.
Das kam ihm wie Verrat vor, obwohl er sich wunderte, daß er dem Vorgang diese Bedeutung gab. Ja doch, es war so, es war ein einziges geisterhaftes Manöver, mit dem das Feld wie auf Verabredung um ihn herum geräumt wurde, bevor er es begriff.
Er stand auf einmal allein da, unvorbereitet, nicht auf etwas Bestimmtes, es gab nichts Bestimmtes, womit er zu rechnen hatte, sondern nur diesen geschenkten leeren Tag.

Wie sicher Bäumler mit seinem Leben umging. Schon war er umgezogen, bereit zu etwas Neuem. Wahrscheinlich hatte er seine Freundin in Celle angerufen, und sie hatte geantwortet: »Gut, ich freue mich, komm gleich her.«
Sie würden zu zweit zu Abend essen und ins Bett gehen.
Jung konnte ihm die Ungeduld ansehen, wie er da vor ihm saß, eine Tasse Kaffee bestellte und dabei auf die Uhr blickte, und vielleicht merkte Bäumler das und fragte deshalb, was er jetzt tun würde.
»Fährst du nach Hause? Du kannst noch einen guten Zug erwischen.«
Das hatte er also auch schon geprüft, was nebenbei hieß, daß er den Wagen behalten wollte. Es war längst ausgemacht zwischen ihnen, daß Jung nicht gerne fuhr und Bäumler verantwortlich für den Wagen war. Diesmal hätte Jung den Wagen gerne gehabt, es wäre ein Ausweg gewesen, sich morgen oder heute noch ins Auto zu setzen und einfach loszufahren, ohne bestimmtes Ziel. Da er aber nicht sagen konnte, wo er hin wollte, sagte er nichts. Sogar Bäumler konnte ihn erdrücken, wie alle Leute, die keine Zweifel hatten und wußten, was sie wollten.

Er bemühte sich, gleichgültig auszusehen, undurchschaubar, er sehnte sich nach dem Alleinsein und hatte Angst davor.
Gleich, wenn Bäumler seinen Kaffee ausgetrunken

hatte und aufbrach, begann eine Zeit ohne Anhaltspunkte, leer und gestaltlos, er mußte da hindurch auf irgendeine Weise, bis sie sich Sonntagabend in Hamburg in einer Pension treffen würden, um am nächsten Tag ihre Reise fortzusetzen.
Ahnte Bäumler etwas von seiner Angst oder wollte er nur noch einmal sein Anrecht auf den Wagen befestigen? Oder weshalb sprach er so dringlich, so überredend auf ihn ein?
Es sei ein D-Zug, bequem für ihn erreichbar, wenn er nachher gleich ins Hotel ginge und sein Gepäck holte. Das Zimmer sei freilich nicht mehr abzubestellen, er habe seins auch bezahlen müssen. Aber hier hinge man doch nur herum, und Jung könne gegen 21 Uhr in Köln sein.
Lächelnd hatte er hinzugefügt: »Dann kannst du deine Frau überraschen.«

Nein, so konnte er es nicht gesagt haben. Er mußte gesagt haben: »Das wäre doch eine Überraschung für deine Frau.«

Dann kannst du deine Frau überraschen.
Dann kannst du deine Frau überraschen.
Es war das, was er nie denken wollte, was er seit Jahren umgangen hatte, in immer weiteren Kreisen, wie auf einer sich öffnenden Spirale, eine Bewegung, die wegstrebte von ihrem Zentrum, von dem sie allerdings immer noch festgehalten wurde, so daß die Flucht im Kreis weiterging und nun auf einmal wieder nach innen führte.

Du kannst deine Frau überraschen!
Aber ich weiß es ja, sagte er sich, ich weiß es ja, hab es ja immer gewußt.

Unschlüssig, was er tun sollte, und unfähig nachzudenken, ging Jung durch die dunkle Stadt, die jetzt, kurz vor Geschäftsschluß, erfüllt war von Menschen. Seit Bäumler sich von ihm verabschiedet hatte, war er ruhelos unterwegs. Zuerst war er im Bahnhof gewesen und hatte die Abfahrtszeiten der Züge studiert, ohne sich eine der Zahlen merken zu können, sie fielen durch seinen Kopf wie Münzen in einem defekten Automaten. Schließlich war er zur Information gegangen und hatte sich einige Züge aufgeschrieben, und mit dem Zettel in der Tasche hatte er sich auf den Weg zum Hotel gemacht. Kurz bevor er es erreichte, fühlte er sich angehalten und blieb stehen, und ohne weiteres Nachdenken ging er ein paar Sekunden später zur Innenstadt zurück. Es war ein Zwang, dem er unbedingt folgen mußte, erst danach fühlte er sich besser. Es wird nichts passieren, dachte er, ich muß mich nur den Abend über in dieser Stadt halten, das ist alles, was ich tun muß, hier bleiben, in Bewegung bleiben, gehen.

Du kannst deine Frau überraschen!
Er würde ankommen, leise die Tür aufschließen, durch den Flur, das Wohnzimmer in das angrenzende Zimmer gehen und in ihre erschrockenen Augen blicken. Oder er würde ihr Stöhnen, ihr geiles

Geflüster schon an der Tür hören, er würde eintreten und im Türrahmen stehenbleiben, ohne Waffe, mit bloßen Händen. Er würde den Mann auffordern zu gehen, um mit ihr allein zu sein. Sie würden allein sein. Oder nein, sie wäre nicht da. Er würde in einem der beiden Sessel sitzen und auf sie warten. Tief in der Nacht würde sie zurückkommen. Er hätte die Sicherung ausgeschaltet, und sie würde in der Küche nach den Streichhölzern oder einem Licht suchen. Aus dem Dunkel heraus würde er sie ansprechen. Komm herein, würde er sagen. Nein, nein, er würde das Licht anlassen und einfach da sitzen, wenn sie eintrat, er würde wortlos zusehen, wie sie mit dem Schauspiel ihrer Lügen begann. Sie würde bald obenauf sein wie immer, sie würde ihn beschimpfen wie immer.

Wieder war er beim Bahnhof angekommen und betrat die Halle. Er ging an den Fahrkartenschaltern vorbei und kaufte sich bei einem Schnellimbiß ein Schinkenbrötchen und eins mit Käse, dazu eine Flasche Bier, das er aus einem Pappbecher trank. Kauend und in kleinen Schlucken trinkend hörte er die hallenden Lautsprecherdurchsagen, die das Ein- und Abfahren der Züge meldeten. Der Bahnhof war ein fremdes Schauspiel, ohne Bezug zu ihm. Alles war in Bewegung, er stand still, kauend und trinkend, er mußte nichts tun. Es war so selbstverständlich, daß er beinahe lachen mußte.

Er versuchte dieses Gefühl festzuhalten und ging zum Hotel zurück. Der Portier war abgelöst worden. Jetzt empfing ihn ein alter weißhaariger Mann mit großen braunen Altersflecken an den Handgelenken, die Jung sofort auffielen, als er den Schlüssel entgegennahm. Ihm schien, daß diese Handgelenke etwas mit der Nacht zu tun hatten, mit der Nacht und ihren unerwarteten Träumen, sie teilten die Schlüssel zu den Schlafzimmern aus.
Schlafzimmer – ein seltsames Wort. Er zögerte noch.
»Möchten Sie morgen geweckt werden?« fragte der alte Mann.
Nein, nein, das nicht. Aber er hätte gerne noch etwas zu trinken, eine Flasche Bier.
»Ich schicke sie Ihnen auf's Zimmer«, sagte der Portier.
Jung bedankte sich und ging auf die Fahrstühle zu. Auf der Hälfte des Weges blieb er stehen und fragte: »Gibt es einen Fernsehraum?«
»Gleich hinter der Treppe«, sagte der Portier. »Es ist ein Münzapparat. Sie müssen eine Mark einwerfen.«
»Danke«, sagte Jung.
Er ging zurück zu der Portiersloge und gab dem Mann ein Trinkgeld. Das Bier ließ er in den Fernsehraum bringen.

Dort saß er allein im Halbdunkel in einem tiefen Sessel, vor sich einen kleinen Tisch, auf dem sein Bier und der Aschenbecher standen, und sah einen Film über eine amerikanische Kunstflugstaffel. Es waren Phantomjäger, über 2000 Stundenkilometer schnell, die in Sechserformation, dicht wie ein einziger Flugkörper über den Himmel rasten, plötzlich wie ein explodierendes Schrapnell auseinanderflogen und im Sturzflug auf die Erde zuschossen, kurz vorher aufgefangen und wieder hochgerissen wurden, in fast senkrechtem Steilflug, bis die Schubkraft der Triebwerke erschöpft war und sie wieder abkippten. Neue Formationen bildeten sich, nebeneinander, übereinander, die kurzen Tragflächen oder die Heckflossen berührten sich fast, ein Bündel riesiger weißer Kondensstreifen riß der Schwarm hinter sich her. Manchmal sah man auch Aufnahmen aus dem Cockpit einer Maschine heraus, sah eine andere aus der unbestimmten Ferne des Himmels näherkommen wie ein schnell wachsendes Riesengeschoß und dicht vorbeischießen in tödlicher Schwärze. Und dann war die Erde da, nicht die ruhende Erde, sondern eine taumelnde, heranrasende oder schwindende Erde, sich ausdehnend oder schrumpfend, eine runzlige Fläche, die sich aufrichtete und zu einer schiefen Ebene, einer senkrechten Steilwand wurde, sekundenschnell über den Kopf wegrutschend als ein sausendes, drehendes Dach, und die jetzt die Erde des Tiefflugs war, eine heranschnellende, wegfetzende endlose Riesenhaut, die auf einen unsichtbaren, reißenden Mechanismus zulief, einen fressenden Abgrund. Auch die Piloten waren zu sehen, die Köpfe umschlossen und aufgewölbt von dunklen, kappenartigen Helmen, fest angelehnt an die Nackenstützen, über sich das Plexiglas der Kanzel, durch das man das strudelnde Gewölk der Kondensstreifen sah. Die schnell wechselnden Gesichter der Piloten schienen fast alle gleich zu sein, sie waren starr geradeaus gerichtet und wurden von unbewußten Kaubewegungen durchlaufen, ein gebogener schwarzer Bügel führte zum Mund wie eine Nabelschnur und machte sie zu lurchartigen Wesen in der Ekstase einer beginnenden Geburt.

Wie gut, dachte Jung, wie gut. Es gab keinen Tod, und doch konnte er ihn erwarten, jeden Augenblick, das Zerschellen und Zerfetztwerden, die explodierenden Rümpfe, die Flammen, eine Entladung in der Luft. Nein, es gab keinen Tod in den Bildern, nur der Rolltitel zum Schluß des Films zeigte kleine Kreuze hinter den vier letzten der zehn aufgezählten Piloten.
Gleich danach lächelte eine Ansagerin auf dem Schirm. Sie kündigte einen Kriminalfilm aus einer Serie an, die Jung kannte. Er sah unbeteiligt zu. Ein reicher Häusermakler war ermordet worden, und es gab viele Verdächtige, denn es stellte sich bald heraus, daß er nicht nur ein rücksichtsloser Geschäftsmann war, sondern auch seine kranke Frau betrog und einen verstörten Sohn hatte. Jung stand zwischendurch auf und ging zum Portier, um eine neue Flasche Bier zu bestellen, und als er zurückkam,

hatte er den Zusammenhang verloren, aber es kam nicht darauf an. Er saß da, eingesunken in den Sessel und ließ das Bier in langsamen Schlucken in sich hineinrinnen. Die Bilder vor ihm wechselten ohne Übergang, eine zuckende Welt von bekannten Posen, Gesten, Gesichtern, Bewegungen und Stimmen, die zuverlässig einander antworteten und ein Netz sponnen, das sich grau und nur ein wenig undeutlicher fortsetzte, wenn man vorübergehend die Augen schloß.

Die Zeit vergeht, dachte Jung, dieser Tag ging zu Ende, und die Züge in Richtung Westen waren fort. Sie rauschten durch die regnerische Dunkelheit mit ihren erleuchteten Abteilen, in denen stumme, schläfrige Menschen saßen, man sah sie hinter den grauen Scheiben von den Bahnsteigen aus, an denen der Zug hielt, sah sie während der Fahrt als kleine, graue Silhouetten schnell vorbeiziehen und verschwinden. Er war nicht darunter, er saß hier im Halbdunkel, unerkennbar und unbedeutend für die heimkommenden Hotelgäste, die manchmal eine Minute stehenblieben, auf den Bildschirm starrten und wieder fortgingen. Der Film fesselte sie nicht mehr, er ging schon zu Ende. Der Täter war ein ehemaliger Angestellter des Maklers, ein unauffälliger Mensch. Man sah den Kommissar nach der Entlarvung des Täters mit einem müden Gesicht davongehen.

Die Tagesschau begann mit dem wandernden Sekundenzeiger und einem sanften Gongschlag, und im selben Augenblick sah Jung die Ecke des Zimmers in seiner und Ellens Wohnung, in der der Fernsehapparat stand. Er sah es mit verschwimmenden Rändern, doch im Zentrum stand deutlich auf einem kleinen Tisch das alte Schwarz-Weiß-Gerät, und dahinter an der Wand mit der verschossenen Tapete hing der Wechselrahmen mit den Ansichtskarten von ihren Reisen. Die Spannung des Rahmens hatte sich gelokkert, und die Karten waren teilweise übereinander gerutscht. Alles war so greifbar, daß er ohne tieferes Erstaunen und ohne Zweifel glaubte, er würde gleich mehr sehen. Aber das Bild erlosch mit dem Klang des Gongschlags. Er hatte nur gesehen, daß der Fernseher nicht angeschaltet war. Und in der immer noch unbezweifelten Gewißheit, Einblick gehabt zu haben in eine andere Gegenwart, dachte er, sie ist nicht zu Hause.

Sie war fortgegangen. Sie würde später zurückkommen. Immer noch fuhren die Nachtzüge, er konnte vor ihr in der Wohnung sein und sie erwarten.

Jung sah unverwandt auf den Sprecher der Tagesschau und die kurzen Bildberichte. Was war los in der Welt? Nichts, was er kannte, nichts, was ihn berührte. Ein Gewerkschaftskongreß, hoher ausländischer Besuch in Bonn, ein berühmter Wissenschaftler war gestorben, Jung kannte ihn nicht, die Polizei zerstreute eine Demonstration, ein Massenunfall auf der Autobahn, von dem nicht viel zu sehen war. Die Wetterkarte. Niederschläge waren zu erwarten, teilweise Nebelbildung, in den höheren Lagen

Schnee. Auch das gab es, Dunkelheit, nasse Erde, kahle Bäume, Schneefall. Das Programm wurde fortgesetzt.

Jung stand auf, suchte die Toilette und als er zurückkam, ging er zu dem Nachtportier, der in einem kleinen Kühlschrank Getränke für späte Gäste aufbewahrte. Er ließ sich eine neue Flasche Bier geben.
»Möchten Sie auch eine?« fragte er.
»Danke, mein Herr«, sagte der alte Mann, »ich trinke nicht im Dienst, es ist nicht erlaubt, und es macht mich auch schläfrig.«
»Müssen Sie oft Nachtdienst machen?« fragte Jung.
»Ich mache es freiwillig«, sagte der Portier mit einer heiseren, bröckeligen und zu hohen Stimme. »Seit meine Frau vor einem Jahr gestorben ist, bin ich nachts lieber hier, als in der Wohnung. Wirklich, ich kann am Tag viel besser schlafen als in der Nacht.«
»Kann ich verstehen«, sagte Jung.
»Jeder hat seine Angewohnheiten, nicht? Ich fühle mich ganz wohl hier.«
Jung nickte. Die rot geränderten Augen in dem blassen blutleeren Gesicht sahen ihn an mit einem trüben Blick, der nichts von ihm wollte. Auch auf der Stirn hatte der Nachtportier braune Altersflecken, allerdings nicht so viele wie auf den Händen, sie zogen sich hin bis in den Ansatz des dünnen, weißen Haares.

»Sind Sie verheiratet, mein Herr?«
»Nein«, sagte Jung.
Nicht aus Interesse, sondern nur, weil Jung noch da stand, fragte der alte Mann: »Was läuft noch im Fernsehen?«
»Ich weiß nicht, irgendein Reisebericht.«
»Früher bin ich viel gereist mit meiner Frau.«
»Ja«, sagte Jung, als wisse er das. Und als müsse er eine Entschuldigung vorbringen, daß er nicht weiterfragte, nahm er die Bierflasche und sagte: »Ich werde mich noch ein bißchen davorsetzen.«

Irritiert ging Jung in den Fernsehraum zurück und vergrub sich wieder in seinem Sessel. Es war ihm unmöglich gewesen zuzugeben, daß er verheiratet war. Als der alte Mann ihn danach fragte, hatte er gespürt, wie er zurückscheute und hatte es ohne nachzudenken geleugnet. Erst jetzt begriff er, wogegen er sich gewehrt hatte. Nicht gegen die fremde Neugier, sondern gegen seinen eigenen, plötzlichen, überraschenden Wunsch, dem alten Mann zu gestehen, weshalb er hier saß und sich betrank, sein ganzes Leben, sein Elend in einem Schwall von Selbstmitleid vor ihm auszubreiten. Ja, er war weich geworden, hatte schlappmachen wollen. Für ein paar verständnisvolle Floskeln und ein greisenhaftes Kopfnicken wäre er bereit gewesen, sich mit Geständnissen zu erniedrigen.
Sind Sie verheiratet, mein Herr?
Ja, aber ich bin viel unterwegs. Sie können sich denken, wie das ist.

Nein, niemand konnte sich etwas denken, niemand dachte etwas. Und wahrscheinlich war das das Beste, die einzig mögliche Ordnung der Welt.
Jung starrte auf den Bildschirm, auf dem ein Reisebericht über die Türkei lief. Vielleicht war es auch Persien, die östliche Türkei oder Persien, er hatte es nicht mitbekommen. Immer sicherer glaubte er zu wissen, daß Ellen nicht zu Hause war. Sie war auf ihrer Nuttentour. Sie lag mit einem Liebhaber oder einem Kunden im Bett oder sie war in einen der Kontaktclubs gegangen, die immer häufiger in den Zeitungen inserierten. Privater Partykreis sucht noch einige attraktive Damen. Oder einfach: Privatpartys und die Telefonnummer. Immer mußte er an Veltli denken, wenn er sich das vorzustellen versuchte, Veltli in einem weißen, flauschigen Bademantel, duftend nach teurem Rasierwasser, mit dem selbstgefälligen Lächeln des reichen Mannes, der wußte, daß sich alles kaufen ließ.
Irgendwo hatte er gelesen, daß die Sexclubs eine Angelegenheit reicher Leute seien, erfolgreicher Männer mit Familie, die da unter sich waren in einem Bungalow am Stadtrand mit verdecktem Parkplatz, ausgestattet mit Sauna und Bar und einem Haufen halbnackter, junger Frauen, von denen man nur die Vornamen wußte, mit denen man sie gönnerhaft anredete. Ellen. Sie wurde auch dort Ellen genannt. Man rief vorher an, ob Ellen besetzt sei, man ließ sich einen Abend mit Ellen reservieren, man hatte sie im Abonnement.

War es so? Vielleicht.
Manchmal fühlte er sich gleichgültig werden, wenn er sich vorzustellen versuchte, was sie tat. Es war auf einmal so, als erzähle er sich eine andere Geschichte, eine fremde und immer schon bekannte, und er merkte, daß er sie auszuschmücken begann, um nicht an etwas anderes, Unerträgliches denken zu müssen, das dahinter verborgen war, wie leise Stimmen in einem verschlossenen Zimmer, ein tiefes Stöhnen hinter der Wand. Immer, wenn es sich zu regen begann, schnellte er davon weg, sperrte sich, suchte anderswo, oft dicht daneben, wieder anzufangen.

Bäumler fiel ihm ein, der jetzt bei seiner Freundin in Celle war und vielleicht von ihm erzählte, von dem Kollegen, der von seiner Frau betrogen wurde und es nicht zu wissen schien.
Oder glaubte Bäumler, daß er es wußte und sich damit abfand? Er hatte ihn fast gedrängt, nach Hause zu fahren, hatte sogar den Zug für ihn herausgesucht. Vermutlich hatte er nur wissen wollen, wie er reagierte.
Dann kannst du deine Frau überraschen.
So mußte er es gesagt haben. Oder gerade nicht, vielleicht hatte er den harmlosen Ausdruck vorgezogen, um ihn zu verhöhnen, so daß er jetzt seiner Freundin erzählen konnte, er habe ihn auf den Weg geschickt mit der Bemerkung: Das wäre doch eine Überraschung für deine Frau.

Nein, das stimmte nicht, niemand dachte an ihn, Bäumler nicht, Ellen nicht, auch nicht der Portier, der in seiner Loge vor sich hindöste, während er hier saß und wartete, daß die Zeit verging, und zugleich fürchtete, daß das Programm gleich zu Ende war und er aufstehen mußte, um irgend etwas zu tun. Schlafen vielleicht, ja schlafen, die einzige Möglichkeit, eine Zeitlang nicht da zu sein, außer in den Träumen. Gleich mußte er in sein Zimmer gehen und zu schlafen versuchen. Die Schlußmusik des Films hatte schon begonnen, in der Portiersloge summte leise das Telefon, und der Portier sagte etwas und legte auf.
Eine Lähmung ergriff Jung, es war das eigene Gewicht, das zu einer unbewegbaren Last wurde. Wieder drehte sich der dünne, helle Zeiger auf den Scheitelpunkt des Zifferblattes zu, und der Gong ertönte. Der Nachrichtensprecher saß zuverlässig an seinem Tisch. Dort lief alles zusammen, was die Menschen für wichtig hielten: der Gewerkschaftskongreß, der hohe ausländische Besuch in Bonn, der Tod eines Wissenschaftlers, Polizei, die eine Demonstration zerstreute, ein Massenunfall auf der Autobahn. Von ihm aus brauchten sie nie etwas anderes zu senden, es war eine gute Zusammenstellung.
Jung trank den Rest des warm gewordenen Biers aus der Flasche und starrte auf die Wetterkarte und ihre kleinen beweglichen Zeichen, die Regen, Schnee und Nebel bedeuteten. Noch einmal erschien der Sprecher und wünschte eine gute Nacht. Eine zärtliche

Musik ertönte, während der Rolltitel mit den Programmen von morgen über den Bildschirm lief, und harmonisch kamen Bewegung und Musik an ein Ende. Die Schrift »Sendeschluß« füllte das Bild. Wenn man das helle, rauschende Flirren nicht mehr sehen wollte, mußte man jetzt aufstehen und abschalten.

Da war es. Es war dieselbe Marter wie das Feilen und Raspeln von Fingernägeln. Es war auch das Fauchen der Brennkammer, das Zerstäuben der Materie in einem weißen Feuer. Wenn er die Augen schloß, konnte er es sehen, der schwarze, zusammenschrumpfende Körper krümmte sich, bäumte sich auf und zerfiel, und nun war nichts geblieben als dieses rasende, nichtige, fein verteilte Flirren.
Morgen. Morgen. Was für ein blinder Glaube, morgen zu leben. Was für eine Zumutung anzunehmen, daß man immer weitermachte.
Schwerfällig stand Jung auf und schaltete das Gerät aus. Das zittrige, sprühende Licht schrumpfte zusammen und verschwand, und einen Augenblick rührte er sich nicht, als sei auch in ihm etwas ausgelöscht worden und er müsse warten, daß sich die Leere wieder füllte.

Er ging in sein Zimmer und schloß sich ein. Im Waschzeug lag das kleine Glasröhrchen mit den Schlaftabletten. Er schüttete zwei in seine hohle Hand, steckte sie in den Mund und spülte sie mit einem Schluck Wasser herunter. Jetzt hatte er Zeit, sich langsam auszuziehen. Wenn sein Kopf zu veröden begann, wollte er im Bett liegen, um die Betäubung nicht durch Bewegungen zu stören. Die zwei Schlaftabletten mußten zusammen mit dem Bier ausreichen, ihn stillzumachen für die Nacht und vielleicht noch den halben Morgen. Er durfte nicht mehr auf sich achten, auf dieses tränenlose, leere, erstickte Gefühl, das in ihm festsaß wie ein quälender Keil. Auch das würde stumpf werden und sich lösen.

Er trödelte ein wenig, saß auf der Bettkante und zog die Schuhe von den Füßen, tappte herum und sah sich im Spiegel. Was fehlte noch? Die kleine Blechschachtel mit den rosa Wachskugeln stand dort bereit. Er nahm zwei heraus, knetete sie weich und stopfte sich die Ohren zu. Die hörbare Welt zog sich auf seinen Kopf zusammen und war erfüllt von einem dunklen Rauschen. Vielleicht war es besser, das Fenster aufzumachen, weil er bei dem schweren Tablettenschlaf oft Schwierigkeiten mit dem Atmen hatte und davon erwachte. Er trat ans Fenster und sah unten den trüben Lichtschimmer einer Hoflampe, gegenüber die leblosen, besenartigen Umrisse von zwei Pappeln, die er nur erkannte, weil er sie am Tage gesehen hatte, und dahinter die unbeleuchtete Masse des Hinterhauses. Niemand schien noch wach zu sein, und wie oft in schlaflosen Nächten, stellte er sich vor, im ganzen Haus, in der ganzen Stadt gäbe es keinen Menschen mehr, und er sei der letzte Bewohner der Erde. Er hatte sich daran gewöhnt, diesen

Gedanken so flüchtig zu denken, daß er keinen Schrecken hervorrief, sondern ihn nur beruhigte, als sei ihm versichert worden, daß niemand etwas von ihm wolle.
Es schien zu regnen. Da er nichts hören konnte, hielt er die Hand hinaus und spürte, wie sie naß wurde. Er ging ins Zimmer zurück und glaubte zu merken, wie sich die erste Dünung des Schlafes näherte. Aber es war nichts, und das Zimmer erschien ihm jetzt sehr hell. Ich werde mich gleich hinlegen, dachte er, doch da war noch etwas, das ihn beunruhigte, irgendein unsichtbarer Rest, nur die beginnende Betäubung hinderte ihn daran, es zu finden. Gut, es war gleichgültig, er machte das Licht aus und legte sich hin. Als erstes kamen die Möwen, ein kreischender Schwarm. Als sie in weitem Bogen zurückkamen, hatten sie keine Stimmen mehr. Er wachte auf mit trockenem Mund und verstopfter Nase und mußte Wasser trinken, und als er am Waschtisch stand, wußte er, was er suchte: es war der Zettel mit der Adresse der Frau, den er in den Papierkorb geworfen hatte. Er tastete danach zwischen zusammengeknülltem Papier und Apfelsinenschalen, und fand ihn, er war noch da. Zuerst legte er sich hin und dann las er ihn. »Bitte besuch mich mal«, stand da, und er dachte, das werde ich tun, morgen oder nein heute noch. Er schob den Zettel unter den Fuß der Nachttischlampe und löschte das Licht. Morgen oder nein heute noch. Fast sofort schlief er wieder ein.

4

Über allem lag jetzt ein Schleier, den er nicht wegziehen konnte, auch nicht, wenn er es versuchte durch eine innere Anspannung seiner Kräfte oder wenn er den Kopf bewegte, einmal kurz hin und her, als könne er es abschütteln. Es entsprach dem Gefühl, daß seine Person sich versteift habe, oder gerichtet worden war auf das Ziel zu, dem er entgegenfuhr. Die Stimme der fremden Frau hatte das hervorgerufen oder auch der eigenartige Klang seiner eigenen Stimme, als er ihr antwortete, beide Stimmen hatten fremd geklungen, doch seine anders als ihre, die ihm nur unvertraut war, seine hatte unecht geklungen, obwohl sie nicht ungeschickt sprach. Wenn er es richtig bemerkt hatte, dann war ihre Stimme durch ihn hindurch gegangen und hatte seine Stimme von ihm abgetrennt, so daß sie an seiner Stelle das Gespräch mit der Frau geführt hatte, er hatte nur zugehört. Nein, nein, nicht ganz so, alles war wieder zusammengekommen im Verlauf des Gesprächs, nur im Augenblick hatte er sich gespalten gefühlt, als sie ihn plötzlich duzte.

Viel hatte er nicht geantwortet, denn er war beherrscht von dem Gefühl, daß etwas auf ihn eindrang, gegen das er sich zur Wehr setzen mußte, um nicht erdrückt zu werden. Schließlich hatte er gesagt, er würde wieder anrufen, wenn er seine Ankunftszeit wüßte. Er brauchte unbedingt die Bestätigung, daß er den Kontakt unterbrechen konnte, und hatte im ersten passenden Moment den Hörer auf die Gabel gedrückt und dort einen Augenblick festgehalten. Seine Hand zitterte unmerklich bis ins Handgelenk. Er beobachtete es an dem abgespreizten Daumen, der nicht auf dem Hörer auflag, es war völlig gleichmäßig, ein schnelles gleichmäßiges Schlagen, das er nie willkürlich hätte erzeugen können und das zusammenhing mit der Leere in seinem Kopf, der Stille oder sogar Dunkelheit seines ganzen Körpers, aus der er nach Sekunden auftauchte mit dem überraschenden, jetzt erst begreifbaren Gedanken, daß er tatsächlich für dieses Wochenende verabredet war, und vor allem, daß er es war, der das zustande gebracht hatte, ruhig und offenbar beruhigend sprechend, als wäre er ein Routinier. Ich brauche nicht hinzufahren, sagte er sich, nachdem er schließlich die Hand vom Hörer genommen hatte, sie kann mich nie erreichen, nie wiederfinden, ich brauche es nicht zu tun. Es hatte ihn oberflächlich beruhigt, das zu denken, aber das Gefühl der Fremdheit hatte sich verdichtet, und auf einmal hatte er den Eindruck gehabt, daß über allem ein Schleier lag.

Es war nichts, was er sehen konnte. Wenn er seine Aufmerksamkeit auf einen Gegenstand richtete, war nichts Auffallendes an ihm. Es war aber trotzdem da als eine Fremdheit und starre Entrücktheit der Welt, die ihm von überall her nur eins sagte: Du kannst nicht hineingelangen. Es war eine Welt ohne Anhaltspunkt und Ausweg, durch die er sich bewegte, wie jemand, der an einem gespannten Seil entlanggeht, das die einzige für ihn gangbare Fährte bezeichnet, und manchmal konnte man auch glauben, daß er an das Seil gefesselt war und nicht zu dem Ziel vorzudringen versuchte, sondern von ihm gezogen wurde.

»Also gut, komm, ich freu mich«, hatte sie gesagt.

Sofort hatte er sich selbst versichert, daß er es nicht tun müsse, daß sie keine Macht habe, ihn zu zwingen. Doch das schien nicht wahr zu sein, denn er hatte es nicht mehr fertig gebracht, sich etwas anderes vorzustellen, so daß alles, was er tat oder tun konnte, ihn weiter in diese einzige Richtung führte: Er packte seinen Koffer, er bezahlte das Zimmer, er verließ das Hotel, er fuhr zum Bahnhof, er löste eine Fahrkarte, er saß im Zug.

Fest in die Ecke seines Fensterplatzes gedrückt, als suche er dort eine spürbare, nicht anfechtbare Gegenwart, hielt sich Jung die Gründe vor, die seine Verabredung für das Wochenende vernünftig erscheinen ließen. Er tat schließlich nur, was alle taten, er tat das Übliche. Wenn Ellen sich herumtrieb, warum sollte er nicht diese Frau besuchen? Wenn Bäumler das Wochenende bei einer Frau verbrachte, warum er nicht auch? Jeder, der sein Leben kannte,

mußte erwartet haben, daß er sich einmal aufraffte, Gleiches mit Gleichem zu vergelten. Es war die längst fällige Antwort auf Ellens dauernden Verrat, und es würde ihm auch helfen, Bäumlers Geschichten besser zu ertragen.
Am Sonntagabend in Hamburg werde ich auch etwas zu erzählen haben, sagte er sich und versuchte ein Lächeln der Genugtuung auf sein Gesicht zu bringen. Es fühlte sich falsch an, wie eine weinerliche Grimasse, und verschwand wieder, als würde es fortgeblasen. Ohne es zu verstehen, wußte er plötzlich, daß er sich auf einer Reise befand, von der er nie einem Menschen etwas erzählen würde.

Er saß still, ausgeliefert an das Fahren. Das hohle, rollende, sausende Geräusch umschloß das Abteil und trug es mit sich fort.
Niemals würde er erzählen, niemals.
Allmählich schrumpfte das wieder zusammen auf einen vernünftigen Kern: Niemand wußte, wo er war. Niemand konnte später herausfinden, wo er gewesen war. Er brauchte nie etwas zu sagen. Noch immer war das Fahren eine Überrumpelung, als würde er oder auch nur sein Körper von der Bewegung des Zuges gegen seinen Willen fortgerissen, und ein unbestimmbarer Rest seiner selbst, das Denken oder das Gefühl, hatte Mühe zu folgen. Momentweise kam es ihm so vor, als säße nicht er hier, sondern ein anderer unerkennbarer Reisender, so unansprechbar und undeutlich wie eine Traumgestalt. Die fremde

Gestalt fuhr an seiner Stelle dem Ziel entgegen, das nicht sein eigenes war. Sie tat für ihn, was getan werden mußte, da es einmal begonnen hatte.

Jung starrte auf seine Knie, auf den grauen, grobgewebten Stoff seiner Hose, von dem sie umhüllt waren. Das waren Teile seiner selbst, aber er sah sie abgelöst von seinem Körper, aus dem er herausblickte und der für ihn unsichtbar war. Ja, man sah sich nicht, außer im Spiegel, die meiste Zeit blieb man sich selbst verborgen und sollte doch glauben, daß man es war. Kaum eine Handbreit von seinen Knien entfernt standen, umhüllt von braunem Hosenstoff, die Knie des Mannes, der ihm gegenübersaß. Wenn sie sich berühren würden, könnte er spüren, daß dort ein anderes Leben begann.
Er und der andere Mann waren nicht vertauschbar, obwohl der andere ungefähr so alt, so groß und so schwer wie er sein mochte. Aber sonst war alles anders, sein Leben war anders, jeder von ihnen hatte ein anderes Ziel. Er konnte dem Mann nicht ansehen, wo er hinwollte, wie man auch ihm nicht ansehen konnte, daß er unterwegs war, um ein Wochenende mit einer fremden Frau zu verbringen, die er sich immer weniger vorstellen konnte, fast so als gäbe es sie nicht oder als sei sie nur eine gebieterische Stimme, die mehr in ihm als außerhalb von ihm gesprochen hatte und ihm befohlen hatte zu kommen.

Der Mann auf dem Sitz gegenüber schlief. Er war in Hannover gleich nach ihm ins Abteil gekommen, hatte seinen Mantel in die Ecke gehängt und ihn, sobald er saß und der Zug zu fahren begann, vor sein Gesicht gezogen. Jetzt war der Mantel zur Seite gerutscht und gab das blasse, aufgelöste Gesicht des Schlafenden frei. Der Mund stand ein wenig auf, und als Jung ihn betrachtete, machte er, als sei er berührt worden, eine kurze schnullende Bewegung, die das lockere Fleisch der Wangen erschütterte. Der Mann träumte. Aber aus seinem Traum heraus hatte er Jung ein Zeichen gegeben, so obszön und widerlich, daß Jung einen Moment zur Seite blickte.

Schlief der Mann wirklich? Jung beobachtete die geschlossenen Augen, die nichts verrieten, Stirn, Brauenwülste und Nase erschienen ihm leblos wie bei einer Skulptur. Gerade das war nicht geheuer. Es sah mehr nach Tod als nach Schlaf aus, doch Jung konnte undeutlich sehen, daß der Mann atmete. Er bemerkte es zuerst an den dickfingrigen, über dem Bauch gefalteten Händen, sie hoben und senkten sich in einem sanften, gleichmäßigen Rhythmus. Noch besser war es an den drei übereinanderlaufenden Hemdfalten zu erkennen, die sich regelmäßig auseinanderzogen und wieder verengten, wie die Falten eines Blasebalges.

Der Mann schlief, die Lider über den nach oben gekippten Augäpfeln – dünne, am Rand behaarte Häute. Dennoch ging etwas von ihm aus, das Jung beeinträchtigte, ein unmerklicher Druck, eine Ausstrah-

lung tiefer, unbegründbarer Feindlichkeit. Vielleicht war das nur die Widerwärtigkeit des fremden Schlafes, seine dunstige, atmende Schwere, durch die, wie trübes Wasser in einem schlammigen Bett, Spuren eines unerkennbaren Lebens liefen. Die Lippen in dem teigigen Gesicht waren wieder geöffnet, passiv und empfangend, die schneckenhafte rote Öffnung, die die Luft ansaugte und als warmen Brodem wieder ausstieß, warme, verdorbene Luft aus dem Inneren des fremden Körpers, die Jung einhüllte, sich auf ihm niederschlug, in ihn eindrang.
Ich könnte ihn totschlagen mit einem einzigen Faustschlag, dachte Jung, und wieder, wenn auch kürzer, machten die Lippen des Schlafenden die weiche schnullende Bewegung, als antworteten sie ihm. Die Finger des Mannes waren weiter in aufreizender Wehrlosigkeit ineinandergeschoben, plumpe Finger, doch weich und empfindsam, mit ganz kurz geschnittenen Nägeln.

Bemüht, nicht an die Beine des Schlafenden zu stoßen, stand Jung auf und verließ das Abteil. Er zog die Tür leise zu und ging durch den schaukelnden Seitengang hinter dem Rücken einiger Reisender vorbei, die an den Fenstern standen und rauchten, in den Speisewagen. Der Zug war kaum halbbesetzt, aber im Speisewagen saßen unerwartet viele Leute. Jung fand nur noch einen kleinen freien Tisch nahe der automatischen Tür und bestellte eine Portion Kaffee.

Es war gut, einen Wunsch zu äußern und zu wissen, daß er erfüllt wurde.
Er rieb sich durch das Gesicht, als wäre da etwas fortzuwischen, las ein kleines Pappschild mit einer Obstsaftreklame, das vor ihm auf dem ein wenig verfleckten Tischtuch stand, und blickte nach draußen in die vorbeiziehende Winterlandschaft mit ihren leeren Viehweiden, gepflügten Äckern und kahlen Gehölzen.
Die Wettervorhersage des Fernsehens hatte Recht behalten, streifige Nebelschwaden sammelten sich in den Bodensenken und Gebüschen, und die Landschaft war dünn überpudert mit frisch gefallenem Schnee. Nicht überall hatte er sich gehalten, an den Waldrändern lag er fleckenhaft zusammengeweht im Windschutz von Brombeergebüschen und Baumstämmen, aber im Innern der Gehölze war der Boden dunkel geblieben. Das fahle Wintergras der Viehweiden war weißlich übersprüht und hatte sich vor allem an Abhängen in ein ausgelaugtes Grau verwandelt. Auf den umgepflügten Äckern saß der Schnee als grellweiße Kappe auf den schwarzen Erdschollen, war aber in den wärmeren Furchen schon wieder getaut. Manchmal liefen die schwarz-weißen Fluchtlinien vom Bahnkörper aus senkrecht in die Tiefe und verschmolzen in der langsam vorbeiwandernden Ferne zu einem dunstigen Weiß. Oder es waren parallel zur Fahrtrichtung geriefelte Flächen, die von dünnen weißen Schneegespinsten überzogen schienen, aus denen sich die Viehfuttermieten wie flache

langgestreckte Grabhügel abhoben. In der Ferne schien mehr Schnee zu liegen als in der Nähe, wo alles rasch vorbeihuschte, Telegrafenmasten, Zäune, Viehtränken, Gattertore, Wege, Hecken und plötzlich an den Bahnkörper heranrückende Waldstücke, während dort hinten die grauen Waldsäume und helleren Schneeflächen langsamer vorbeiglitten, durchsetzt von den dunklen Umrissen verstreuter Gehöfte, die wie Nester gestauter Dunkelheit hinter durchsichtigen Baumkulissen lagen.

Es war früher Nachmittag. An diesem lichtlosen Wintertag begann die Dämmerung schon jetzt. Zusammen mit dem Nebel schien sie aus den entfernteren Waldrändern, Gebüschen und Hecken zu kommen, verwischte und verhängte das Geäst, verklumpte alle Umrisse zu dunklen Wülsten, entfärbte die fahlen und erdigen Töne der Landschaft in ein schattenhaftes Grau und brach allmählich das Weiß der Schneefelder. Jung sah immer noch hinaus. In der Nähe des Bahndammes war die Welt noch sichtbar, weiter weg verlor sie sich mehr und mehr, ein undeutliches Vorbeischwimmen kaum noch erkennbarer, dunkler Formen und ortloser erster Lichter.

Das Fahren war ein Vordringen durch einen enger werdenden Schacht.

Manchmal sammelten sich die Lichter zu kleinen Ortschaften, schnell durchfahrene Bahnhöfe zogen vorbei, Reklameschilder, Fahrplantafeln, ein paar

Reisende, dann tauchte der Zug wieder in das Dunkel. Einmal hatte er in einer Stadt gehalten. Jung war nicht ausgestiegen. Der Gedanke kam nur flüchtig in ihm auf und verflog wieder. Er saß reglos, wie festgebunden auf seinem Platz.

Der Rest eines Traumes war ihm wieder eingefallen, mit dem er heute morgen erwacht war. Er hatte im Bug eines Kahns gesessen und war von jemandem, der hinter ihm saß, über ein unübersehbar weit überschwemmtes Land gerudert worden. Das Wasser war undurchsichtig und nur sanft bewegt. Wie spät ist es? war er gefragt worden. Er hatte auf seine Armbanduhr geblickt, deren Zifferblatt aber mit Silberpapier überklebt war. Er hatte es mit dem Fingernagel abgekratzt und erkannt, daß es nicht seine Uhr war. Daneben saß an seinem Handgelenk eine zweite Armbanduhr, doch auch nicht seine eigene, und auch die dritte, die er sah, gehörte nicht ihm. So sehr er sich anstrengte, konnte er auf keinem der Zifferblätter die Zeit erkennen.

Er war aufgewacht mit einem widersprüchlichen Gefühl von Unruhe und Lähmung. Ich muß hier weg, dachte er, war aber nicht aufgestanden. Wohin sollte er gehen, wenn er das Zimmer verließ? Es war schon später Vormittag. Auf dem Gang hörte er die Stimmen der ausländischen Zimmermädchen, die sich ungeniert laut unterhielten, weil wahrscheinlich außer ihm längst alle Gäste ihre Zimmer verlassen hat-

ten. Er störte, er hielt sie bei der Arbeit auf, bis Zwölf mußte er das Zimmer geräumt haben. Sie würden dann kommen und an die Tür klopfen, und wenn er nicht antwortete, die Tür mit einem Zweitschlüssel öffnen, um zu sehen, ob er noch lebte.
Minutenlang hatte er gedacht, daß ihm nichts anderes übrigblieb, als darauf zu warten. Er konnte nichts anderes tun, als sich hier finden zu lassen, reglos im Bett liegend, an die Decke starrend, und die, die ihn fanden, sollten entscheiden, was mit ihm geschehen solle.
Dann war ihm als letzter Anhaltspunkt der kleine Zettel mit der Adresse der fremden Frau eingefallen, und bevor er hinsah, hatte er mit sich ausgemacht, daß er sie auf jeden Fall anrufen würde, falls der Zettel tatsächlich neben ihm unter dem Fuß der Nachttischlampe lag. Er hatte den Kopf gedreht und mehr wie eine überdeutliche Erinnerung als wie eine Wahrnehmung eine Ecke des Zettels unter dem Messingfuß hervorlugen sehen. Jetzt war ihm vorgeschrieben, was er tun mußte.

Als einzige Schwierigkeit hatte ihm noch vor Augen gestanden, sich ihr schnell zu erkennen zu geben. Wie konnte er sich ausweisen als der Inhaber dieser verjährten Einladung, sie zu besuchen? Vielleicht teilte sie öfters solche Zettel aus, ohne daß sie nach einigen Tagen oder Wochen noch Gültigkeit hatten. Er mußte etwas finden, was ihn oder den Abend mit ihm in ihrem Gedächtnis möglicherweise aus vielen ähnlichen Erlebnissen herausgehoben hatte. Sie hatte neben ihm gesessen, an einem Tisch in einer Nische, und er hatte sich unauffällig betrunken. Bäumler tanzte mit der anderen Frau in dem Gedränge auf der Tanzfläche und winkte zu ihm herüber, als wollte er sagen, die Dinge stehen gut, und war wieder zwischen den anderen Paaren verschwunden. Manchmal wechselte die Beleuchtung, es wurde dunkler, ein dämmeriges Rot, und als wäre das ein verabredetes Zeichen, schmiegten sich noch mehr Gesichter aneinander und die Umschlingungen wurden enger.

»Warum tanzt du nicht?« hatte sie gesagt.

Oder vielleicht hatte sie ihn noch nicht geduzt, aber ihren Arm auf seine Schulter gelegt, er war dort liegengeblieben und ihre Finger hatten sich durch sein Nackenhaar bewegt. Der alte Bann, das taube prikkelnde Gefühl seiner Kindheit hatte sich eingestellt, und sie mußte das gespürt haben.

»Nun, warum tanzen wir nicht?«

»Hier ist es doch auch gut«, hatte er mit einer leisen, etwas belegten Stimme geantwortet und sie angesehen.

»Ja, hier ist es auch gut«, hatte sie gesagt und ihn angelächelt.

Es war ein langsam entstehendes, zustimmendes, besitzergreifendes Lächeln gewesen, an das er sich deshalb erinnerte, weil der Beleuchter das Lokal in ein kaltes Ultraviolettlicht getaucht hatte. Ihre Haut und ihre blonden, sorgfältig frisierten Haare waren plötzlich grau-weiß geworden, ihre Bluse grellweiß, ihre

Augenhöhlen und ihre Lippen tintig blau. Mit diesen blauen Lippen hatte sie ihn geküßt.

Aber das konnte er ihr nicht erzählen, es war unaussprechbar, weil es in ihren Augen und in den Augen jedes anderen banal oder nichtig erscheinen mußte, und sie sich selbst so nicht gesehen hatte.
Eine graue Frau mit blauen Lippen küßte ihn lange und ruhig, schob ihm ihre schwere Zunge in den Mund. Ihre Hand in seinem Nacken hatte sich in einer langsamen unbewußten Kontraktion immer wieder geschlossen und geöffnet, und die Fingernägel fuhren auf und ab durch seine gesträubten Nackenhaare und riefen auf seiner Haut ein leises Knistern hervor, das so nah an seinem Ohr sich gegen die gedämpfte, schwammige Tanzmusik behauptet hatte und eine Zeitlang das einzige war, was er hörte.
Hier ist es doch auch gut. Ja, hier ist es auch gut.
Als wolle sie das besiegeln, hielt ihr Mund seinen Mund fest, und diese Berührung löschte, je länger sie dauerte, die Unterscheidung oder den Übergang zwischen ihm und ihr, wurde immer entschiedener und ausschließlicher wie ein betäubendes Staunen, und als sie sich beide gleichzeitig lösten, nach einem vielleicht gar nicht so langen Augenblick – denn die Musik schien an derselben Stelle gehakt zu haben und machte nun weiter – sah sie ihn abwesend an, ehe ihr früheres Lächeln, doch auch verändert, wiederkehrte.
»Du mußt mich unbedingt bald einmal besuchen«, hatte sie gesagt.

»Ja, unbedingt«, hatte er geantwortet.
Dann erst hatte er angefangen, sich zu betrinken. Bäumler saß wieder bei ihnen am Tisch, und sie hatten dieses Gespräch über die Ehe geführt. Oder war das vorher gewesen? Bäumler hatte sich abfällig über die Ehe geäußert und ihn und Ellen als ein Beispiel für die Sinnlosigkeit des Heiratens bezeichnet. Sie sahen sich fast nie, weil Jung dauernd unterwegs war, und wenn er frei hatte, fuhr er meistens nicht nach Hause, sondern lief draußen einsam in der Natur herum. Doch vielleicht stimmte das gar nicht, es sei vielleicht nur eine Ausrede, er sei eben ein stilles Wasser.
»Das glaube ich auch«, hatte sie gesagt. Anscheinend hatte sie sich für ihn zu interessieren begonnen. Es war wohl doch vorher gewesen, bevor sie den Versuch machte, ihn zum Tanzen zu bringen, und ihn statt dessen auf einmal geküßt hatte. Er wußte es nicht mehr genau, er hatte alles längst vergessen, und er konnte ihr nicht erklären, daß es diese seltsame gespenstische Verfärbung ihres Gesichtes gewesen war, die ihn überwältigt hatte.

Es war ihm dann etwas anderes eingefallen, woran er sie erinnern konnte. Als die Band eine Pause machte, war ein Fotograf mit einer Polaroidkamera durch das Lokal gegangen und hatte auf Wunsch Aufnahmen gemacht. Sie hatte den Mann herangewinkt und sich ein Foto von ihnen beiden bestellt. Es war nicht sehr gut geworden, unscharf, mit ausgeblichenen Farben,

und beide starrten sie darauf mit weit aufgerissenen Augen in die Kamera. Doch das schien ihr gleichgültig zu sein. Das Bild war für sie wohl eher ein Dokument, denn sie hatte ihn gebeten, auf die Rückseite seinen Namen und das Datum zu schreiben. Dann könne sie auch kontrollieren, wie lange es dauere, bis er sich wieder meldete. Er hatte es getan, zögernd, mit seiner langsamen schweren Hand, irritiert, weil sie ihm zusah, als könne sie etwas an seinem Namenszug erkennen, was er besser verborgen hätte. Sie hatte sich dann Bild und Unterschrift noch einmal angeschaut und rasch den Zettel mit ihrer Adresse geschrieben.
»Ich kann dir ja nicht schreiben?« hatte sie gefragt, und er hatte ihr bestätigt, daß sie es nicht konnte.

Seltsamerweise hatte er nie bezweifelt, daß sie sich melden würde, wenn er ihre Nummer wählte, obwohl dies, wie sie ihm dann erklärt hatte, das größte Wunder war. Ausgerechnet an diesem Tag hatte sie sich in der Firma frei genommen und war gerade eben von einem Arztbesuch nach Hause gekommen.
Und zuerst, als sie sich meldete, war ihre Stimme mißtrauisch gewesen und leise, und sie hatte auch ihren Namen nicht genannt.

»Ja, wer ist da?«
Er stockte, nannte dann seinen Namen, ohne daß Antwort kam.

Durch viele Schichten der Fremdheit und Abwehr hatte er sich zu ihr durcharbeiten müssen, als habe sie sich eingeschlossen in der inneren Zelle einer Festung und sei nun eine ganz andere Frau, steif, kühl und schattenhaft, die ihn nach Pausen mißtrauischen Schweigens mit Redensarten von sich fernhielt. »Was verschafft mir die Ehre?« hatte sie gefragt, und mit der Routine eines Vertreters hatte er weitergesprochen und Antworten gefunden, Erklärungen für seine Zurückhaltung, sein Zögern, ganz eingenommen von seiner Absicht, sie zurückzuverwandeln in die Frau, die an jenem Abend ihre Hand in seinen Nacken gelegt und ihn geküßt hatte. Doch als er merkte, wie sich ihre Stimme belebte, im gleichen Maße wohl wie ihre Erinnerung wiederkehrte, hatte er gespürt, wie er zurückzuweichen begann. Sie war es nicht mehr, was er suchte, war es immer weniger, je lebhafter sie ihm antwortete, etwas Fremdes kam auf ihn zu, dem er sich nicht gewachsen fühlte.
Dennoch hatte er weitergesprochen, hatte noch einmal erklärt, daß er allein sei an diesem Wochenende.
»Aha«, sagte sie, »deine Frau ist verreist?«
Es war diese Bemerkung, die ihn noch weiter spaltete, diese unerwartete Einmischung in sein Leben, die er wohl herausgefordert hatte und die ihn in diese schäbige Rolle eines Gelegenheitsehebrechers, eines Wochenendliebhabers brachte, in der er sich nicht sehen wollte und in der er nun durch ihre gewohnheitsmäßige Einschätzung seines Anrufes schon

drinsteckte, bloßgestellt von der nicht mehr verrückbaren Erfahrung einer Frau, die selber längst das Gefühl für die Verachtung verloren hatte, mit der sie ihre wechselnden Bekanntschaften sah, oder deren Verachtung zu dieser Gewohnheit erstarrt war, die es ihr erlaubte, so schnell, so praktisch, so brauchbar zu sein, und der sie nun alles unterwarf.
Der er sich unterwerfen mußte.
Der er sich unterwerfen wollte, um die Zerstörung zu beschleunigen.

Er sah sie nicht mehr vor sich, wußte nicht mehr, zu wem er fuhr.
Ihre Stimme war freundlich gewesen, doch mit einer unüberhörbaren Beimischung von Willen und Forderung. Ja natürlich, er würde kommen, sofort.
Er fuhr. Er ging gegen die Fahrtrichtung durch den Seitengang zum Abteil zurück und wurde überholt von hinter dem Fenster vorbeischießenden und verschwindenden Lichtern. Der Zug bremste ein wenig. Das war eine Stadteinfahrt, Dortmund, wie er auf dem erleuchteten Stellwerk las. Hier hatte vor Jahren seine Flucht mit Ellen begonnen. Dortmund, dachte er und suchte sein Abteil, schob sich vorbei an Reisenden, die sich, bereit zum Aussteigen, im Gang versammelten. Er fand das Abteil nicht, war wohl schon einen Wagen zu weit gegangen und kehrte wieder um. Der Zug hielt, die Türen wurden aufgestoßen. Dortmund Hauptbahnhof, sagte eine Lautsprecherstimme, er achtete nicht weiter auf die

Durchsage, er mußte nach Duisburg, nicht nach Dortmund und er hatte jetzt auch endlich sein Abteil gefunden. Der Mann, der ihm gegenübergesessen hatte, war ausgestiegen, deshalb hatte er es wohl verfehlt. Auf den Plätzen auf der Gangseite saß jetzt ein älteres Ehepaar, steif und wortlos und beide noch im Mantel. Jung grüßte kurz und ging an seinen Platz. Er blickte nach draußen, wo nur noch wenige Reisende am Fenster vorbeikamen. Die neu Eingestiegenen trugen ihr Gepäck durch den Gang und schauten in die Abteile, um passende Plätze zu finden. Dortmund. Eine blinde Erregung ging von dem Wort aus, als suche er etwas mit verbundenen Augen, das in seiner Nähe zu sein schien und verschwand und wieder da war und verschwand. Jung stand auf, zog das Fenster herunter und lehnte sich hinaus. Was ist, haben wir Aufenthalt, wollte er fragen, aber es war niemand da. Der Fahrdienstleiter kam den Zug entlang und schlug ein paar Türen zu, und die Lautsprecherstimme sagte mit weitem Nachhall, daß man sich beeilen solle mit dem Einsteigen, der Zug nach Köln fahre gleich ab.

Ich sitze im falschen Zug, durchfuhr es Jung.

Er schob das Fenster zu, riß Mantel und Tasche an sich und gelangte im letzten Augenblick nach draußen.

Ich habe doch zu Ellen fahren wollen, dachte er, ich habe es doch noch gewollt.

Allmählich beruhigte sich sein Herzschlag, aber seine Unruhe verschwand nicht, und er wußte nicht, was sie bedeutete. Er versuchte sich zu beschwichtigen, indem er sich selbst wie einem verwirrten oder begriffsstutzigen Menschen die Situation vor Augen führte. Du bist jetzt hier in Dortmund, von hier aus fahren viele Züge nach Duisburg, du kannst gleich auf dem Fahrplan nachsehen und dann anrufen und wie versprochen deine Ankunft melden.
Doch er wollte sich noch nicht melden, wollte sich noch Zeit lassen.
Er stand beim Zeitungskiosk der Bahnhofshalle und las ein paar Überschriften, ging dann weiter und kaufte Zigaretten. Ein Mann mit einem grün eingewickelten Paket im Arm kam ihm entgegen. Er hatte einen zu kleinen Hut auf, der sehr hoch auf seinem runden Schädel saß. Der Gang des Mannes kam ihm tänzerisch beschwingt und gerade dadurch auch wieder steif vor, es war wie eine mißglückte Darbietung, der Mann lächelte sanftmütig und ging vorbei. Danach war alles wieder unauffällig. Die blonde Frau in dem weiten karierten Mantel, die türkische Familie, die bei ihrem aufgetürmten Gepäck stand, eine alte Frau, die vorsichtig einen verhangenen Vogelkäfig trug, die rote Leuchtschrift »Information«.
Information. Friseur.
Ich könnte zum Friseur gehen, dachte Jung. Er blickte durch die Scheiben in den Bedienungsraum. Die Stühle waren besetzt, und es saßen noch einige Wartende da. Nein, es war nicht möglich, es war eine

geschlossene Gesellschaft, und er kam da nicht hinein.
Er ging nach draußen in die feuchte, kalte Dunkelheit des Bahnhofsvorplatzes und las ein paar Leuchtschriften: Thier braut ihr Privatvergnügen. Erdnuß-Kiosk. Imbiß. Reiseproviant. Balkangrill. Er konnte auch nicht in dieser Stadt bleiben, sie trieb ihn in den Bahnhof zurück.
Rechts war ein Gang mit ein paar Telefonzellen, er führte auf das Selbstbedienungsrestaurant und den Stehbierausschank zu. Jung holte sich ein Glas Bier und stellte sich an den ersten der im Boden festgeschraubten Tische, stützte sich mit beiden Armen auf. An einer gekachelten Säule vorbei sah er in den hinteren Teil des Raumes, wo Leute mit Tabletts an der Theke vorbeigingen, sich ihr Essen zusammenstellten und sich an einen Tisch setzten. Ich könnte nichts essen, dachte er.
Das Bier beruhigte ihn etwas. Er trank das Glas aus und holte sich ein zweites. An der Decke hing eine elektrische Uhr, die anzeigte, daß es bald 18^{00} war. Ja, dachte er, das macht nichts, ich werde schon ankommen. Die Tasche mit dem Reisegepäck hatte er auf die untere Platte des doppelstöckigen Tisches gelegt, er berührte sie ein wenig mit dem Bauch, um sie nachher nicht zu vergessen. Den Koffer hatte er in Hannover in ein Schließfach gesperrt, und irgendwann, nach einem unvorstellbaren Umweg, würde er ihn wieder daraus hervorholen. Der Kreis würde geschlossen sein und ihn entlassen. Noch aber mußte er

sich von dort fortbewegen, auf den Scheitelpunkt des Kreises zu.

Er trank, es war kurz nach 18 Uhr, er holte sich ein weiteres Bier. Am letzten der vier Stehtische standen jetzt drei Betrunkene, zerlumpte Männer in der grinsenden Seligkeit des Rausches. Sie redeten laut und unverständlich, fuchtelten und lachten und gerieten ins Torkeln, wenn sie den Halt des Tisches verloren und sich gegenseitig anstießen. Einer von ihnen, wohl der Jüngste, hatte einen Fotoapparat bei sich, und anscheinend hatten sie darüber geredet, daß er ein Bild machen solle, denn die beiden älteren stellten sich mühsam zu einer schwankenden Gruppe auf. Der eine, größere, hielt dem Fotografen eine Flasche entgegen, der andere grub in seiner Hosentasche, brachte ein Feuerzeug zum Vorschein, knipste es an und hielt das kleine Flämmchen über seinen Kopf.
Glücklich über seinen Einfall, sah er sich nach Bestätigung um. Sein Blick traf auf Jungs Blick und wurde einen Moment lang starr. Dann machte er eine ausgreifende, verschwommene Bewegung mit seinem Arm. Es war wohl ein Winken, eine Aufforderung zu kommen und sich mit ihnen fotografieren zu lassen. Jung schüttelte den Kopf. Der Mann winkte wieder mit der kindischen Hartnäckigkeit der Betrunkenen: Komm, komm zu uns, komm schon her! Jung machte eine kurze schnelle Handbewegung, als wische er alles aus, was sich zwischen ihnen ange-

sponnen hatte, doch der Betrunkene hatte sich schon von seinem Kumpan gelöst und schwankte auf ihn zu. Jung trank rasch sein Bier aus und versuchte wegzublicken. Eine Hand tastete unsicher nach seinem Arm, und das grobe, abgezehrte Trinkergesicht kam dicht an ihn heran.

»Wo kommschen du her? Wo willschen du hin?«

»Hau ab«, sagte Jung.

Er roch den Atem, der ihm aus dem eingefallenen Mund entgegenwehte, und starrte in trübe, rotgeränderte Augen.

»Hau ab«, sagte Jung wieder, doch dann ging er selber.

Er merkte, daß der Betrunkene hinter ihm hertapste, und ging etwas schneller weiter.

»He Kamerad, willschen kein trinken?!« schrie die Stimme.

Jung drehte sich nicht um.

Ein wüstes unverständliches Geschimpfe verfolgte ihn ein Stück durch den Gang. Es kam ihm so vor, als vertreibe ihn die Stimme, beschäme ihn vor allen Menschen und klage ihn an. Er hatte nicht sagen wollen, wo er herkam und wo er hinging. Und er konnte hier nicht bleiben, er mußte fort.

In der Unterführung mit den Aufgängen zu den Gleisen las er die Tafel mit den Abfahrtszeiten. In einer halben Stunde ging ein Zug, und er konnte um 19.20 in Duisburg sein. Vorsichtig, um nicht wieder mit dem Betrunkenen zusammenzustoßen, ging er zu

den Telefonzellen zurück. Er zog die Tür hinter sich zu und wählte ihre Nummer, spähte noch einmal kurz in den Gang und drehte sich der Wand zu.
Da war ihre Stimme, erschreckend dicht an seinem Ohr, als seien sie näher aneinander herangerückt.
»Ja, wo bist du, wo bleibst du? Ich warte hier.«
Er spürte, daß sein Atem knapp wurde. Mühsam und gepreßt brachte er heraus, er sei in Dortmund und käme um 19.20 in Duisburg an.
»Gut, ich bin am Bahnhof«, sagte sie, »bin gespannt, ob wir uns gleich erkennen. Was hast du an?«
Jung sah an sich herunter, sah sich in der Zelle stehen mit dem Gefühl, daß nur seine Augen zu ihm gehörten, das übrige war eine Statue, hier aufgestellt, damit er sie beschreiben konnte.
»Brauner Trenchcoat, grüner Wollschal, schwarze Aktentasche.«
Es hörte sich wohl befremdend an, denn sie schwieg.
Sie will jetzt nicht mehr, daß ich komme, dachte er, jetzt nicht mehr, sie hat Angst gekriegt.
»Sag noch etwas«, hörte er sie.
»Ich freu mich«, sagte er mechanisch.
»Ja, bestimmt?«
»Ja«, sagte er.
»Gut, dann bis gleich.«
Sie hatte aufgelegt. Jung drehte sich um und sah die drei Betrunkenen durch den Gang kommen. Sie hielten sich aneinander fest und bewegten sich langsam vorwärts mit den schlurfenden, tapsigen Schritten

von Greisen oder Kranken, ihre Gesichter leuchteten rosig in kindischer Verklärung und obwohl sie sich mitten durch die Leute bewegten, die ihnen auswichen und nachblickten, schienen sie kaum etwas von ihrer Umgebung wahrzunehmen. Die kleine Prozession zog dicht an der Telefonzelle vorbei, aus der Jung sie beobachtete. Hatte er ihr Gröhlen gehört oder nur ihr Armeschwenken, ihre aufgerissenen Gesichter gesehen? Er wußte es nicht mehr, als das Klopfen einer ungeduldigen Frau an der Glasscheibe ihn aufstörte. Ja, ich muß weg hier, muß weg.

Ein kalter nasser Wind empfing ihn auf dem menschenleeren Bahnsteig. Er zog die Schultern hoch und drehte dem Wind den Rücken zu. Sein Kopf fühlte sich dumpf und verspannt an, und er fror am ganzen Körper, wie nach Übermüdung oder Blutverlust. Irgendwo in dem Gelände des Bahnhofs war Leben, er hörte auf entfernten Gleisen Züge ein- und ausfahren und die unruhige, ungeordnete Bewegung vieler unsichtbarer Menschen, doch hier, wo er ging, regte sich nichts außer dem Sekundenzeiger der elektrischen Uhr. Er ging weiter, vorbei an matt beleuchteten Fahrplänen, leeren Bänken, verließ den überdachten Teil des Bahnsteigs und kam an einem unbeleuchteten kleinen Betonhaus für das Bahnpersonal vorbei. Durch ein kleines Fenster konnte er undeutlich einen Tisch, zwei Stühle und einen Rollschrank erkennen. Ein Raum zum Sterben, dachte er. Der Bahnsteig, auf dem er ging, verengte sich, und die

Beleuchtung hörte auf. Links und rechts vervielfachten sich die Gleise, gabelten sich auf in Abstellgleise und Hauptstrecken für die durchfahrenden Züge, dazwischen lagen aufgeschüttete dunkle Schotterhaufen und gestapelte Schwellen, schwach beleuchtet von vereinzelten kleinen Lampen hoch oben an den Stahlmasten der Stromleitung.
Jung blieb stehen. Das Signal vor ihm zeigte auf Einfahrt, wohl schon für seinen Zug, der jetzt wahrscheinlich die Vororte durchfuhr und sich mit kaum verminderter Geschwindigkeit näherte. Er hörte das Hallen der Lautsprecherstimme und ferne Rangiergeräusche und sah unten, neben der Bahnsteigkante, auf dem dunklen Schotter ein paar weiße Papierfetzen. Er starrte darauf, als sei es eine für ihn bestimmte Nachricht, ein zerrissener Zettel oder Brief. Einen Augenblick lang war das so stark, daß er sich versucht fühlte, auf die Gleise hinunterzusteigen und die Fetzen aufzulesen. Abwesend glitt sein Blick über das matt schimmernde Doppelband der Schienen und sah in der Ferne die sich nähernde Lok.

Es war nur ein kleines graues, hochgestelltes Rechteck mit zwei winzigen, hell erleuchteten Punkten, das sich allmählich von seinem dunklen Hintergrund löste und lautlos zu wachsen begann, dann einen geringen Schwenk machte, als korrigiere es seine Richtung, um genauer auf ihn zuzukommen, immer noch lautlos, doch schon erkennbar, der dunkle, vielleicht dunkelrote Wagenkasten, die Scheinwerfer, jetzt

schärfer und größer, oben das geteilte Fenster. Das Ganze schien sich auszudehnen, gewann genaue Gestalt und Größe zwischen den Masten der Stromleitung, und hinter ihm hallte der Lautsprecher seines Bahnsteigs, eine weithin schallende Stimme, die ihn zu erreichen versuchte. Zurücktreten, zurücktreten von der Bahnsteigkante! War es das, was sie ihm zurief, oder etwas anderes, eine ganz andere Botschaft, einen unausweichlichen Befehl? Noch immer hörte er den Zug nicht. Plötzlich wurde der Druck aus seinen Ohren gerissen, ein dunkles rollendes Geräusch schlug ihm entgegen und ein Blitzen fegte über die Schienen und weckte ihren metallischen Klang.
Jetzt, dachte Jung, wenn ich einen Schritt mache.
Er beugte den Kopf und sah dort, wo er hin mußte, die weißen Papierfetzen auf dem Schotter liegen. Ich möchte wissen – jetzt – sich vorbeugen und danach greifen. Es war unbeschriebenes Papier, das die Stelle markierte. Gut so, dachte er, jetzt – während ein Krampf ihn erfaßte und er ganz nah bei sich ein Seufzen hörte. Dann kam die Druckwelle des Zuges, und eine schmetternde, heulende Masse von Lärm, Eisengeruch und Schwärze sauste an ihm vorbei.

Eine betäubte Stille folgte, ein abebbendes Rollen weiter weg. Jung wischte sich mit der Hand über das Gesicht und blickte gedankenlos in das Handinnere, schloß die Hand und ließ sie sinken. Das Schienenfeld war leer, das Signal stand auf Einfahrt. Als ob kein Zug gekommen wäre, dachte er, hörte aber, daß der Zug, es war ein Güterzug gewesen, den Bahnhof in der anderen Richtung verließ. Dort hinten unter der Überdachung standen Leute und warteten auf den Zug nach Duisburg, den die Lautsprecherstimme gerade ansagte. Er ging darauf zu, niemand beachtete ihn. Er brauchte nur stehenzubleiben, zwischen ihnen, ein Mann in einem braunen Trenchcoat, mit grünem Wollschal und einer schwarzen Aktentasche, wie er sich beschrieben hatte.

Dann war der Zug eingefahren, doch es kam ihm so vor, als habe er die Einfahrt verpaßt, denn für ihn stand er da mit geöffneten Türen. Er war eingestiegen wie die anderen und auf seinem Platz in eine starre Ruhe versunken, und etwas später – es mußte ja später sein, aber für ihn war es wieder nur ein anderer Augenblick – war er in Duisburg ausgestiegen. Ich komme, dachte er, wie ich es versprochen habe, und er war zufrieden mit sich, weil auf ihn Verlaß war.

Wie er die Treppe hinunterging, als letzter der Reisenden, bemerkte er an sich eine maschinenhafte Genauigkeit seiner Bewegungen, konnte aber nichts daran ändern, wenn er nicht stolpern wollte. So jedenfalls machte er alles richtig. Unten an der Treppe bog er nach rechts ab, wechselte die Tasche von der rechten in die linke Hand, um die rechte für die Begrüßung frei zu bekommen, und sah geradeaus.

Dort in der Vorhalle mußte sie stehen und warten. Er wollte sie zuerst sehen, denn er brauchte ein paar Sekunden der Vorbereitung.

Da stand sie, eine große blonde Frau in einem braunen Pelzmantel und mit braunen Stiefeln. Er mußte nur auf sie zugehen. Ja, sie winkte. Sie schien erschrocken zu sein, da sie sich nicht rührte. Doch jetzt kam sie auf ihn zu, und pünktlich war auf seinem Gesicht das Lächeln erschienen, eine steife Verbreiterung seines Mundes.
»Das war wohl eine Weltreise«, sagte sie.
Er sah sie an. In dem großen Gesicht mit dem kräftigen Mund und den grauen Augen war eine gewisse Härte, vielleicht auch, weil sie das Haar nach hinten gebürstet und dort zusammengehalten hatte, ihre Ohrläppchen jedenfalls waren sichtbar und trugen dicke dunkelrote Clips. Jung sah das alles mit einem einzigen Blick, denn es war beleuchtet von dem Gedanken, daß er sie töten würde.

In dem Moment, als er das dachte oder denken mußte, denn der Gedanke war nicht in ihm entstanden, sondern in ihn hineingelegt worden, empfand er nur eine tiefe Überraschung. Dann schien ihm, die Welt müsse nach allen Seiten von ihm wegschnellen, wie Wasserringe von einem schweren, durch den Wasserspiegel geschleuderten Stein. So war das also, das war der Sinn dieser Reise, er war am Ziel.
Er sah sie an. Sie war greifbar und wirklich, aber sie konnte nicht an ihn heran, weil sein Gedanke alles, was sie tun würde, schon überholt hatte. Und deshalb konnte er antworten, wie ein anderer es an seiner Stelle getan hätte, ein anderer, ruhiger, sicherer, mit dieser Frau verabredeter Mann.

Ja, er sei in den falschen Zug gestiegen, als habe er zu seiner Frau gewollt, oder als habe er sie mit seiner Frau verwechselt, aber jetzt war er endlich hier.
»Wirklich?« sagte sie.
»Ja«, hörte er sich antworten, »wenn mich nicht alles täuscht.«
Es mußte sogar ein Lächeln auf seinem Gesicht sein.
»Das werden wir ja sehen«, sagte sie. »Vielleicht bedauerst du es am Ende doch noch, nicht bei deiner Frau zu sein.«
»Bestimmt nicht«, sagte er.
Er wußte nicht genau, wie er es gemeint hatte, er fühlte aber, daß es die Wahrheit war.
Sie hatte sich bei ihm eingehängt, und sie gingen auf den Ausgang zu. Sie hatte einen wiegenden, festen, weitausgreifenden Schritt. Ob er nicht friere in diesem Mantel, fragte sie. Er wußte, sie hatte immer noch Schwierigkeiten mit seiner Erscheinung und war erschrocken, daß er wirklich so aussah, wie er sich am Telefon beschrieben hatte. Aber als sie aus der Halle heraus waren und im Dunklen zum Parkplatz gingen, war sie schon gelöster. Sie war darauf eingestellt, mit einem Mann allein zu sein, und sie begann damit, indem sie sich fester an ihn lehnte.
»Wer hätte das gedacht, daß wir uns einmal wiedersehen«, sagte sie, »ich nicht.«
»Ich auch nicht«, sagte er.
»Und wie kam das so plötzlich?«
»Durch den Zettel mit der Einladung. Ich habe ihn in

meiner Brieftasche gefunden und gedacht, er sei noch gültig.«

Er war erstaunt, wie geläufig er diese Unterhaltung führte, während sie Arm in Arm wie ein vertrautes Paar immer weitergingen. Vielleicht konnte das nicht anders sein, er konnte nicht erwarten, daß jemand ihnen entgegentrat und ihnen zurief, sie sollten sich sofort loslassen und auseinandergehen.

»Du hast unwahrscheinliches Glück gehabt, daß du mich erreicht hast«, sagte sie, und er wußte, sie wollte das noch sagen, um sich hineinzufinden in diesen Abend, der nun weitergehen würde nach seiner eigenen Notwendigkeit. Sie waren schon auf dem Parkplatz bei ihrem Auto angelangt, und während sie aufschloß, mußte sie vorbringen, was noch nicht zwischen ihnen besprochen war: Sie hatte etwas zu essen vorbereitet, weil sie sich gedacht hatte, sie führen gleich zu ihr.

Hatte sie schon aufgeschlossen? Nein, noch nicht. Sie hatte den Schlüssel aus ihrer Handtasche herausgenommen und sich vorgebeugt, um das Schloß zu finden, die Bewegung aber gleich wieder unterbrochen und sich aufgerichtet. Der Wagen stand zwischen ihnen, und sie hatte die Hand mit dem Schlüssel oben auf das Verdeck gelegt und sah zu ihm herüber. Er wußte nicht, wie sie ihn ansah, mißtrauisch, prüfend oder ohne jeden besonderen Ausdruck, ihre Stimme jedenfalls klang auf einmal schroff.

»Ich habe gedacht, du bist einverstanden.«

Das schien zu heißen, überleg es dir, du kannst noch kehrtmachen, aber sag es jetzt gleich.

Wieder rührte er in sich an den geheimen Gedanken, sie umzubringen, und fand seine Sicherheit.
»Natürlich«, sagte er, »so hab ich's mir vorgestellt.«
»Ich auch«, sagte sie, »aber im Augenblick war es mir nicht mehr so klar.«

Im Auto, während sie neben ihm Gas gab, kuppelte und bremste, blickte er auf ihre hellen Knie zwischen dem aufklaffenden Pelzmantel, dem Rand ihrer Stiefel und dem etwas hochgerutschten Rock. Dauernd bewegten sie sich im Dunkel des Wagens, in den die vorbeiziehenden Straßenlampen und Leuchtreklamen schnelle gleitende Lichter warfen, und diese unbewußte energische Arbeit ihrer Beine ließ ihn daran denken, daß sie gleich mit ihm schlafen wollte, wie wahrscheinlich immer wieder mit anderen Männern. Doch untrennbar davon war das mit der Vorstellung eines Kampfes vermischt, bei dem ihre strampelnden, schlagenden Beine entblößt bis zum Bauch unter der Wucht der wachsenden fremden Gewalt allmählich erlahmten.
Es war nur ein unvollständiges verschwommenes Bild, das rasch durch seinen Kopf rutschte, abgelöst von ihrer Anwesenheit, in einem anderen Raum. Zugleich sah er sie neben sich, energisch, konzentriert auf das Fahren, mit lose geschlossenen, manchmal sich ein wenig öffnenden Lippen. Sie fährt nicht nur mit den Beinen, auch mit dem Mund, dachte er, denn es sah so aus, als antworte sie mit ihren Lippen auf

Gegenstände, Bewegungen und Lichter, die bei der sehr schnellen Fahrt vor dem Wagen auftauchten.
»Wir sind gleich da«, sagte sie mit einem raschen Seitenblick. »Erschrick nicht. Es ist keine schöne Gegend, aber ich ziehe bald um.«
Das war wieder eine andere Frau, fest, zielbewußt und banal.
Jung sah sie von der Seite an und merkte, daß sein geheimer Gedanke die anfängliche Schärfe und Deutlichkeit verloren hatte. Er konnte sich nicht vorstellen, wie es geschehen sollte, und spürte einen heftigen Widerwillen, wenn er nur versuchte, daran zu denken.
Geradeaus blickend, so daß es für ihn manchmal aussah, als spräche sie einen Monolog, erzählte sie von ihren Wohnungen, der alten und der neuen. Die alte befand sich in einem ziemlich verrotteten alten Haus ganz nahe an einer Bahnlinie, dauernd fuhren Kohlenzüge an ihrem Schlafzimmerfenster vorbei. In den letzten drei Jahren habe sie nicht mehr viel an der Wohnung getan und eigentlich müsse sie sich entschuldigen, daß sie ihn noch dorthin verschleppe. Aber sie würden sich schon behelfen, wie? Sie würden es sich gemütlich machen.
Die neue Wohnung lag weiter draußen, in einem Neubaugebiet, gar nicht weit von dem Haus ihres Chefs entfernt. Auch ihr Chef habe draußen gebaut, und da habe sie sich natürlich gedacht, daß es da nicht so schlecht sein könne. Es war eine gute Gegend, in der Nähe eines großen Waldes, und auch nicht so

weit von der Autobahn. Wenn er Lust hätte, würde sie ihm morgen alles zeigen. Damit er schon wüßte, wo er sie später finde.

»Ich hoffe, du besuchst mich auch in der neuen Wohnung.«

»Bestimmt«, sagte er.

Irgendwo in ihm mußte es eine Linie geben, auf die er sich zurückziehen konnte, denn er fühlte, sie wurde immer stärker, immer selbstgewisser und zog ihn immer mehr von sich selbst weg, und wenn er das zuließ, würde sie ihn auslöschen, sie würde ihm die Kraft nehmen, die ihn zusammenhielt. Vor allem ihre Stimme klang herrisch und schneidend, auch wenn sie munter erzählte. Es war eine Stimme, die Bescheid wußte und durch keinen Einspruch zu erschüttern war.

»Hast du mich übrigens mehrmals angerufen?« fragte sie plötzlich.

»Nein«, sagte er, »du warst gleich dran. Warum?«

»Erzähl ich dir später«, sagte sie kurz und wies ihn auf das tiefe zeltartige Dach und den Glockenturm einer modernen Kirche hin.

»Der einzige Neubau in dieser Gegend. Die Kirche hat immer Geld. Sonntagmorgen werden dich die Glocken wecken.«

Sonntagmorgen, dachte er, das war undenkbar weit entfernt, und es war ein Tag, der nicht in der Zukunft zu liegen schien, sondern in der Vergangenheit.

»Hier kauf ich ein«, sagte sie und zeigte ihm die hel-

len Glasfenster und die gelbe Leuchtreklame eines Edekageschäftes. »Ich hab eingekauft wie für eine Belagerung. Du trinkst gerne Bier, erinnere ich mich. Aber ich habe auch Wein da. Heute abend trinken wir Wein.«
Damit bog sie in die Straße ein, in der sie wohnte.

Es war ein kurzes, schlecht beleuchtetes Straßenstück, eingefaßt von schmutzigen, anscheinend grau verputzten Doppelhäusern, deren geteerte Sockel direkt an den schmalen Gehsteig grenzten. Zwischen den Häusern führten schmale Durchgänge in den hinteren Teil der Grundstücke, und dort seitlich befanden sich wohl auch die Eingänge. Vielleicht war es eine alte Bergarbeiter- oder Industriesiedlung aus den dreißiger Jahren oder früher. Ihr Haus lag am Ende der Sackgasse, die sich dort zu einem kleinen Wendeplatz erweiterte, seitlich begrenzt von neueren Garagenbauten. Sie hatte wohl keine Garage gemietet, denn sie parkte den Wagen vor dem Haus.
»Das Ende der Welt«, sagte sie.
Ja, so konnte man es sagen.
Ein dünner Gasgeruch hing in der Luft, und der Himmel war bedeckt von tiefhängenden Wolken. Das Haus schien ausgestorben zu sein, er sah kein Licht, die Rolläden im Erdgeschoß waren heruntergelassen. Ein Metallschild zeigte an, daß sich dort ein zahntechnisches Labor befand. Sie schloß die Haustür auf und trat vor ihm in den dunklen Flur.
»Ich glaube, wir sind allein im Haus«, sagte sie.

Das Minutenlicht ging an, und sie stand dort bei der ersten Treppenstufe, wie er sie am Bahnhof gesehen hatte, abwartend und völlig fremd.
»Zieh bitte die Tür zu«, sagte sie und wartete ab, bis die Tür ins Schloß fiel. Dann drehte sie sich um und ging vor ihm die Treppe hoch. Er sah ihre Stiefel auf den Steinstufen, und es kam ihm so vor, als ob sie viel zu laut spräche, denn ihre Stimme hatte einen leichten Hall.
»Freitagabend sind manchmal alle in der Kneipe«, sagte sie, »du kannst sicher verstehen, daß ich hier weg will.«
»Ja«, sagte er, »das verstehe ich.«
Er ging hinter ihr her, in dem raschen, von ihr vorgegebenen Schritt, bis sie im ersten Stock vor zwei Wohnungstüren mit den Klingelschildern Hilgert und Brekamp standen. Irgendwie wunderte er sich, ihren Namen zu lesen, als hätte er sich gedacht, so viel Mühe hat man sich gemacht, mich davon zu überzeugen, daß ich tatsächlich hier bin.

Sie hatte die Tür aufgeschlossen und mit einem schnellen Griff nach innen neben dem Türrahmen das Licht angeschaltet. Die ganze, nicht sehr große Diele war ausgeschlagen mit einer Blumentapete aus dicken honigfarbenen Blüten.
»Bitte sehr, mein Herr«, sagte sie.
Jung sah sich selbst im Garderobenspiegel näherkommen. Der braune Trenchcoat, der Schal, seine schwarze Aktentasche bekleideten seine schwere,

massige Gestalt mit den etwas abfallenden Schultern und den langen, affenartigen Armen so zufällig und unzusammenhängend, daß er eine unverwechselbare, fremdartige Erscheinung wurde, die ihn selbst überraschte, als er sie, links und rechts beleuchtet von zwei kelchartigen Wandlampen, in der dunkelbraunen Umrahmung des Spiegels auftauchen sah. Das war er also, und er war hier. Hier – das war dieser einzige Ort in der Welt, zu dem er nie hätte kommen dürfen und zu dem er, wie ihm schien, fast ohne sein Zutun, ja gegen seinen Willen gelangt war, und hier, das war auch sie, die Bewohnerin dieses Ortes, deren dickes blondes Haar und deren braunen Pelz er hinter sich im Spiegel sah.
Sie schloß die Tür ab, ließ den Schlüssel innen im Schloß stecken.
»Warum schließt du ab?« fragte er.
»Mach ich immer«, sagte sie beiläufig.
Sie trat auf ihn zu und faßte die Aufschläge seines Mantels.
»Dich laß ich jetzt nicht mehr hier raus.«
Ein selbstgewisses, herausforderndes Lächeln erschien in ihrem Gesicht. Aber es war ihm etwas anderes beigemischt, eine künstliche, verführerische Süße.
»Willst du dich nicht mit mir einsperren lassen? Hast du Angst um deine Freiheit?«
»Nein«, sagte er.
»Ich glaub aber doch«, hörte er ihre Stimme mit demselben Ausdruck von Herausforderung und Verfüh-

rung. Ihre Hand wanderte über seine Brust und machte langsam, als solle er es nicht bemerken, den obersten Knopf seines Mantels auf.
»Komm, leg ab«, sagte sie leise.
Es war fast ein verschwörerisches Flüstern, so als wären Zeugen oder Beobachter in der Nähe, die nicht wissen durften, was sie hier taten.
Er half ihr aus dem Mantel und hängte ihn über einen Bügel, wobei er flüchtig denken mußte, daß sie genau das von ihm erwartet hatte, und daß die wenigen Bewegungen, die ihm blieben, alle von dieser fremden Genauigkeit beherrscht waren. Er zog seinen Schal vom Hals, ein wenig nachlässig oder achtlos oder auch wie jemand, der sich von einer lästigen Fessel befreit, er zog den Mantel aus und hängte ihn zu dem Schal. Sie war vor dem Spiegel mit ihrer Frisur beschäftigt, er wußte, sie wartete nur, bis er fertig war. Jetzt drehte sie sich um und war wieder bei ihm. Sie schlang die Arme um seinen Hals und drängte sich an ihn, zog ihn an sich heran.
»Jetzt wollen wir uns erst einmal begrüßen«, sagte sie.

Sie küßte ihn, und wieder spürte er die narkotische Wirkung ihrer Entschlossenheit. Es gab nur einen Weg durch einen dunklen Tunnel, dessen Eingang man hinter ihm versperrt hatte und dessen Ausgang nicht zu sehen war. Sie zog ihn in diese Richtung, und sein eigensinniges hölzernes Dastehen würde ihm nichts nützen, er empfand es als Schuld, er durfte ihr nichts schuldig bleiben, wie ihre kleinen fordernden, gepreßten Laute sagten, die sie tief innen in sich erzeugte, ohne sich von seinem Mund zu lösen. Doch schließlich war sie es, die ihren Kopf zurückbog und so tat, als habe er sie bedrängt.

»Nicht gleich so stürmisch! Ich muß doch noch Luft bekommen.«

»Wir haben Zeit«, sagte sie ihm ins Ohr und lehnte sich wieder zurück.

Jung spürte eine sanfte, gleitende Bewegung an seinen Beinen und entdeckte einen großen rotbraunen Kater, der seinen Kopf und seine Flanken an ihm gerieben hatte. Im Moment war das lautlose Auftauchen des Tieres etwas so völlig Unerwartetes und Erschreckendes für ihn, daß es ihm beinahe die Fassung raubte.

»Das ist Philipp«, sagte sie, »mein Hausgenosse. Er ist manchmal ein bißchen eifersüchtig, aber er hat dich jetzt begrüßt.«

Sie hockte sich zu dem Tier, das mit stoßendem Kopf und hochgebuckeltem Rücken um ihre Knie strich, während sie ihm mit langen Streichelbewegungen vom Nacken bis zum Schwanz das Fell glättete.

»Ich geb Philipp schnell was zu fressen«, sagte sie. »Du kannst dich schon ins Wohnzimmer setzen. Oder vielleicht willst du ins Badezimmer, dich ein bißchen frisch machen.«

Als er aus dem Badezimmer kam, rief sie aus der Küche, er solle schon ins Wohnzimmer gehen und es sich gemütlich machen, sie käme auch bald. Sie hatte die Stehlampe und eine kleine Tischlampe angeschaltet, die seitlich auf einer Kommode neben dem Telefon stand. Beide Lampen verbreiteten nur ein gedämpftes Licht, das die Abgenutztheit der Wohnung und die Häßlichkeit der Möbel aber kaum verbarg. Jung setzte sich auf die Couch zwischen die großen aufgestellten Kissen und sah den Kater aus der Diele hereinkommen, er ging langsam, mit hochgestelltem Schwanz und sah mit einem Maunzlaut zu ihm herüber, sprang dann fast aus dem Stand in einen der beiden Sessel.

»Ist Philipp bei dir?« rief sie.

»Ja, er sitzt hier im Sessel.«

»Gut, unterhaltet euch ein bißchen.«

Jung schloß die Augen und rieb sich durch das Gesicht, um die Spannung aus Stirn und Schläfen zu vertreiben. In der Küche hörte er ihre eiligen Bewegungen und leisen Geräusche. Der Kater hatte seinen Kopf auf die Pfoten gelegt und betrachtete ihn aus schmalen Augenschlitzen. An der Wand gegenüber stand ein dunkel lackierter Büfettschrank, an dessen Schlüssel seidene Quasten hingen, und daneben, schräg in der Ecke, ein niedriger Tisch, vollgestellt mit Blattpflanzen. An der Wand dahinter hing ein schwarzer Gong.

Jung spürte einen Anflug von Übelkeit, als er den Gong sah, als wäre das da, dieses runde schwarze Metall an der Wand der eigentliche Mittelpunkt des Schreckens. Doch als er sich abwandte, saß er überall, in den blanken Zierleisten, den steifen Falten des Vorhangs, den verblaßten Streifen der Tapete und in der Anordnung der Gegenstände, die alle bezogen waren auf seinen Platz. Vor allem das lähmte ihn, unterdrückte seinen Impuls aufzustehen und zu gehen, der sich schwach in ihm regte und gleich wieder von ihrer Stimme zerschlagen wurde.

»Mach dir doch das Fernsehen an«, rief sie.

»Nein danke«, hörte er sich antworten.

»Du bist so still«, rief sie nach einer Weile, »man könnte meinen, du wärst nicht da.«

Ja, dachte er, das wäre es, nicht da sein, nicht hier, nicht anderswo.

»Leg doch eine Platte auf«, schlug sie vor.

Jung stand auf und beugte sich über den Plattenspieler, der in der Ecke neben der Couch stand. Er zog ein paar Platten heraus, las die Aufschriften, betrachtete die Fotos der Sängerinnen und Sänger und stellte sie wieder fort. Es waren lauter Titel, die er aus den Musicboxen der Kneipen kannte, in denen er und Bäumler ihre Spielautomaten aufstellten, schmachtende und schmetternde Schlager, die von Liebe, Einsamkeit, Sehnsucht und beständiger Treue handelten, und während er sie las, mit der alten wortlosen Verachtung, die er dafür empfand, begann er zu glauben, daß es ihm gelingen würde, dieses Wochenende zu überstehen und dann für immer von hier zu verschwinden.

Er würde verschwunden sein, nicht auffindbar, verschwunden.

Er lauschte diesem Gedanken nach, der einen unbestimmten Trost, ein altes und geheimes Versprechen enthielt, und auf einmal wußte er wieder, daß er jetzt hier, an diesem Ort, in dieser Wohnung für alle anderen Menschen unauffindbar war. Niemand hatte sein Kommen bemerkt, niemand würde sein Gehen bemerken, niemand würde ihn hier suchen oder vermuten, daß er hier gewesen war.
Jung richtete sich auf und sah sich um. Der Kater öffnete seine blaßgrünen Augen und sah aufmerksam zu ihm herüber. Er hob den Kopf nicht, dennoch war er wohl auf dem Sprung zu fliehen oder ihn anzugreifen. Jung machte eine rasche Bewegung, und der Kater war mit einem Satz vom Sessel herunter und floh zur Tür. Dort blieb er stehen, mit gesträubtem Fell, und sah sich nach ihm um. Langsam glättete sich sein Fell, der Schwanz hob sich wieder, und er ging hinaus.
Jung wartete darauf, daß sie nebenan etwas zu dem Kater sagte, aber er hörte nichts. Sie war nicht mehr in der Küche, und in der ganzen Wohnung war es so still, als wäre er allein hier.

Er schreckte auf, weil das Telefon klingelte. Einen Augenblick lang hatte er die Vorstellung, daß sie es sei, die ihn von draußen anrufe, um ihm zu sagen, daß sie geflohen war. Sie kam nicht, und der Apparat schrillte weiter in rhythmischen Abständen, als handele es sich um einen Alarm. Jung ging in die Diele, und fast im gleichen Moment trat sie aus dem Schlaf-

zimmer. Sie hatte sich umgezogen, trug einen langen bunten Rock, schien aber nicht ganz fertig zu sein und nestelte an den Knöpfen ihrer Bluse.
»Entschuldige«, sagte sie.
Er glaubte, daß er störte, und ging in die Küche, und das Telefon schrillte weiter.
Dann hörte er, wie sie »ja« sagte und lauschte.
Es mußte ein Wortschwall sein, der auf sie eindrang, und sie kam nur mit kurzen leisen Sätzen dagegen an. Vielleicht sprach sie so leise, weil sie nicht wollte, daß er sie verstand, doch ihre leisen erbitterten Sätze waren übertrieben deutlich.
»Ich habe dir gesagt, es ist Schluß. Ich will nicht, daß du wieder anrufst. Nein, ich will nicht mehr. Nein. Nein. Ich habe dieses Wochenende Besuch. Das geht dich nichts an. Ich will nicht gestört werden.«
Sie legte den Hörer auf die Gabel. Gleich danach klingelte es wieder. Sie schien das vorausgeahnt zu haben, denn er hörte, wie sie den Hörer abnahm und ohne ein Wort zu sagen, wieder auf die Gabel legte. Einen Moment wartete sie noch, dann kam sie.
»Entschuldige«, sagte sie wieder.
Sie sah bleich und erregt aus und lehnte sich an den Türrahmen, eine Hand an ihrer Halskette. Sie hatte sich wirklich festlich angezogen, und er paßte nicht zu ihr, wie er vor ihr stand, aber das schien sie nicht wahrzunehmen.
»Wer war das?« fragte er.
»Ach«, sagte sie, »ein Verrückter. Er verfolgt mich seit drei Wochen, ruft mich fast jeden Tag an, und in

der letzten Zeit immer öfter, sogar nachts. Er kann nicht begreifen, daß Schluß ist. Manchmal hab ich richtig Angst vor ihm.«
Ein aushöhlendes, fressendes Gefühl beschlich Jung. Er hatte kein Recht, hier zu sein, ein anderer hatte seinen Anspruch angemeldet, jemand, der vielleicht draußen stand und zu den Fenstern dieser Wohnung hochblickte, jemand, allein in einem Zimmer, der seinen Kopf in die Hände stützte und das Telefon anstarrte. Nicht die Vorhänge, nicht die Wände, nicht die verschlossene Tür, nichts schützte ihn vor dem fremden Willen.

Sie war es dann, die den Bann abschüttelte.
»Egal«, sagte sie, »wir lassen uns nicht stören.«
Sie stellte ihn an, ihr beim Tischdecken zu helfen, sie bat ihn, ein Teelicht anzuzünden, das in einer Kristallkugel steckte, die wie ein kleiner Eisball aussah, sie sagte, als sie sich gegenübersaßen: »Schenkst du uns bitte etwas Wein ein?«, und sie prostete ihm zu.
Aber es war wieder der angespannte, etwas schneidende Ton in ihrer Stimme, und er fühlte sich abwesend und gelähmt, obwohl es ihm gelang, an der Unterhaltung so teilzunehmen, wie sie es wohl erwartete. Er lobte das Essen, er sprach von seinem Geschäft mit den Automaten, er fragte nach ihrer Arbeit als Buchhalterin, hörte sich an, was sie über ihren Chef sagte, fragte nach ihren Urlaubsplänen, prostete ihr zu und schenkte Wein nach, ließ sich von ihr zum Es-

sen nötigen und räumte zusammen mit ihr den Tisch ab.
»Soll ich Kaffee kochen?« fragte sie.
Und obwohl er wußte, er würde nicht schlafen können, entschloß er sich, Kaffee zu trinken, um die diesige Leere aus seinem Kopf zu vertreiben, die ihm das Gefühl gab, daß alles ohne ihn geschah, und zwar in einer seltsamen steifen und zeremoniellen Weise, wie ein gemeinsames Wortedrechseln, ein Verständigungsversuch in einer bekannten, doch ihnen nicht ganz geläufigen Gebärdensprache. Auch das Essen mit den höflichen Handreichungen, die sich dabei ergaben, war ihm zuweilen schattenspielhaft vorgekommen, und er mußte sich daran erinnern, daß er einen wirklichen Geschmack im Mund hatte, worauf er ihr, auch ein wenig zu ernst, gesagt hatte, daß ihm das Essen gut schmecke, und eine Antwort bekommen hatte, wie sie zu erwarten war, geschmeichelt und mit einer bescheidenen Selbstkritik. Vielleicht war es so richtig, vielleicht mußte es so ablaufen, doch er war eingenommen von anderen Dingen, wie dem wummernden Rhythmus der langen Kohlenzüge, die dicht hinter dem Haus vorbeifuhren und es leise vibrieren ließen, er sah den Kater umherstreichen, hörte den Nachbarn heimkehren und ein paar kurze Takte auf dem Klavier spielen, stellte sich vor, daß er es mit der linken Hand machte und sich dabei ein wenig vorbeugte, dann den Deckel wieder zuklappte, und hatte plötzlich das Gefühl, etwas anderes gesehen zu haben, das Schließen einer Tür, das

Schließen eines geöffneten Mundes und weit geöffneter Augen hinter einer geschlossenen Tür.
Also, sollte sie Kaffee kochen?
Ja, das sollte sie.
Sie gingen ins Wohnzimmer zurück, mit den Tassen in der Hand, tranken im Stehen ein paar Schlucke und stellten die Tassen auf den Tisch. Sie ließ sich Feuer geben, hockte rauchend bei dem Plattenspieler, kam rauchend zurück und stand lächelnd vor ihm mit einem wiegenden Tanzschritt auf der Stelle.
»Tanzt du wirklich nicht?« fragte sie, ohne die Bewegung zu unterbrechen.
»Nicht gut«, sagte er.
»Das macht fast gar nichts«, sagte sie, breitete die Arme aus und zog ihn in ein dichtes weiches Gedränge. Aber sie spürte wohl, daß er verspannt war oder sich sperrte und hörte nach ein paar Takten wieder auf.
»Wollen wir es uns bequem machen?« sagte sie und zog ihn zu der Couch.
Jetzt machen wir es alle so, dachte er, Bäumler in Celle, Ellen mit einem anderen Mann und ich hier. Er wollte weiterkommen und begann, ihren Hals zu küssen, und eine Zeitlang hielt sie still und bog ihren Kopf zurück, doch dann unterbrach sie ihn und wollte etwas zu trinken haben. Er mußte aufstehen und eine neue Flasche Wein aus der Küche holen. Als er zurückkam, sah er ihr Gesicht, das verfallen und erschöpft war, aber sie brachte sofort ein Lächeln hervor, wie ein Zeichen, daß sie bereit war weiterzumachen.

»Komm, gieß uns ein.«
Es waren keine Gläser da, er mußte sie aus dem Büfettschrank holen, sie wollte die farbigen haben, ihre besten, wie sie sagte.
Sie tranken, sie wollte wieder tanzen, doch sie standen nur da und begannen an sich herumzugreifen. Er knöpfte ihr den Rock auf und als er ihn ihr auszog, half sie nach mit einer windenden Bewegung ihrer Hüften. Mit dem herabgleitenden Rock hatte er sich auf ein Knie heruntergelassen und lehnte seine Stirn gegen ihre warmen Schenkel. Weiter, dachte er, weiter, und fühlte, daß sie stillstand, in abwartender Geduld.
»Du bist so aufgeregt«, sagte sie, »willst du es gleich machen?«
»Ja«, sagte er, »gleich.«
»Wir gehen ins Schlafzimmer, da ist es besser.«
Arm in Arm und ein wenig schwerfällig gingen sie hinüber. Sie machte eine kleine Lampe an und begann sich auszuziehen. Das Bett stand in der Ecke hinter einem Wandschirm, sie verschwand darin und wartete. Er hatte die Vorstellung, daß es Ellen sei, Ellen und der Anrufer, Ellen und der Onkel, sah die dunklen, ihn erwartenden Augen und spürte einen Anflug von Schwäche und Angst. Ich kann nicht, dachte er, ich kann nicht, während er merkte, wie sie sich zurechtlegte und nach ihm suchte. Ihr Gesicht glänzte wächsern in der Dunkelheit, und für eine flackernde Sekunde sah er die Mutter und den Onkel, die Mutter und den Einbrecher, die Mutter und sich selbst.

»Komm«, hörte er sie sagen, »komm, stoß ihn rein.«

Schweißbedeckt und immer noch nach Atem ringend lag er neben ihr, das Gesicht flach auf dem Kissen, von ihr fortgedreht, und den Mund weit aufgerissen. Er konnte nicht durchatmen, weil sein ganzer Leib verkrampft war, und das Zwerchfell hochgewölbt gegen die Lunge drückte. Alles war starr und gespannt, und Brust und Rücken pumpten in japsenden Atemzügen, die seine Übelkeit und das Schwindelgefühl verstärkten.

»Na?« sagte sie, und er fühlte die Schmach seines ohnmächtigen Keuchens, das ihn hinderte zu antworten.

»Bist du herzkrank?« fragte sie.

»Nein«, stieß er hervor, »laß mich«, und versuchte, seinen Atem anzuhalten, um ihm einen anderen Rhythmus aufzuzwingen, aber das Keuchen brach wieder durch, und Schwäche überkam ihn wolkenhaft mit einem neuen Schweißausbruch.

Er merkte, daß sie das Licht anmachte, sah aber nichts als ein Stück grell beschienene Wand. Ihre Hand klebte auf seinem Rücken und bewegte sich auf und ab mit seinen kurzen Atemstößen. Er wollte sie unbedingt da weg haben, konnte aber nichts ändern, konnte nichts sagen. Schließlich setzte sie sich auf, und er rollte ein wenig zur Seite, sah sie jetzt über sich, wie sie auf ihn herabblickte. Ihr Gesicht war undeutlich, mit aufgelösten Haaren, es schien voller

roter Flecken zu sein, doch sie bewegten sich. Er lag auf dem Rücken mit schweren, leblosen, verkrampften Beinen. Ein Klingen saß in seinen Ohren, und er merkte, daß er die Kiefer aufeinander biß.
»Bist du denn gekommen?« fragte sie.
»Sicher«, sagte er.
»Ich weiß nicht. Ich hab nichts gemerkt. Du warst wie eine Maschine.«
Er antwortete nicht, schloß die Augen.
Wegsein, dachte er, wegsein, wegsein!

Allmählich kam er zu Atem und konnte ins Badezimmer gehen, stand dort auf das Waschbecken gestützt, mit leerem Blick. Er ließ Wasser laufen, hielt ihren Zahnputzbecher unter den Strahl und trank. Ein dünner Pfefferminzgeschmack durchfärbte das Wasser und erfüllte ihn mit Ekel. Auch die grüne Klosettbürste in ihrem Ständer, die rosa Watte, die aus einem Plastikbeutel hervorquoll, die graue Strumpfhose, die wie eine schlaffe, abgezogene, durchsichtige Haut über der Handtuchstange hing – alles ließ Wellen würgenden Ekels in ihm hochsteigen. Auch sein eigener bleicher, schwammiger und verklebter Körper ekelte ihn, und er hatte den rasenden Wunsch, alles von sich abzuwaschen, jede Spur von Berührung an sich zu tilgen. Er stieg in die Wanne und drehte die Dusche auf. Auch ihre Seife, die einen intensiven Blumengeruch hatte, konnte er nicht benutzen. Er wollte diesen Geruch nicht an sich haben, und so hockte er lange unter dem heißen Duschstrahl, der ihn fast verbrühte.

Er kam nackt in das Schlafzimmer zurück, fand seine Kleider über den Boden verstreut und begann sich anzuziehen. Sie war in der Wohnung beschäftigt, ging hin und her zwischen Küche und Wohnzimmer und räumte wohl auf. Schließlich kam sie. Sie hatte einen dunkelgrünen Kimono an, ihre Haare waren streng nach hinten weggesteckt.
»Ich finde, wir gehen schlafen«, sagte sie. »Ich hab mir schon ein Bett auf der Couch gemacht, du kannst das Bett hier haben.«
Er wagte nicht zu sagen, daß er lieber auf der Couch geschlafen hätte und sich davor ekelte, sich wieder in das Bett zu legen. Vielleicht ging es ihr genauso. Sie hatte schon angefangen, das Kissen aufzuschütteln und das Laken glatt zu ziehen.

Jung konnte nicht schlafen. Sobald er anfing ruhig zu werden, stolperte sein Herz und jagte los mit dünnen flimmrigen Schlägen. Sein Atem wurde kürzer, und die Übelkeit wölkte sich wieder auf. Sie verpfropfte seine Ohren, sie war eine quellende braune Zunge, die tief in seinem Hals steckte.
Nur auf dem Rücken liegend konnte er es aushalten. Er wollte jetzt auch nicht schlafen, er fürchtete sich vor den Träumen. Sobald er nur ein wenig wegsackte, überwältigte ihn ein Angstanfall, als stecke er in einem zugeschnürten Sack. Reglos lag er auf dem Rücken, zwischen seinen ausgestreckten Armen, und versuchte die diffusen Geräusche zu hören, die von draußen durch das geöffnete Fenster herein-

drangen. War es ein fernes Hämmern oder Schritte über eine Eisenbrücke, nein, er sah das nur, schwarze Schuhe auf den Stahlplatten einer Brücke, und hatte das Geräusch dazugeträumt, es war in Wirklichkeit nichts, ein fernes Hallen, das auch eine Erinnerung war. Das Ende der Welt, dachte er, das Geräusch kam vom Ende der Welt, und es bedeutete auch das Ende, etwas wurde zu Ende gebracht mit ein paar kurzen hallenden Schlägen, auf die nichts folgte, es folgte nichts. Doch, er hörte den Zug kommen, von viel weiter her aus der Nacht, ein langsamer Kohlenzug, schwarz beladen mit Finsternis, der auf dem Bahndamm dicht hinter dem Fenster vorbeirollte mit einem gleichmäßig schwingenden, wummernden Rhythmus, dem er entnehmen konnte, wieviele Waggons dieser endlose Zug hatte, aber er zählte nicht, lag nur da wie jemand, der auf das Ende einer Benommenheit wartet, und dann war der Zug weg und hatte alle Geräusche der Welt mit sich fortgezogen.

Nein, er selbst atmete und sein Herz schlug. Er lag immer noch auf dem Rücken. Auch die Toten lagen auf dem Rücken, aber das war falsch. Man mußte sie mit dem Gesicht auf die Erde legen, ihr aufgerissener Mund sollte sich zurück in die Erde fressen. Die braune Mundhöhle des Vaters hatte aufgestanden, als schreie er nach Luft. Doch da war noch etwas anderes, ein dunkler Rücken wie eine riesige Wolke. Das war die Mutter, die sich über den Vater beugte. Sie machte etwas mit ihm, und Jung wollte schreien, sie solle aufhören, aber er war ganz klein, und sie war nicht davon abzuhalten, sie schnitt die Fingernägel an den wehrlosen Händen des toten Vaters. Dann verschwand das alles, und sie kam auf ihn zu, und seine Nase begann zu bluten, es war ein unaufhörlicher schwarzer Blutregen, und jemand führte ihn eine Treppe hinunter, die mit weißem Verbandstoff ausgelegt war, der überall schon schwarz und naß wurde und in Fetzen von den Stufen hing. Ich kann nicht schlafen, sagte Jung. Er wußte, daß er in dem Zimmer lag und nicht schlafen konnte, aber er sagte es auch zu seiner Mutter, die ihn wieder zudeckte.

Er schreckte hoch. Der Kater stand auf seinen Beinen und sprang mit einem weichen Satz vom Bett, schien sich dann aufzulösen in der Dunkelheit. Wo ist er? dachte Jung. Oder sie? Sie hat ihn geschickt, sie hat es zugelassen. Sie, dort im Wohnzimmer, lag im Hinterhalt, eine feindliche Macht. Er stand auf, und ohne Licht zu machen, schlich er auf nackten Füßen in den Flur. Die Tür zum Wohnzimmer stand einen Spalt breit auf, und mit einer plötzlichen Verschärfung aller seiner Sinne hörte er ihre tiefen Atemzüge. Er stand still, wie versunken, mit einem Zucken unter dem Auge, als wolle sich dort ein Muskel von ihm losreißen. Doch das merkte er kaum und lauschte weiter auf das Atmen. Solange es dauerte in seinem ruhigen, gleichmäßigen Auf und Ab, war er auf seinen Platz gebannt, und allmählich zog Ohnmacht in

seine Arme wie ein Gas, und seine großen, geöffneten Hände hingen schlaff neben seinen Schenkeln herab. Ich kann nicht, dachte er, ich kann es nicht einmal denken, und sein Herz pochte weiter wie bei einer großen Kraftanstrengung.
Der Puls wurde nicht ruhiger, als er sich abwandte, ins Badezimmer ging und Licht machte. Ungeduldig, doch mit ziellosen Händen suchte er in seinem Waschzeug das Röhrchen mit den Schlaftabletten. Zwei, es mußten unbedingt zwei sein. Er legte sie sich auf die Zunge und beugte sich mit dem Mund unter den Wasserstrahl. Bleich, mit nassem Kinn und verschwitzten Haaren sah er sich im Spiegel. Sein Herz klopfte, als stiege er ohne Pause einen steilen Berg hoch, dessen Gipfel er nicht sah.

Als Jung erwachte, hörte er mehrere Stimmen in der Wohnung, darunter auch eine Kinderstimme und ihre, in einem aufgestörten Ton. Absätze klapperten wie von zu großen schlappenden Damenschuhen, das Kind rief etwas, und eine fremde Frauenstimme antwortete. Ein Schwall verschwommenen Klavierspiels wehte herüber. Dann fiel eine Tür ins Schloß, vielleicht die Wohnungstür.
Um das Bett war der Bettschirm aufgestellt, er umfaßte auch noch den Hocker, auf dem Jungs Kleider lagen, sein brauner Trenchcoat lag quer über seiner Bettdecke. Niemand schien da zu sein. Es sah so aus, als hätte man ihn und seine Sachen hier abgestellt.
Ja, er gehörte nicht mehr hierher, das war inzwischen

erkannt worden und man hatte ihm zu verstehen gegeben, er solle jetzt aufstehen und verschwinden. Deshalb hatten sich die Leute, die vorhin in der Wohnung waren, zurückgezogen. Sie hatten unauffälligen, unverdächtigen Lärm gemacht, um ihn aufzuwecken, und warteten nun ab, was er tat. Der Mantel über dem Bett war ein deutliches Zeichen, was von ihm erwartet wurde.

Jung dachte das alles ohne Einspruch, es stellte sich einfach so her als unerwartete Lösung, eine Chance, die ihm gegeben wurde.

Eins war jedenfalls sicher: Heute nacht hatte sie nicht geschlafen, als er in der Diele stand. Sie hatte viel zu laut geatmet. Das war schon wie der Stimmenlärm heute morgen gewesen – eine unauffällige Art, sich auf ihn einzustellen, ihn zu beobachten und zu lenken.

Er lag still. Er war einverstanden damit. Zufrieden auch mit der eigenen Feinheit, mit der er es verstand.

Es war nicht ganz richtig, daß sie schon zurückkam. Die Wohnungstür wurde aufgeschlossen, er erkannte ihre Schritte. Sie kam um den Bettschirm herum und stellte sich so, daß sie ihm im Licht stand und sich ihr Gesicht im Schatten befand.

»Ah«, sagte sie, »du bist aufgewacht?«

Es war zu deutlich, als daß sie es nur so gemeint haben konnte. Es war ein ausdrücklicher Hinweis auf sein Erwachen und bedeutete: Wir haben dich geweckt, wir haben geredet und mit den Schuhen geklappert, damit du aufwachst.

»Du mußt entschuldigen«, sagte sie, »ich habe all deine Sachen hier versteckt, damit sie niemand sehen konnte.«
Und sie erklärte ihm, daß ihre Freundin mit ihrer kleinen Tochter da gewesen sei. Das Kind sei gräßlich, es habe dauernd ihre Schuhe anprobieren wollen und sei damit durch die Wohnung getrampelt. Das habe ihn wahrscheinlich geweckt. Sie hatte ganz vergessen, daß die Freundin heute morgen vorbeikommen wollte, um sich ihr Cape für's Theater auszuleihen. Sie habe nur noch schnell seinen Mantel greifen und hier reinschaffen können. Aber die Freundin habe wohl nichts gemerkt.
Theater, dachte Jung und lächelte, weil er sich gleich dieses Stichwort gemerkt hatte. Sie wollte sagen: Wir haben Theater gespielt. Das hatte er gleich durchschaut, doch er wußte nicht mehr, worauf sie hinauswollte.

Unmerklich verflüchtigten sich seine Einsichten. Der Mantel hing wieder an der Garderobe und schien seine Bedeutung verloren zu haben. Er selbst saß frisch rasiert im Wohnzimmer auf der Couch und frühstückte. Da er spät aufgewacht war und im Badezimmer viel Zeit vertrödelt hatte, war es verständlich, daß sie schon früher mit dem Frühstück begonnen hatte und vor ihm fertig war. Alle Vorgänge hatten jetzt diese Verständlichkeit, die ihn hinderte zu denken. Er war einfach nicht mehr so aufmerksam. Er ließ sich einschläfern von der Verständlichkeit.

Auch ihre Unterhaltung war jetzt so: – verständlich, doch ohne Anhaltspunkte und Hinweise, was sie von ihm erwartete.
Sollte er hier bleiben, sollte er gehen?
Er hörte einen Hund draußen bellen. Das war seltsam, es gehörte nicht ganz dazu, es klang sogar wie jenseits des Lebens, doch jetzt hörte es auf.

Hinter der Wand begann der Klavierspieler mit seinen verschwommenen Improvisationen. Die Klänge, Klanggruppen und Läufe, die sich immer wiederholten, kamen gedämpft herüber, nicht ganz laienhaft, sondern eher mit einer verkommenen Fertigkeit und dem flachen Ausdruck schludriger Gewohnheiten. Es waren lange, schleifende, ziellose Überleitungen zu Stücken oder Resten von Stücken, die der Spieler einmal gekonnt zu haben schien und auf die er immer wieder zurückkam, aber sie tauchten nur noch entstellt aus dem Klangbrei auf, in den sie sich allmählich auflösten. Auch in sich selbst begannen sie zu zerfallen. Dann wurde das Spiel leiser, langsamer, tastender oder brach ab, es war eine Stelle, die der Spieler nicht mehr genau im Gedächtnis hatte oder, falls er in die Noten blickte, nicht mehr beherrschte, er verharrte einen Augenblick und nach kurzer vergeblicher Wiederholung, einem matten, unentschlossenen Versuch, übersprang er die Stelle und fiel gleich darauf in einen falschen Schwung, der eine längst vergangene Geläufigkeit vortäuschen sollte, nicht so als sei ein Zuhörer anwesend, sondern als betröge der Spieler immer wieder sich selbst.

»Er spielt nicht schlecht«, hatte sie gesagt.
»Ich weiß nicht«, hatte er geantwortet.
Das Klavierspiel war eine Krankheit, die in ihn eindrang, eine innere Besudelung, ein schwammiger, pausenloser Reiz, der versuchte, ihn zu zerstören.

Sie schien stolz auf das Klavierspiel ihres Nachbarn zu sein, als gehöre es zu ihr. Jung äußerte die Vermutung, der Klavierspieler müsse ein alter Mann sein, der früher einmal gut gespielt hatte, sich aber nur noch vage daran erinnerte. Doch sie klärte ihn darüber auf, daß es ein junger Mann war, ein junger Inspektor von der Stadtverwaltung, der seit einem halben Jahr neben ihr wohnte. Jung tat so, als glaube er das nicht. Denn er merkte, es war gut für ihn, dieses Gespräch zu führen. Die Worte und die Gedanken kamen so leicht aus ihm heraus, und sie schien auch Gefallen an diesem Streit zu finden. Aber auf einmal wurde sie ärgerlich und sagte, er solle endlich aufhören.
Es entstand eine doppelt tiefe, erschreckende Pause, denn auch der Klavierspieler hatte inzwischen aufgehört.
Plötzlich fragte er sie in einem herausfordernden Ton, warum ihr Kater Philipp heiße, und er konnte sehen, daß sie befremdet war.
»Ja, warum ausgerechnet Philipp?« beharrte er, verwundert über seine rauhe Stimme und die Starrheit, die er in seinem Gesicht spürte.
Doch dann schwang etwas zu ihm herüber, wie das

Ende eines Seils, nach dem er greifen konnte, eine kurze Helligkeit, eine Erleuchtung.
Es sei nämlich ein seltener Name, er habe ihn nie bei einem Kater gehört, doch er passe gut zu dem Tier, er sei eigenwillig und persönlich.
»Persönlich?« fragte sie.
»Ja doch«, sagte er heftig.
Wieder hatte seine Stimme den fremden, rauhen Ton, und um den Eindruck zu verwischen, versteifte er sich auf die Charakterisierung und malte sie weiter aus. Sie hatte inzwischen angefangen, das Frühstücksgeschirr auf einen Teewagen zu stellen. Als sie ihn endlich hinausschob, hatte Jung das Gefühl einer überstandenen Gefahr.

Jung trat ans Fenster und sah, daß die Bahnlinie ungefähr in gleicher Höhe schräg an dem Haus vorbeiführte, das anscheinend, wie die ganze Siedlung, in einer Mulde lag. Unten, in dem Winkel zwischen Damm und Haus, lief ein grauer Hund herum, eine Mischung zwischen Spitz und Schäferhund, ein junges lebhaftes Tier. Das war der Hund, der vorhin gebellt hatte. Er schnüffelte an einem Haufen zertretener Kistenbretter, anscheinend Verpackungsmaterial aus dem zahntechnischen Labor. Die Pappkartons, die vom Regen aufgeweicht werden konnten, lagen sorgfältig geschichtet unter einem Wellblechdach. Der Anblick dieser Ordnung beruhigte Jung, gerade weil sie nichts mit ihm zu tun hatte. Er blieb dort stehen, bis unten aus der Tür ein Mann heraustrat. Sofort zog er sich zurück. Von Minute zu Minute bin ich jetzt anders, dachte er.

Er war dankbar, als sie kam und ihm vorschlug, zu ihrer neuen Wohnung zu fahren und dort in der Gegend spazierenzugehen. Sobald sie draußen waren, fühlte er sich besser, bloß daß er denken mußte, er wäre lieber zum Bahnhof gefahren. Jetzt war sein Gepäck noch in ihrer Wohnung, und er mußte wieder dorthin zurück. Er zwang sich, nicht daran zu denken und bei der Sache zu sein, und als sie in dem Rohbau herumgingen, gelang es ihm, ein sachverständiges Gespräch zu führen, so daß sie offensichtlich zufrieden war.
Tatsächlich aber war er zerstreut, wußte oft nicht, was er gerade gesagt hatte. Er versuchte sich zu erinnern, in der Angst, es könne etwas Peinliches oder Falsches gewesen sein, das verriet, wie wenig er sich unter Kontrolle hatte. Dabei kontrollierte er sich dauernd, doch die Kontrolle schien durchlässig zu sein und prägte sich nicht ein, und er brauchte eine Kontrolle der Kontrolle, und wenn er das dachte, zerschellte sein Denken und er mußte einen Augenblick sein Gesicht abwenden und vor ihr verbergen.

Auch mit der Zeit verhielt es sich anders jetzt. Sie schien ruckartig vorwärts zu springen, so daß er sich immer nur in kurzen Augenblicken sah, zwischen denen es keine Verbindung gab. Jetzt fuhren sie im Auto, jetzt blickten sie aus einem Fenster des Roh-

baus auf einen Acker, jetzt gingen sie an dem Gartengrundstück ihres Chefs vorbei. Er hatte das Gefühl, von ihr fortgerissen zu werden, wenn sie irgendwo standen.
»Komm, wir steigen aus«, sagte sie, »komm wir gehen jetzt«, und er folgte sofort, weil er begriff, daß sie sich schon länger an diesem Ort oder in dieser Situation aufgehalten hatten und sich hier für sie alles erschöpft haben mußte. Er selbst hatte kein Gefühl dafür, er wußte nicht, wann eine Situation zu Ende war. Alles, was er tat oder sagte, war wie nicht getan, nicht gesagt.

Sie waren in ihre Wohnung zurückgefahren, und es war wieder unmöglich gewesen vorzubringen, daß er fort wollte. Als sie die Tür aufschloß, erschien ihm die Diele mit der Blumentapete wie eine Erinnerung, aber zugleich auch merkwürdig anders, als er sie kannte, so als sei der Raum hergerichtet worden für etwas, das hier zu geschehen habe, etwas, wie er dachte, Unpersönliches und Fremdes, das sich gegen ihn richtete und unauffällig auf ihn wartete. Dann sah er unten an der Garderobe seine schwarze Tasche lehnen, und der Eindruck verflog. Er dachte, wenn ich mich bücke und den Griff der Tasche in die Hand nehme, bin ich gerettet.

Dennoch konnte er es nicht tun, nicht jetzt, nicht sofort, erst mußte sich ein Vorwand ergeben, das war die Schwierigkeit. Inzwischen ging sie herum, begrüßte den Kater, machte Licht an und zog überall die Vorhänge zu. Die rasche, zielstrebige Art, mit der sie sich bewegte, besiegelte seine Gefangenschaft. Sie wußte, was zu tun war, er nicht, sie war ihm immer schon voraus und nahm ihm die Möglichkeit, einen eigenen Gedanken zu fassen. Doch vielleicht konnte er auch nicht denken, weil es für ihn keine denkbare Zukunft gab, keine Aussicht, die sich öffnen würde, wenn er wieder von hier abreiste. Denn was wartete dann auf ihn: – die kleinen schäbigen Hotelzimmer seiner Geschäftsreisen oder die verrottende Wohnung zu Hause, die getrennten Zimmer, Ellens verächtliche Schweigsamkeit oder Bäumlers ewige selbstgefällige Erzählungen, seine einsamen Wanderungen, seine Unruhe und Leere, seine Schlaflosigkeit, seine schwindenden Hoffnungen – alles das würde ihn empfangen.

Nein, er hatte nichts aufzubieten. Sie war die Stärkere, weil sie ihr kleines Drecksleben nicht kannte, sondern es einfach weiterlebte, immer weiter, so wie Ellen es auch machte und Bäumler und alle, von denen er geschleift und verstümmelt wurde, weil er wehrlos war.

Wieder hatte sich die Szene von gestern abend hergestellt, als wären sie beide von einer unsichtbaren Instanz dazu bestimmt worden, aufs neue etwas zu spielen, was noch nicht ganz geglückt war und seinen verborgenen Sinn erst allmählich hervorbrachte. Es begann beim selben Ausgangspunkt, und er wußte nicht, ob von den Wiederholungen oder den Veränderungen Gefahr drohte. Sie war in der Küche, er saß im Wohnzimmer auf der Couch, der Kater kam leise herein und sprang in den Sessel, sie rief, er solle etwas Musik machen, und ihre Stimme hatte den animierenden, einschmeichelnden Ton, der ihm versprach, daß sie gleich kommen würde, um bei ihm zu sein, so nah wie möglich und wie immer er es wünschte. Ohne einen Versuch von Widerstand hockte er bei den Platten und konnte sich für keine entscheiden, nicht weil er etwas Besonderes suchte, sondern weil es irgendeine sein sollte, irgendeine, so beliebig, daß sie fast unhörbar war. Eine gelbe Rose war auf der Plattenhülle abgebildet, die er in der Hand hielt, seine Hände schwitzten, sie summte in der Küche – hatte das alles einen Zusammenhang? Hinter ihm kam sie ins Zimmer, um diese bestimmte Musik zu suchen, die ihr durch den Kopf ging. Er richtete sich auf, um ihr Platz zu machen, und sah sie unter sich hocken, sah ihren gekrümmten Rücken, ihr im Nakken hochgestecktes Haar, alles war so überdeutlich für ihn bestimmt, als würde sie ihm hingehalten.

Vorsichtig, als betaste er den Rand einer Wunde, hatte er die Hand ausgestreckt und in der Nähe ihres Nackens ihre Schulter berührt, nicht die Haut, sondern den Stoff ihres Kleides, damit sie die Feuchtigkeit seiner Hand nicht spürte, und sie war so vollkommen ruhig geblieben wie jemand, dem ein vertrauter Mensch durch eine kleine Geste versichert, daß er bei ihm ist.

Das hatte ihn nicht beruhigt, sondern eher erschreckt, als wisse er nun, daß das Problem, das er lösen mußte, schwieriger war, als er gedacht hatte. Worin es bestand, wußte er freilich nicht. Es sei denn, es war dies, daß er sie berühren mußte, gleich, gleich nach dem Essen würde sie damit anfangen. Bis dahin geschah nichts. Musik schwemmte durch die Wohnung, sie aßen, redeten, und er hielt die Weinflasche zu lange über ihr Glas, so daß es überschwappte.
Er sah, sie war ärgerlich, obwohl sie es verbarg, während sie rasch Teller und Tassen beiseite räumte und Papierservietten unter die Tischdecke schob. Schon war alles wieder hergestellt, auch ihr Lächeln über dem Rand des zu vollen Glases, aus dem sie vorsichtig trank.
Ihr kleines Drecksleben, dachte er.
Einen Moment lang schaffte ihm das Luft.

Kühl und ruhig dachte er, ich werde mich betrinken. Er goß den Rest des Weines in sein Glas, das wieder ein wenig überschwappte, und trank es auf ihr Wohl. Befriedigt sah er, daß sie verblüfft war.
»Was ist denn mit dir los?« sagte sie, »so trinkt man doch keinen Wein.«
»Ich schon«, sagte er. »Es war auf dein Wohl.«
Eine kleine Eintrübung schob sich vor seinen Blick. So schnell ging das, so zuverlässig. Auch als er aufstand, um ihr beim Abdecken zu helfen, spürte er eine kleine Unsicherheit, eine schwadige Erwei-

chung. Das kam von den Schlaftabletten, die er den ganzen Tag lang nicht überwunden hatte. Er war zufrieden damit, war einverstanden.
»Soll ich Kaffee kochen?« fragte sie.
Nein, heute nicht, er wollte Wein haben und suchte im Kühlschrank nach einer neuen Flasche. Die Gläser waren noch drüben, auch der Korkenzieher.
»Trinkst du dir Mut an?« fragte sie, als sie beide auf der Couch saßen.
»Sicher«, sagte er und prostete ihr zu.
»Erzähl was von dir, erzähl was von deiner Frau.«
Er schüttelte den Kopf und sah auf sie herunter. Sie hatte sich ein Kissen in den Nacken gestopft und sich zurückgelegt, ihre Beine hatte sie hochgezogen und ihre Schuhe standen auf dem Teppich.
»Doch«, sagte sie und stieß ihn mit dem Fuß an, ließ ihn dann auf seinem Schenkel liegen. Durch die Strumpfhose sah er ihre roten Zehennägel, den alten, zum Teil abgeplatzten Lack, und glaubte den muffigen Schweißdunst ihres Fußes zu riechen, es war ein großer, fladenhafter, zerlaufener Fuß, der dort auf ihm lag, als ergreife er von ihm Besitz.
Wieder stieß sie ihn in die Seite, das heißt, sie legte ihren Fuß flach gegen seine Rippen und schubste ihn.
»Wie ist das? Schläfst du noch mit ihr?«
»Manchmal schon«, sagte er.
»Manchmal. Was heißt das? Bist du aus der Übung?«

Ihr Fuß war an ihm heruntergewandert und lag an seinem Bauch und ihre Zehen begannen ihn zu kraulen. Sie hatte etwas verkrümmte, zusammengedrückte Zehen, und sie bewegten sich in der Strumpfhose wie erwachende Engerlinge in ihrem Nest.

»Nun, wie ist das?« sagte sie und versuchte, mit den Zehen zwischen seine Schenkel zu dringen. Dazu war sie noch ein Stück tiefer gerutscht und hatte die Hände hinter ihrem Nacken verschränkt. Alles war jetzt an ihr in Unordnung, der Rock war hochgeschoben, der Pullover hochgezerrt, er sah einen Streifen ihrer Unterwäsche, die Schweißflecken in ihren Achselhöhlen, aber vor allem sah er ihr Gesicht, in dem er etwas Unbeirrbares wahrnahm, Lippen, die sich wie in der Erwartung einer schmerzlich-lustvollen Empfindung von den Zähnen zurückgezogen hatten, so daß es aussah, als fletsche sie ihn an, während gleichzeitig ihre Augen schnell und sachlich nach dem Vordringen ihrer Zehen schielten.

»Na, brauchst du eine Kur?«

Er faßte ihr Fußgelenk und schob den Fuß beiseite, beugte sich dabei über sie. Aber sie hatte das Bein schnell weggezogen und den Fuß gegen seine Brust gestellt, um ihn zurückzudrücken. Mit einer kurzen Bewegung seines Unterarms schob er den Fuß wieder fort, statt dessen riß sie ihren anderen Fuß hoch und stemmte ihn gegen seine Schulter. Sie lachte. Auch der erste Fuß kam wieder hoch, als wolle sie ihn mit beiden Beinen rückwärts von der Couch stoßen, und in wütendem Gehorsam drängte er, wie sie es erwartete, gegen den Druck ihrer Beine, die langsam einknickten, um ihn näher heranzulassen. Er schwebte jetzt halb über ihr und sah ihr Gesicht, rot vor Anstrengung, mit glitzernden Augen, plötzlich öffnete sie die Beine und umschlag ihn damit. Mit dem Gesicht auf ihrem Bauch, spürte er, wie sie glucksend lachte und ihn mit ihren Beinen fester an sich zog. Er wollte sich aufrichten, um aus dieser dumpfen Umschlingung fortzukommen, aber sie preßte ihn noch fester an sich, und plötzlich überkam ihn ein Krampf vom Rücken bis in die Waden, und obwohl er sich aufbäumte, brach alles in ihm zusammen und er spürte, wie er sich in einem flüchtigen Taumel ergoß.

Schwer und schlaff blieb er liegen. Dann merkte er, daß auch sie still geworden war und dann, wohl wieder nach einer Weile, versuchte, sich unter ihm wegzuziehen. Er stützte sich auf die Arme, und sie richtete sich halb auf.
»Was war das?« sagte sie. »War das alles für heute?«
Er setzte sich, auch sie saß jetzt neben ihm.
»Komm, gib mir was zu trinken«, sagte sie.
Ein Schwirren war in seinem Kopf, ein lautloses, tosendes Vibrieren. Dennoch griff er nach der Flasche und bediente sie. Sie trank in gierigen Zügen, dann erst bemerkte sie, daß er sich nicht rührte.

»Du nicht?« fragte sie. »Hast du keinen Durst?«
Er schüttelte den Kopf. Sie war aufgestanden, klopfte ein Kissen auf und legte es auf seinen Platz zurück, begann gleich weiter aufzuräumen, die Flasche, die Gläser, die Untersetzer, den Aschenbecher. Als sie aus der Küche zurückkam, war ihr Gesicht grau und wie leergeräumt, mit einem harten verkniffenen Ausdruck um den Mund.
»Gehn wir schlafen«, sagte sie.

Er hatte die Schlaftabletten genommen und war eingeschlafen, und es war nicht wie sonst der Schlaf kommt, mit flüchtigen unbestimmten Bildern, die unmerklich an die Stelle der Wirklichkeit rücken, sondern das Einschlafen geschah völlig bildlos, mit leeren, starren Augen, die sich irgendwann schlossen, worauf sein Bewußtsein einfach erlosch wie ein verkohlter Docht. Und ebenso ohne einen Traum war er wieder wach und hörte hinten im Wohnzimmer ihre Stimme. Sie war nicht zu verstehen, doch er wußte, daß sie telefonierte. Es war wohl der Anrufer, mit dem sie sprach, und es klang nach einem langen Gespräch, und vor allem sie selbst sprach länger, sie erzählte etwas, vielleicht über ihn und dieses Wochenende, diesen Abend. Er machte keinen Versuch zu lauschen, weil er alles schon wußte oder wiedererkannte. Es war wie mit Ellen, es war die andere Seite der Wand, die er fast nie durchdringen konnte, um zu sehen, wie die anderen lebten.
Die anderen. Die anderen.

Er war wieder eingeschlafen, und von jetzt ab träumte er und schreckte zwischendurch kurz auf wie ein Taucher, der hochkommt, um Luft zu schnappen, und wieder untertaucht.
Die anderen. Die anderen.
Einmal sah er seinen Vater, abgeschnitten in Gürtelhöhe, der als regloser schwarzer Kegel auf einer grauen Fläche stand, der Kopf geschnitzt wie die Königskrone einer schwarzen Schachfigur. Er sah ihn auch als grauen Prellstein in der Ferne. Oder er machte eine Tür auf und blickte in einen weißen Kasten, in dem jemand lag mit abgewandtem Gesicht.
Aufwachend dachte er, es ist ein einziger Traum.
Und jetzt waren die Sonntagsglocken zu hören.

Er wollte weiterschlafen. Es gab keine andere Rettung.
Am Sonntag werden dich die Glocken wecken.

Er sah sie. Ihr grobes, verärgertes Gesicht.
»Soll ich wieder allein frühstücken?« sagte sie.
Er ließ sie verschwinden, indem er die Augen schloß.
Vielleicht würde es wieder Nacht werden, und der Traum würde ihn einschließen und im Traum würde er eine Lösung finden, für alles.
Doch sie war näher gekommen, sie ließ sich nicht abweisen, die schneidende Stimme, die Hand, die an seiner Schulter rüttelte.
»Was denkst du dir? Steh endlich auf!«

Das darf sie nicht, dachte er, das nicht.
Da hatte er schon nach ihr getreten und sie in den Leib getroffen, und er öffnete die Augen, um zu sehen, was geschehen war, ob es überhaupt eine Veränderung gab.
Ja, sie war zurückgewichen oder zurückgeschleudert worden und stand mitten im Raum, vorgekrümmt, und mit weit aufgerissenen Augen. Sofort kam er hoch, für sich selbst immer noch schattenhaft und mit unerwarteter Behendigkeit, und sah sie in stummer Entsprechung zu seiner Bewegung mit ausgestreckter Hand und entsetzten Augen zurückweichen. Diesmal schlug er sie mit der Faust, in der das ganze Gewicht seines Körpers mitschwang, seine jäh und plötzlich erlöste Kraft, die mit einem dumpfen, trockenen Geräusch zwischen Hals und Brust auftraf und sie gegen die Wand warf. Doch sie fiel nicht um, sie stand wie im Traum da, den Mund weit aufgerissen, stumm nach Luft schnappend mit einem schnarrenden Geräusch in der Kehle, als ob er ihr die Atemwege zerschlagen hätte. Sekundenlang sah er das mit vollkommener Klarheit und Schärfe wie ein Brandloch in der Welt, in dessen Zentrum dieses reglos stumme, für ihn bestimmte Bild war, das er mit dreschenden Hieben gegen Brust und Leib zum Verschwinden brachte. Mit einem glotzenden Ausdruck von Leere und Ohnmacht sackte sie in sich zusammen und schlug mit dem Kopf auf. Er war über ihr, die Hände in ihren Haaren vergraben, und stieß ihr Gesicht gegen den Boden, stumpf und weich wie

Gummi, zerrte sie ein Stück weiter und schlug sie gegen den Heizungskörper. Das dumpfe Stöhnen, das er dauernd hörte, sollte aufhören, sollte endlich verstummen, doch dann merkte er, daß nicht sie es war, sondern er selbst, der an ihrer Stelle jedesmal aufstöhnte, wenn ihre Stirn oder ihre Schläfe gegen das Metall schlug. Er öffnete die Finger und ließ den Kopf in die große dunkle Blutlache fallen, die sich unter ihr gebildet hatte, und es sah aus, als lege sich der Kopf darin bequem zur Seite wie im Schlaf. Die zerschlagenen Lippen brachten eine blutig schleimige Blase hervor. Sie lebte. Tief innen hatte es nicht aufgehört. Sie würde sich erholen und zu sich kommen und ihn ansehen. Nein, niemals, er mußte das ausdrücken und begann sie zu würgen, grub mit starren Fingern durch die sehnigen und knorpeligen Widerstände ihres Halses in einem langen erschöpfenden Krampf.

Taumelnd erhob er sich von ihr. Nicht aufhören, dachte er, bloß nicht aufhören. Er konnte nur am Leben bleiben, wenn er weitermachte, weiter, weiter. Mit fliegenden Händen zerrte er ihre Kleider aus dem Schrank und begann sie zu zerreißen. Dann zuckte etwas anderes durch seinen Kopf, ein Schatten, eine Bewegung in der Diele. Der Kater. Der Kater war auch noch da. Er ging in die Diele, sah sich um, die Wohnzimmertür war zu, der Kater mußte in der Küche sein. Dort sah er ihn nicht, doch er war zuversichtlich, ihn hier zu erwischen und schloß die Tür. Das Tier saß mit gesträubtem Fell zwischen

Kühlschrank und Herd. Was brauchte er? Einen Besenstiel, die leeren Weinflaschen oben auf dem Kühlschrank. Alles war da, wie vorbereitet, alles kam ihm jetzt zur Hilfe. Er stieß mit dem Besenstiel in den Winkel, traf die Wand, traf dann auf etwas Weiches und hörte den Aufschrei des Tieres, sah es hervorkommen mit einem erschreckenden Fauchen, und im nächsten Augenblick hing es festgekrallt und verbissen an seinem nackten Bein. Jung griff eine Weinflasche und schlug mit aller Kraft auf das rotbraune Fell, als wolle er den flammenden Schmerz in seinem Bein erschlagen. Der Kater fiel von ihm ab und versuchte fortzukriechen, sein Rückgrat schien gebrochen zu sein, die Hinterbeine schleppten kraftlos über den Boden, und das Tier robbte ein Stück auf dem Bauch, kippte dann zur Seite, ein schlaffes Fellbündel mit flappenden Flanken. Als Jung sich näherte, hob sich der runde Kopf des Katers und fauchte ihn an, und er sah die braunrote, fleckige Mundhöhle, bevor er ihn zum letzten Mal traf.
Es war zu Ende. Es gab nichts mehr, was sich noch rührte. Eine Welle von Dunkelheit überkam Jung und löschte alles aus.

Als er wieder zu sich kam, lehnte er am Schrank, und draußen vor dem Küchenfenster rollte langsam ein langer Kohlenzug vorbei. Er hatte ihn nicht kommen hören, und vielleicht stand er schon lange hier, taub und bewußtlos, nur aufrechtgehalten von seinem Gleichgewichtssinn. Doch dann schien ihm, daß die

Schwärze vor seinen Augen kaum länger als zwei oder drei Sekunden gedauert hatte, erst ein so kurzer Augenblick trennte ihn von dem, was geschehen war.
War es so? Er wußte es nicht. Sein Gefühl hatte ihn verlassen. Der tote Kater lag dort bei der Tür, sein Bein brannte und leuchtete von herabströmendem Blut, der Güterzug rollte scheinbar endlos am Fenster vorbei, und zwischen diesen Tatsachen gab es keinen Zusammenhang, als sei seine Ohnmacht wie ein Keil zwischen sie gefahren und habe sie getrennt. Es würde furchtbar sein, wenn sie sich wieder berührten. Noch unvorstellbarer war das andere in dem anderen Zimmer, das er nicht sah.

Leer. Die Leere durchdröhnte seinen Kopf, und etwas anderes, Unerkennbares zog sich zusammen. Nach einer Weile bewegte er sich wie zur Probe. Er hob die Schultern und ließ sie wieder fallen. Was jetzt? dachte er. Das Wort »jetzt« hatte keinen Sinn. Auch das Wort »hier« konnte nicht zu seinem Sinn kommen. Jetzt hier. Jetzt hier. Jetzt war der Zug fort. Hier stand er am Schrank, sein Bein blutete. Dort lag der erschlagene Kater auf der Seite, die Vorderpfoten waren gekreuzt. Jetzt, hier und dort.

Auf einmal fiel ihm ein, daß es Sonntagmorgen war. Die Glocken läuteten nicht mehr. Doch er hörte sie nachhallen, wie er sie im Erwachen gehört hatte, und der Klang rief schemenhafte Bilder hervor: – Sie

stand an der Wand und brach lautlos zusammen, mit aufgerissenem Mund, seine Hände packten ihren Kopf und stampften ihn auf den Boden, ihre Lippen standen auf, und blasiger Schleim quoll heraus.
Mein Gott, es ist passiert, dachte er.
Noch immer wußte er nicht, was das bedeutete, noch immer stand er neben sich und von allem entfernt.

Mit der nach innen sich öffnenden Küchentür zog er den schlaffen Körper des Katers beiseite. Er trat in die Diele, die Tür zum Schlafzimmer stand weit auf, und da lag sie bei der Heizung unter dem Fenster, still, reglos, eine Aufwölbung des Bodens, unbegreiflich tot.
Über die zerfetzten, aus dem Schrank herausgerissenen Kleider trat er näher an sie heran, leise, als könne er sie wecken.
Ihre offene, unverletzte Handfläche erschreckte ihn. Die andere Hand war unter dem Körper vergraben. Aus ihrem Ohr sickerte ein Blutfaden, und als er ihren Kopf umwandte, sah sie ihn an mit blutigen Augen.

Er begann zu zittern, auch sein Mund schnatterte. Nahe einer Ohnmacht griff er nach den Kleidern und warf sie über sie. Dann sah er seine eigenen Kleider auf dem Stuhl neben dem Bett liegen, griff sie, bemühte sich, alles mit einem Mal zu fassen und ging rückwärts aus dem Raum. Mit dem Fuß stieß er die Tür zu. Ich hab nichts zu tun mit ihr, nichts zu tun mit ihr, faselte es in seinem Kopf.

Er schloß sich im Badezimmer ein und wusch seine Wunden, überstreute sie mit einem Wundpuder, den er in ihrem Apothekenschrank fand. Vorübergehend wurde er ruhiger, und es gelang ihm, sich wie ein Schlafwandler anzuziehen.
Als er in die Diele trat, hörte er Stimmen im Treppenhaus, und gleichzeitig klingelte im Wohnzimmer das Telefon.
Sie kommen, dachte er, und konnte sich nicht rühren. Die Stimmen sprachen dicht bei der Wohnungstür, und er dachte, jetzt muß ich das Telefon abheben, um sie zu täuschen. Er legte den Hörer neben den Apparat und horchte auf die Stimmen im Treppenhaus, begriff erst dann, daß im Hörer eine Stimme »Hallo, hallo« rief. Er drückte auf die Gabel. Jetzt hörte er nichts mehr, drinnen und draußen, außer dem dünnen Tuten des Rufzeichens. Erschöpft setzte er sich und versuchte seine Lage zu überdenken. Wie sollte er unerkannt hier rauskommen? Wie ohne festgehalten, ohne verfolgt zu werden? Die Leute im Haus mußten sein Toben und das Schreien des Katers gehört haben, und wahrscheinlich war er längst umstellt.

Er lauschte. Er hörte nichts. Nur das Rufzeichen drang wieder zu ihm vor. Das bewies nichts, gar nichts, nur, daß immer mehr Zeit verging. War das gut, war das schlecht für ihn? Auch der Klavierspieler nebenan hatte wieder angefangen zu spielen. Beteiligte er sich an der Täuschung? War die Polizei unterwegs, und versuchten die Hausbewohner ihn aufzuhalten? Er stand auf und legte den Hörer in die Gabel, trat vorsichtig ans Fenster. Der Hof unten war leer, das Ödland hinter dem Bahndamm war leer, und es war dünner Schnee gefallen, den er vorhin aus dem Küchenfenster nicht gesehen hatte. Zum ersten Mal faßte er Hoffnung, daß er gerettet war.

In der Diele, als er schon im Mantel an der Wohnungstür lauschte, ob das Treppenhaus frei war, fiel ihm plötzlich das Bild ein, auf dem er zusammen mit ihr zu sehen war, und er kehrte wieder um. Er riß die Schubladen des Büfettschranks auf, öffnete die Türen. Es war das Polaroidfoto aus dem Lokal, er hatte auf die Rückseite seinen Namen und das Datum des Tages geschrieben, an dem sie sich kennengelernt hatten. Damit würde man ihn suchen und überall aufstöbern, und durch seine Blutspuren und Fingerabdrücke wäre er dann schon überführt.

Er mußte es finden. Sie besaß eine kleine Bibliothek von Fotoalben und viele Kästen mit ungeordneten Fotos, Ansichtskarten, Briefen. Dauernd tauchte sie darauf auf, wie in einem ewigen Urlaub, am Meer, in den Bergen, im Sommer, im Winter, im Badeanzug, im Skidress, und fast immer waren Männer dabei, einzelne, mehrere, und manche hatten auf die Fotos Widmungen geschrieben, hatten sicher auch Ansichtskarten oder Briefe geschickt, neben manchen Bildern hatte sie die Namen, Orte und Gelegenheiten vermerkt – alles rutschte unter seinen hastigen Hän-

den durch, ohne daß er sich selbst entdecken konnte, und allmählich brach ihm der Schweiß aus.
Hatte sie das Foto weggeworfen, ärgerlich darüber, daß er sich nicht mehr gemeldet hatte? Dafür sprach, daß sie es nicht mehr erwähnt hatte. Aber ihre Gewohnheit, alles aufzubewahren, sprach dagegen. Konnte sie es vielleicht versteckt haben in irgendeiner Vorahnung? Es hatte keinen Zweck nachzudenken, er mußte es finden. Er stand mitten im Zimmer und überlegte, wo er anfangen sollte. Jede Schublade, jedes Fach, jeden Kasten mußte er untersuchen, auch die Bücher mußte er ausschütteln, denn es konnte irgendwo zwischen den Seiten liegen. Wenn er mit diesem Zimmer fertig war, mußte er wieder ins Schlafzimmer, wo sie lag.

Nach einiger Zeit hatte er den Inhalt aller Schrankfächer und Schubladen über den Boden verstreut, aber nichts gefunden, und sein Willen weiterzusuchen war gebrochen. Alles würde so kommen, wie es kommen mußte, er konnte nichts dagegen tun. Nur noch beiläufig sah er im Küchenschrank nach, öffnete dann die Schlafzimmertür, um im Nachttisch und im Kleiderschrank nachzusehen. Sie lag da. Der Kopf war zugedeckt, der Arm und die Füße schauten aus dem Kleiderwust heraus. Er fühlte keinen Schrecken. Nirgendwo war etwas, und er dachte, daß sie oder die Feindlichkeit der Welt, die sich hinter ihr verbarg, ihn besiegt hatte. Ich verschwinde, sagte er sich, und zog wieder den Mantel an, bückte sich nach seiner gepackten Tasche. Dabei fiel ihm ihre Handtasche ins Auge, die auf der Ablage der Garderobe stand. Er öffnete sie, und da war das Foto. Sie hatte es zum Bahnhof mitgenommen, um ihn zu erkennen.

Er ging in die Küche, verbrannte das Foto im Spülbecken und ließ Wasser über die verkohlten Reste laufen, bis sie im Abfluß verschwunden waren. Er überlegte kurz, ob er das Zimmer aufräumen sollte, denn dann würde die Polizei alle Männer auf ihren Fotos verdächtigen. Aber er hatte nicht die Kraft dazu. Ohnehin würde man ihn nie finden. Die Polizei würde sich nicht erklären können, was geschehen war.

Er nahm ihren Autoschlüssel vom Schlüsselbrett und verließ ohne vorher zu lauschen die Wohnung. Im Treppenhaus begegnete ihm eine Frau, er ging ruhig an ihr vorbei und verließ das Haus. Da stand ihr Auto. Er stieg ein, und der Motor sprang an ohne Schwierigkeit. Auf den Straßen zum Bahnhof war kaum Verkehr.

Am Abend kam Jung wie verabredet in Hamburg in der Pension an und traf gleich auf Bäumler, der schon vor einer Stunde gekommen war.

»Wie war's?« fragte Bäumler.

Jung zuckte die Achseln und sagte, er sei noch mal in Steinhude am See gewesen.

Sie gingen dann auf Bäumlers Vorschlag in eine

Kneipe auf der anderen Straßenseite, und Jung aß etwas, während Bäumler ihm von seinem Wochenende in Celle erzählte und auch zwei neue Fotos von der Frau zeigte. Jung sah sie sich an und vergaß, schon während er darauf starrte, was er eigentlich sah. Sie sprachen noch kurz über ihre Geschäftsbesuche am nächsten Tag, und mitten im Gespräch gähnte Jung und sagte, er würde heute nicht mehr alt.
»Du siehst nicht gerade erholt aus«, meinte Bäumler, doch er erwartete wohl keine Antwort darauf.
Jung empfand eine flüchtige Sympathie für ihn und klopfte ihm in der Pension leise auf den Arm, bevor er in sein Zimmer ging. Eine überwältigende Schwäche überkam ihn, sobald er allein war. Er mußte sich angezogen aufs Bett legen und schlief sofort ein.

Die nächsten Tage verbrachte Jung wie in einer langen Windstille. Er machte wie immer seine Kundenbesuche, rechnete mit den Pächtern und Wirten ab, brachte die Einnahmen zur Bank, traf sich mittags und am späten Nachmittag an verabredeten Treffpunkten mit Bäumler und ging abends früh in sein Zimmer. Er konnte jetzt jederzeit schlafen. Doch es war kein richtiger Schlaf, sondern nur eine andere Phase von Betäubung, in der er sich auch tagsüber befand. Er hatte zwar nicht vergessen, was er getan hatte, dachte aber nicht daran, das Wissen kam dem Denken immer zuvor. Ich weiß, sagte er sich, sobald sein Gedächtnis Einzelheiten in sein Bewußtsein brachte, und alles erlosch wieder in einer trüben inneren Stille. Er interessierte sich für nichts, las keine Zeitung, gab in Unterhaltungen nur kurze Floskeln von sich, blieb aber höflich und unauffällig. Die Ruhe, die schon früher von ihm ausging, schien sich vertieft zu haben. Er wirkte in allem wie ein Mann, der seine Fähigkeit sich zu erregen verbraucht hat und in einem unüberbrückbaren Abstand zu seiner Umgebung lebt. Er war nicht unangenehm, nur ein wenig bedrückend, und ohne zu wissen weshalb, atmete man auf, wenn er gegangen war.

Alles blieb so bis gegen Ende der Woche. Sie waren fast mit ihrer Reise fertig und befanden sich wieder in Hannover. Am Sonnabend hatten sie noch den Nachholtermin in Langenhagen. Danach wollten sie nach Hause fahren. Nach dem Abendessen im Brauhaus in der Bahnhofsstraße zeigte Jung keine Neigung aufzustehen. Er sprach zwar kaum, aber er nötigte Bäumler, der anfing, sich unbehaglich zu fühlen, mit ihm sitzen zu bleiben, indem er mehrmals etwas zu trinken bestellte. Schließlich sagte er: »Ich habe keine Lust, morgen nach Hause zu fahren. Ich weiß nicht, was ich da soll.«
Das war mehr, als er jemals über seine Ehe gesagt hatte.

Auch an diesem Abend schlief Jung fast augenblicklich ein. Er hatte dabei das Gefühl, daß das Einschlafen einem Schluchzen zuvorkam, das unaufhaltsam in ihm aufstieg und ihm schon in der Kehle saß. Im

Schlaf hörte er es, doch es schien nicht mehr aus ihm zu kommen und klang fremd wie ein mechanisches Reibegeräusch. Er sah dann auch die Quelle des Geräusches, eine hin und her schwingende leere Schaukel, deren abschließende Kettenringe in den Haken des Schaukelgerüstes quietschten. Es war ein Bild von durchdringender, schneidender Einsamkeit, und in dem vagen Denken, das die Träume dieser Nächte begleitete, dachte er, das ist es, das ist es, als würde ihm etwas enthüllt.
Das Bild verging fast sofort wieder. Die schwingende Bewegung beherrschte wie ein unsichtbares Zählwerk seinen Schlaf.

Sehr früh wurde er wach und war sofort klar, ohne jeden Übergang. Er fühlte sich weder ausgeruht, noch müde, sondern eher so, als sei er im Schlaf von seinem Körper getrennt worden, so daß sein Bewußtsein nicht mehr getrübt und nicht befeuert wurde, sondern leer und ruhig war. Er wußte, was er tun wollte, er würde sterben. Der Gedanke war fertig in ihm, wie schon lange gedacht, er hatte nur noch die Aufgabe, ihn festzuhalten. Er wollte jetzt darauf zugehen wie auf einer geraden Straße.
Ohne Hast stand er auf und zog sich an. Kurz danach trat er im Mantel mit der leer geräumten Aktentasche in den Flur. Wie er vermutet hatte, war das Zimmermädchen noch nicht bei der Arbeit, und alle Zimmertüren waren geschlossen. Am Ende des Ganges neben der Treppe befand sich eine Toilette, in deren

Vorraum das Zimmermädchen seine Putzsachen und den großen Staubsauger aufbewahrte. Jung montierte den Schlauch des Staubsaugers ab, rollte ihn zusammen und steckte ihn in die Tasche. Niemand begegnete ihm, als er das Hotel verließ und auf die dunkle Straße trat.

Hinter der nächsten Straßenecke stand der Wagen. Es gab keine Hindernisse, alles war wie vorbereitet, er brauchte nicht mehr zu kämpfen, niemand hielt ihn auf und stieß ihn aus seinem halbwachen Traum. Er fuhr durch den beginnenden Berufsverkehr, mitten durch die Hast der anderen, die einen neuen Tag ihres Lebens begannen, aber er dachte nicht darüber nach, er dachte an nichts. Einmal, als er an einer Ampel hielt, sah er auf dem Bürgersteig einen Zeitungsverkäufer und einen eiligen Passanten, der ihm ein Geldstück gab. Das Geldstück fiel hin, und der Zeitungsverkäufer stellte den Fuß darauf, damit es nicht wegrollte, und der Passant konnte es nicht sehen, als er sich danach bückte. Jung lächelte über diese Szene, und das Lächeln blieb eine Weile auf seinem Gesicht.
Er fuhr ungefähr eine Stunde lang, zuletzt auf immer kleineren Landstraßen zwischen leeren Äckern und Waldstücken, es war noch immer fast dunkel.

Es ist nicht richtig, daß er nichts dachte. Die Gedanken liefen vielmehr unentwegt weiter durch seinen Kopf, nur berührten sie nicht mehr seinen Entschluß. Er durchdachte nichts mehr. In der Dämmerung wollte er sterben, bevor es wieder hell wurde, aber auch nicht in der Dunkelheit. Die vorrückende Zeit ließ ihn ein Waldstück auf einer Anhöhe wählen. Er fuhr so tief wie möglich hinein, stellte den Motor ab und stieg aus, um sich an die Arbeit zu machen. Er schob den Staubsaugerschlauch über den Vergaser, öffnete die Hecktür und leitete ihn ins Innere. Dann zog er Mantel, Schal und Wollweste aus und verstopfte die Ritze. Er arbeitete wie ein guter Handwerker, der seine Arbeit kennt und sich zielstrebig, doch ohne Eile bewegt, aber auch mit dem Eifer eines Kindes, das sich eine Hütte baut, einen Unterschlupf, ein Versteck, in dem niemand es entdecken wird und wo es etwas zu finden hofft, was es irgendwann verloren hat, es könnte nicht sagen, was es ist.

Doch auch das war eine Täuschung. Wie alle Trugbilder hatte sie ihren Ursprung im Anfang des Lebens, wo ihm, wie den meisten Menschen, das Versprechen der Geborgenheit gegeben worden war. Was Jung fand, als er hinter dem Lenkrad saß und der Motor im Leerlauf seine Abgase in den geschlossenen Raum pumpte, war nicht Friede oder Versöhnung, sondern das Sterben als inneres Ersticken.

Die Anziehungskraft des Kohlenoxyds auf die roten Blutkörperchen ist fast dreihundertmal größer als die des Sauerstoffs. So gehen sie mit dem Gas sofort eine

Verbindung ein und sind dann für den Körper nutzlos geworden, sie führen ihm keinen Sauerstoff mehr zu. Wenn eine gradweise Vergiftung stattfindet, stellt sich im Kopf ein Druckgefühl ein, das in heftige Kopfschmerzen übergeht und oft von Übelkeit und Erbrechen begleitet wird. Die Atmung wird tief und schnell, der Puls beginnt zu rasen, Ohrensausen, Sehstörungen, Schwäche leiten über ins Delirium. Schließlich folgen Bewußtlosigkeit und Tod.

Wahrscheinlich hat Jung Angst gehabt, als das Sterben begann, die galoppierende Angst wachsender Atemnot und eines vergeblich pumpenden Herzens. Doch eine andere Angst muß größer gewesen sein, denn fast auf allen Stufen seines Sterbens hätte es ihm gelingen können, die Wagentür zu öffnen und sich hinausfallen zu lassen, um dort draußen die Luft einzusaugen und mit tiefen, gierigen Atemzügen wieder zurückzukehren. Aber er saß ohne ein Zeichen von Kampf, den Kopf gegen das Seitenfenster gelehnt, auf seinem weit zurückgekippten Sitz.

Im Unterschied zu anderen Toten, die aschgrau und wächsern aussehen, haben die mit Kohlenoxyd Vergifteten eine rote, gesund aussehende Gesichtsfarbe. Aus Mund und Nase kann etwas rosafarbener Schleim austreten. Sonst aber sieht ihr Gesicht aus wie eine Fratze des Lebens.